L.X.Wilhelm

Sandira

Die Weltenwanderin

AF221300

Bibliografische Information der Deutschen Nationalbibliothek: Die Deutsche Nationalbibliothek verzeichnet diese Publikation in der Deutschen Nationalbibliografie; detaillierte bibliografische Daten sind im Internet über dnb.dnb.de abrufbar.

2. überarbeitete Auflage 2024

Originalausgabe Januar 2022

Copyright (Idee und Skript) © 2022 Lyn & Xavier Wilhelm.

Buchsatz: Xavier & Lyn Wilhelm

Buchsatz Kindle-Version: Xavier Wilhelm

Illustrationen & Layout im Buchsatz: Lyn Wilhelm

Lektorat & Korrektorat: Lektorat Wilhelm

Coverdesign: Juliane Buser

Herstellung & Verlag (Print-Version & E-Book): BoD - Books on Demand, Norderstedt

ISBN (Print): 978-3-7557-7903-2

Sandira - Die Weltenwanderin

„Kämpfe für deine Werte,
aber vergiss nicht deine Menschlichkeit."

L. X. Wilhelm

Wandel

Ihr Herz raste. Sie stemmte sich gegen die Lehne, richtete sich auf. Das Piepsen eines Kardiogramms hallte in ihren Ohren nach. Sie blinzelte. Der Sonnenschein brannte in ihren Augen. Ihre Hände lagen auf dem kalten Steinboden. Sandiras Kopf ruckte zur Seite.

Nein. Ihre Finger strichen über kühles Leder. Ein Haus, altmodisch mit Gauben, blitzte vor ihren Augen auf.

Beine aus Metall. Flackernde Monitore.

Ihre Finger krallten sich in den Autositz, gaben ihr Halt. Von vorne vernahm sie die Stimme ihrer Eltern.

Noch einmal blinzelte sie. Ihr Herzschlag beruhigte sich. Sie hörte, wie die Räder über den glatten Asphalt sausten. Die Musik aus dem Radio, die im Hintergrund säuselte. Ihre Finger entspannten sich. Sie lehnte ihre Wange an die kühle Kopfstütze.

Aus dem Fenster sah Sandira, wie Felder vorbeizogen. Die Ähren wiegten sanft im Wind. Am Himmel zog ein einsamer Bussard seine trägen Bahnen. Ihr Blick folgte dem Flug des Raubvogels, ehe er in einer Wolke verschwand.

Wieder blinzelte sie. Sie versuchte sich, an den Traum zu erinnern, der vor wenigen Minuten so klar gewesen war. Doch der Traum verlor sich wie der Vogel in den Wolken.

Nur das vage Gefühl des Scheiterns blieb, ohne zu wissen, woher dieses kam.

Ihr Vater riss sie aus ihren Gedanken. »Wir sind bald da.«

Sandira schaute ihn verständnislos an. Was meinte ihr Vater?

Wo wären sie bald? Sie suchte nach einem Wegweiser, der ihr verriet, wo sie waren. Nichts als Felder und ein Waldrand, der sich am Straßenrand erhob. Tannen und Fichten reihten sich dicht an dicht. Einige Baumkronen verkümmert zu braunen Skeletten, die sich vor dem sanften Blau des Himmels emporreckten.

Ihre Finger stießen gegen ein Stück Papier. Sie drehte ihren Kopf. Neben ihr lag ein Flyer. Das Bild einer Strandhütte, inmitten der Dünnen, glänzte in der Sonne. Sie lächelte. *Das Meer.*

Mit gerunzelter Stirn kurbelte sie das Autofenster hinunter. Der schwere Geruch von frisch gemähtem Heu und Baumharz lag in der Luft. Weit entfernt von einer Meeresbrise.

Doch nicht.

Sie schüttelte den Kopf. Langsam kehrte ihre Erinnerung zurück. Sie rollte mit den Augen. Nicht das Meer, sondern Großmutter Ingeborg erwartete sie. Ihre Eltern hatten beschlossen, sie die nächsten Wochen bei ihrer Oma zu parken, während sie auf ihrer Dienstreise fröhlich durch die Welt juckelten.

Warum gerade in ihren Sommerferien? Wenn es schon nicht an den Strand ging, wollte sie die Ferien mit ihren Freunden verbringen. Baden am See, abends Filme schauen und die ein oder andere Übernachtungsparty. Alles war vorbereitet und geplant. Ihr Leichtathletikverein veranstaltete zum Jubiläum eine Grillparty, was gab es Besseres? Aber nein, weder das Meer noch ihre Freunde würde sie den Sommer über sehen. Ein Anruf aus Übersee machte all das zunichte. Ihm folgten die üblichen Ausreden. Lieferengpässe, Produktionsstopp in einer der Fabriken in Asien.

Sandira schnaubte. »Toll!«

»Ach, es wird nicht so schlimm, wie du denkst. Die Landluft wird dir guttun und Großmutter Ingeborg hat eine Katze.«

Als ob ein Katzentier sie für die muffigen Häkeldeckchen ihrer Großmutter entschädigte. Dazu hätten nur ein Ferienvorrat Eis, kühler Eistee und ein Swimmingpool gereicht. Letzteres besaß ihre Großmutter nicht. So viel wusste sie bereits.

Sandira ließ ihren Kopf gegen die Kopflehne prallen. Seit ihre Eltern als Doppelspitze in ihrem Technikkonzern arbeiteten, war sie zum lästigen Anhängsel mutiert, das man gerne woanders zwischenparkte. Vorbei waren die schönen Tage, als ihr Vater mit ihr zum Filmfestival oder zum Konzert gefahren war. Bei ihrer Mutter war sie es ja gewohnt, sie tagelang nicht zu Gesicht zu bekommen, wenn sie bis spät abends im Büro versackte. Aber es hatte sie nicht so sehr gestört, solange ihr Vater für sie dagewesen war.

Erst hatte sich der Plan ihrer Eltern gut angehört. Sie würden sich die Stelle teilen, damit beide mehr Zeit für sie hätten.

Sandira hatte sich ausgemalt, wie sie zusammen die Kirmes besuchten und den Bootsausflug nachholten. Nach nicht ganz einer Woche waren ihre Träumereien zerplatzt, wie ein prall gefüllter Luftballon, auf den man mit einer Softair schoss. Ihr Vater tauschte ihren gemeinsamen Spieleabend gegen das Diensthandy, welches nicht mehr stillstand. Bald verbrachte auch er die Abende im Büro.

In den Ferien war sie bisher bevorzugt bei ihrer schrulligen Patentante Ronja geparkt worden, die vielmehr Flausen im Kopf hatte als sie, und es mit Regeln nicht ganz so genau nahm.

Sandira grinste. Sie erinnerte sich daran, wie sie gemeinsam den Bauzaun zu der Ruine einer alten Zigarrenfabrik überklettert hatten. In Tarnkleidung gehüllt hatte ihre Patentante Ronja mit einer Brechstange die Bretter von einem der Fenster entfernt. Die Angeln des Fensters knirschten, als sie ihrem Zerren nachgaben. Kurz darauf schossen sie, Grimassen ziehend, Fotos, als sie im staubigen Chefsessel saßen. Eines davon versteckte sie in ihrer Erinnerungstruhe unterm Bett, sie holte es ab und an hervor, wenn sich ihre Eltern abends auf den Weg in die Chefetage machten.

Die einzige Erinnerung, die das toppen konnte, war der Urlaub mit ihrer besten Freundin Nina. Das Highlight war der Tauchgang im Haikäfig. Ein wohliger Schauer lief ihr über den Rücken. Einer der Haie hatte den Käfig gerammt. Sie hatte ihm direkt ins Maul geschaut. Zahllose Reihen spitzer, tödlicher Zähne.

Sie biss sich auf die Lippen, sie liebte das Gefühl, wenn das Adrenalin durch ihre Adern schoss. Es war genau wie kurz vor dem Start des 100-Meter-Laufs bei einer Meisterschaft. Anspannung, Angst, Euphorie.

Sie seufzte. Und das tauschte sie gegen Großmutter Ingeborgs Häkeldeckchen und ein Haus mitten im Wald ein. Sie hoffte nur, dass der Internetempfang gut war. Dann könnte sie wenigstens einen Videochat mit ihren Freunden eröffnen.

Sie friemelte ihr Smartphone aus ihrer Handtasche. Das blasse, aber lächelnde Gesicht ihrer Patentante ploppte auf. Sie trug ein Krankenhaushemdchen, deutlich sah man den transparenten Infusionsschlauch im Bild baumeln. Sie wischte mit ihrem Daumen über das Display und gab den PIN ein. Sie tippte auf die Nachricht. Ein sich um sich selbst drehender Kreis erschien. Sie schielte auf die Empfangsanzeige.

Nullkomma-überhaupt-keinen-Balken.

Sie steckte das Smartphone weg. Sie konnte nur hoffen, dass ihre Patentante bald wieder auf den Beinen war.

Sie warf erneut einen Blick auf den Flyer. Ihre ganzen Bemühungen, das Strandhaus auszusuchen, das Anfragen, das Telefonieren, das Buchen, alles vergebens.

Ein kurzes Bimmeln des Telefons und ihr Vater hatte es noch am selben Abend storniert.

Einmal. Nur einmal hatte sie die Sommerferien mit ihren Eltern verbringen wollen. Sie griff den Flyer, zerknüllte ihn mit beiden Händen und formte ihn zu einem Ball. *Blöde Erwartungen, sie gehen ja doch nicht in Erfüllung.* Sie schmiss den Papierball gegen die Windschutzscheibe.

»Liebling, sieh es positiv. Bei Großmutter Ingeborg gibt es ganz viel Grün. Du magst doch Waldtiere?«, sagte ihr Vater.

»Und du kannst dich für deine nächsten Umweltprojekte inspirieren lassen. Oma Ingeborg ist auch so in die Natur vernarrt«, warf ihre Mutter ein.

»Und ihr könnt viele Kaffee- und Kuchengespräche führen. Sie liebt es, einem zu erklären, was man alles besser machen kann.«

»Schatz, das Thema hatten wir bereits.«

»Ernsthaft, du kannst sie selber nicht ausstehen, aber mich gebt ihr da ab«, motzte Sandira.

»So habe ich das nicht gemeint. Die Diskussionen mit ihr sind konstruktiv. Manchmal.« Sandiras Mutter boxte ihrem Mann gegen den Arm.

»Mama ...«

»Wir sind gleich da, Liebling. Benimm dich.«

Sandira betrachtete die Spiegelung ihrer Mutter im Rückspiegel. Sie hatte die Lippen zusammengepresst und ihre Arme vor der Brust verschränkt. Sandira erkannte den brodelnden Vulkan, der drohte, auszubrechen. Ab diesem Zeitpunkt erübrigten sich die Diskussionen mit ihrer Mutter.

Sie sah wieder aus dem Fenster. Die Felder wichen einem dichten Mischwald. Wie kamen ihre Eltern auf Großmutter Ingeborg? Wegen der Katze? Sie hatte sie schon gesehen. Ihre Oma hatte das arme Tier samt einem ganzen Haufen Häkeldeckchen auf eine Familienfeier angeschleppt. Das Tier hatte mit großen, verängstigten Augen aus dem Transportkäfig gestarrt, während seine Besitzerin die Deckchen verteilte.

Verdammte Häkeldeckchen. Sie konnte diese Dinger nicht ausstehen. Immer lagen sie im Weg, staubten voll und verzogen sich.

Und dann auch noch diese hässlichen Muster ...

Die Katze wäre da nur ein kleiner Trost.

Wie hieß noch mal dieses Katzentier? Er oder sie hat einen sehr abgedroschenen Namen. War es Miss Miau? Nein ... es war Miez. Miss Miez. Ne, Moment, es war ein er. Mister Miez. Das war der Name. Wer nennt seine Katze so?

Durch die Bäume erhaschte sie einen ersten Blick auf das Haus ihrer Großmutter: dunkles Holz, Fenster, die einem wie leblose Augen entgegenstarrten.

Vorne hörte Sandira, wie ihre Mutter noch einmal die Kofferpackliste vor sich hin murmelte.

»Mama, wir haben alles eingepackt. Es ist ja nicht das erste Mal, dass ich woanders übernachte. Außerdem ist es jetzt eh zu spät.«

Ihre Mutter lächelte. »Das stimmt, Liebling, wir holen den Urlaub nach, ich verspreche es.«

»Mhm.« Es gab inzwischen eine lange Liste an Ausflügen und

Reisen, die nachgeholt werden mussten. Einige davon waren endlich gestrichen worden, weil Sandira von anderen dorthin mitgenommen worden war. Die Eisriesenwelten in Österreich? Check. Tanjas Eltern hatten sie eingeladen. Kletterpark? Check. Sie war zu Ninas Geburtstag da gewesen. Bogenschießen? Gut, dass es ihre Patentante Ronja gab. Neben dem Bogenschießen hatte sie sie nach Griechenland, nach Kanada und auf die Philippinen mitgenommen. Wie gerne säße sie jetzt mit ihr in deren Wintergarten. Sie dachte wohlig an die dicken Sitzkissen und die gemütliche Hängematte, die zwischen zwei aufstrebenden Königspalmen baumelte und für Urlaubsfeeling sorgte. Das Schmieden von Reiseplänen mit Ronja war genial.

Zwar hatte Omabesuchen auch auf der Ausflugsliste gestanden, doch dies erledigte man an einem Wochenende. Sommerferien waren einfach dazu gemacht, mehr zu erleben. Sicher hätte es gereicht, wenn sie in den Herbstferien bei Großmutter Ingeborg aufgetaucht wären. Auf die paar Wochen kam es nun wirklich nicht an.

Nach einer weiteren Straßenbiegung holperte das Auto auf den Vorhof. Indessen Mitte lag ein Vorgarten, um den herum die Einfahrt verlief.

»Wie bei einem Hotel«, dachte sich Sandira, als sie den Kopf von der Blütenpracht abwandte und zum alten Landhaus rübersah.

Das Erdgeschoss wurde von einer dunklen Holzfassade eingefasst. Weiter oben wichen die Bretter Erkern, die sich nahtlos an eine Fachwerkfassade anschlossen. Unter dem Dachansatz war ein zweiflügeliges Giebelfenster eingelassen. Das Dach selber wurde von zahlreichen Dachgauben geziert, in denen Sprossenfenster saßen.

Konnte es nicht wenigstens ein modernes Haus sein? Musste es so eine alte Absteige sein?

Sandira verschränkte die Arme vor der Brust. Ihre Mundwinkel wanderten ein Stück weiter nach unten. Fehlte nur noch der Sonntagsrentnerclub, der sich über Rollatoren, Zahnprothesen und die letzten Lottozahlen austauschte. Sie hoffte wenigstens, dieser und eine Runde Bingo bliebe ihr erspart.

Ihr Vater bremste und das Auto kam abrupt zum Stehen.

»Etwas sanfter ging das Bremsen wohl nicht?«

»Nicht, wenn der Petunientopf deiner geliebten Mutter heil bleiben soll.«

Sandira lehnte sich nach vorne. Am Rand des Vorgartens, knapp neben der Motorhaube, war ein Topf, der mit rosa Blüten überquoll.

Ihr Vater stellte den Motor ab.

Sandira drückte die Autotüre auf und stieg aus. Vor ihr führten drei Treppenstufen zu einer verschnörkelten Holztüre hinauf.

Ein kühler Wind zog an ihren nussbraunen Haaren, die zu einem lockeren Zopf zusammengebunden waren. Die Eingangstür des Landhauses öffnete sich einen Spalt weit. Es dauerte einen Moment, bis die Türe ganz aufgeschoben wurde. Ihnen trat eine alte, rüstige Frau entgegen. Ihren weißgrauen Haarschopf hatte sie zu einem strengen Dutt hochgesteckt. Auf ihrer Nase saß eine Brille, die Sandira an eine in die Jahre gekommene Ärztin denken ließ. Über ihrer Alltagskleidung trug sie eine weiße Küchenschürze, ähnlich einem Laborkittel, mit abgeschnittenen Ärmeln.

Sandiras Vater tippte sich zum Gruß kurz mit Zeige- und Mittelfinger gegen die Stirn.

»Ingeborg.«

Er schlenderte zum Kofferraum, ohne seine Schwiegermutter eines weiteren Blickes zu würdigen. Er klappte den Kofferraumdeckel auf und hievte zwei Koffer heraus, die mit Leichtigkeit Sandiras halben Kleiderschrank beinhalteten, inklusive Laufklamotten.

Sandira ging zu ihrem Vater und nahm einen der Rollkoffer entgegen. Neben ihren Anziehsachen hatte sie einen Laptop, ihre externen Festplatten, Duschzeug, ihren Schminkkram (auch wenn sie nicht wusste, wofür sie ihn hier brauchen würde), Sonnencreme, Anti-Mückenspray und ihr Lieblingskopfkissen eingepackt. Nicht zu vergessen der Antistressball, den Nina ihr mit einem breiten Grinsen kurz vor der Reise geschenkt hatte. Während sie ihren Koffer über die holprigen Pflastersteine zerrte, ging Sandiras Mutter lächelnd auf Ingeborg zu und umarmte diese.

»Es freut mich, dass du auf unsere Kleine aufpasst. Ich hätte mir niemand Besseren vorstellen können.«

Ingeborgs strenger Blick wurde für einen Moment sanfter. Fast glaubte man, ein Lächeln würde sich auf ihr Gesicht schleichen. Bevor es sich entfaltete, verdrängte die Strenge es.

»Mach dir keine Gedanken. Ich weiß doch, was dir die Firma abverlangt. Es ist gut, dass du mit Leidenschaft deine Ziele verfolgst.«

»Danke, Mama. Ich habe schon so viel Arbeit in die Firma gesteckt. Sie ist für mich wie ein zweites Kind. Und leider fordert dieses manchmal mehr Aufmerksamkeit, als man denkt.«

Sandiras Faust schloss sich enger um den Griff des Koffers.

»Sie ist für mich wie ein zweites Kind«, äffte Sandira ihre Mutter nach.

Dieses zweite Kind, wie ihre Mutter so schön sagte, stand bei ihr auf jeden Fall an erster Stelle. Das Kind aus Fleisch und Blut konnte man ja so viel leichter loswerden. Sie würde sich nicht wundern, wenn sie das kommende Schuljahr in einem Internat verbrächte. Perfekt untergebracht, ohne dabei ihre Mutter von ihrem Karrierewahn abzuhalten.

Sandira kniff die Augen zusammen. Ihre Oma schien vom selben Schlag zu sein. *Karriere, Karriere, Karriere.*

Sie lehnte ihre Ellenbogen auf den Koffer und starrte zu ihr hinauf.

»Hallo«, presste sie zwischen ihren Lippen hervor. Die beiden Frauen schnatterten munter weiter über die Firma.

»Wie wäre es mit schön, dass du da bist. Herzlich willkommen. Hallo?«, grummelte Sandira vor sich hin.

Ein sanfter Druck an ihrer Schulter ließ sie den Kopf drehen. Sie schaute in das Gesicht ihres Vaters. Er lächelte beruhigend.

»Deine Mutter meint es nicht so. Sie macht sich nur Sorgen wegen der Firma. Du wirst immer ihr Lieblingskind sein.«

Sandira versuchte sich an einem Lächeln. Wie gerne sie das glauben würde. Sie hievte den Koffer die Treppe hinauf. Neben ihrer Mutter blieb sie stehen. Keine Reaktion.

»Schön dich zu sehen, Großmutter Ingeborg«, fiel sie ihnen ins Wort.

Die beiden drehten sich zu ihr. »Sandira, wie oft soll ich dir noch sagen, man unterbricht eine Unterhaltung nicht.«

»Man begrüßt im Normalfall auch seine Gäste.«

Großmutter Ingeborg zog eine Augenbraue hoch.

»Das Fräulein hat Temperament.«

»Sie wird sich wieder beruhigen. Dass wir nicht an die Nordsee fahren, hat ihre gute Stimmung ruiniert. Ich kann es verstehen, immerhin hat sie sich so viel Mühe gegeben, die Strandhütte rauszusuchen. Mein Einsatz für die Firma fordert in letzter Zeit einige private Opfe ...«

Das Klingeln eines Smartphones unterbrach ihre Mutter. Hektisch fummelte diese es aus ihrer Hosentasche.

Sandira verdrehte die Augen.

»Liebling, wir müssen langsam los, wenn wir unseren Flug bekommen möchten«, rief ihre Mutter.

»Oh, schon so spät!«

Sie wirbelte zu Sandira herum. »Falls du etwas brauchst, scheu dich nicht davor, deine Großmutter zu fragen. Du kannst uns mit dem Smartphone erreichen.«

»Wirklich jetzt. Man kann sich nicht mal mehr ordentlich verabschieden, ohne dass das blöde Ding klingelt. Aber wenn ich euch versuche, anzurufen, seid ihr so disconnected wie im realen Leben. Bis ihr antwortet, ist eine Woche rum.«

Ihre Mutter ignorierte Sandiras Redefluss. Sie nahm Sandira in die Arme und drückte sie fest. »Und vergiss nicht, deiner Großmutter das Geschenk von uns zu geben.«

»Keine Sorge, ich denk schon dran.«

Oder: Es wird meine Nervennahrung, je nachdem, wie schrecklich mein Zimmer ist.

Sandiras Mutter löste die Umarmung, schob Sandira ein Stück nach hinten und schaute ihr fest in die Augen.

Ein breites Lächeln lag auf ihrem Gesicht. »Ich bin so stolz, dass du schon so selbstständig bist!«

Vögel, die aus dem Nest geworfen werden, müssen ja auch schnell fliegen lernen. Sandira lächelte traurig.

Ihre Mutter schien es nicht zu bemerken. Sie gab ihr ein Küsschen auf die linke und die rechte Wange. Dann eilte sie zum Auto.

»Mach es gut, Große!« Ihr Vater umarmte sie fest. Noch bevor sie die Umarmung erwidern konnte, hastete er hinter seiner Frau her. Der Motor startete. Ihr Vater setzte zurück und umfuhr den Petunientopf. Sandira blickte dem Wagen hinterher, als er vom Hof rollte. Wenige Sekunden später wurde es von den dicht stehenden Bäumen, die das Grundstück umrandeten, verdeckt.

Jetzt galt es, Großmutter Ingeborg für die nächsten Wochen zu ertragen.

Einzelne Schweißtropfen rannen Sandiras Rücken herunter. Zwei Treppen hatte sie die Koffer hochgeschleppt. *Zwei!* Es war ja nicht so, dass es genügend andere Räume in diesem gottverdammten Haus gab.

Sie zerrte den zweiten Koffer über die Türschwelle ihres Zimmers. Kopfschüttelnd betrachtete sie den Türrahmen. Das Holz war abgesplittert, bearbeitet durch kleine, spitze Krallen. Mister Miez' inoffizieller Kratzbaum. Wo der Kater wohl steckte?

»Miez, Miez! Wo steckst du, Mister Miez?«

Sandira lauschte. Kein Kater weit und breit. Sie zuckte mit den Schultern. Wahrscheinlich trieb sich das Fellknäuel im Garten herum.

Sie trat in ihr Zimmer und schob den zweiten Koffer neben ihren anderen. Die Räder hinterließen Spuren in der dünnen Staubschicht, die sich wie ein Seidenschleier über den Boden gelegt hatte. Sandiras Lippen kräuselten sich. Mit ihrem Zeigefinger strich sie über den Bettpfosten zu ihrer Linken. Als sie ihren Finger hob, war er mit Staub überzogen. Sie rieb Daumen und Zeigefinger übereinander. Der samtene Staub wurde zu groben Klumpen und fiel auf die Holzdielen.

Ein absoluter Staubrekord. So viel lag nicht einmal auf ihrem Computerbildschirm. Sie ließ sich auf das schmale Bett an der Wand plumpsen. Eine Staubwolke hüllte sie ein. Sie nieste. Es schüttelte sie. Widerwillig stand sie auf und öffnete das vorderste

Fach ihres Koffers. *Elendige Absteige. Das ist ja versiffter als das Hostel, in dem ich mit Lena auf Malle untergekommen bin, und da sind uns die Kakerlaken morgens über die Füße getanzt.*
Sie kramte im Koffer, bis sie eine Packung Taschentücher fand. Sie schnäuzte sich. *Ich hätte besser eine Jumbopackung mitgenommen.* Ihr Blick wanderte, an dem hohen Einbauschrank vorbei, zum Schreibtisch am Giebelfenster. Unter diesem stand ein zerbeulter Mülleimer. Das hier war eine einzige Bruchbude.
Sandira knüllte das Taschentuch zusammen und warf es durch die Luft. Es streifte den Rand des Eimers, nur um schließlich auf dem Zimmerboden zu landen. *Haben meine Eltern auch nur einen Gedanken daran verschwendet, wo sie mich abgeben? Haben sie sich diesen Saustall einmal angesehen?* Sie bezweifelte es stark. Aber was kümmerte es ihre Alten schon, wo sie landete, solange sie ihrem Traumberuf nachgehen konnten.
Blöde Firma! Sandira hätte am liebsten gegen den Koffer getreten, ließ es dann aber doch bleiben. Er konnte ja nichts für den Mist, den ihre Eltern bauten. Sie stapfte Richtung Schreibtisch und hob das Taschentuch auf. Mit Schwung pfefferte sie es in den Mülleimer. Anschließend wandte sie sich dem Fenster zu. Es war nicht das Giebelfenster, welches sie vom Hof aus gesehen hatte. Der Staub klebte am Glas und ließ die Sicht verschwimmen. Die Umrisse eines Gartens erahnte sie bloß. Sie beugte sich über den Schreibtisch, um einen Teil der Staubschicht fortzuwischen, die ihr einen besseren Blick auf die Grünfläche verwehrte. Ihre Handfläche berührte eine klebrige Schicht aus Staub. Diese erinnerte sie an die Fettschicht auf den Küchenschränken, die ihre Mutter mit ausgelegtem Zeitungspapier zu bekämpfen versuchte. Ihre Hand hinterließ eine verschmierte Spur. *Das kann doch nicht wahr sein.* Nicht einmal ein ordentlicher Blick aus dem Fenster war ihr vergönnt. Sie ballte ihre Hand zur Faust und rieb energischer über das Glas. *Keine Chance.* Frustriert ließ sie ihre Faust sinken. Sie würde es nur noch mehr verschmieren.
Sie schlug sich gegen die Stirn. Warum war sie nicht früher darauf gekommen? Sie kletterte auf den Schreibtisch und packte die Fenstergriffe. Sie zog und zerrte an ihnen, bis sie sich knar-

zend bewegten. Mit einem Ruck öffneten sich die beiden Fensterflügel. Der Geruch einer frisch gemähten Wiese strömte ins Zimmer. Unter ihn mischte sich der süßliche Duft von Petunien.

Von hier oben schaute sie in einen weiten Garten, er war von ordentlich geschnittenen Hecken eingerahmt und um ein Vielfaches größer als der bei ihr Zuhause. In ihm wuchsen Zwergobstbäume und Beerensträucher. In seiner Mitte war eine Kräuterspirale aus Backsteinen errichtet worden. In der rechten, hinteren Ecke des Gartens ruhte ein Teich, der von Schilf und Schlick umgeben war. Sie beugte sich noch ein klein wenig weiter vor, sie blickte geradewegs auf unzählige Blumenkästen, in denen sich Großmutter Ingeborgs geliebte Petunien tummelten. Tief sog sie die frische Luft ein. Ihre Mundwinkel zuckten nach oben. Solange die Sonne schien, würde der Garten ihr Zimmer sein. Wenn ihre Oma glaubte, sie würde drinnen versauern, hatte sie sich geschnitten.

Sie warf noch einmal einen Blick aus dem Fenster, bevor sie vom Schreibtisch stieg, und sich umsah. Eine schmale, mahagonifarbene Holztüre blitzte am Rand ihres Gesichtsfeldes auf. Sie legte ihren Kopf schräg. Was sich hinter ihr wohl verbarg?

Sie schlenderte zur Tür. Als sie diese öffnete, schlug ihr der Geruch von abgestandenem Wasser entgegen. Sie tastete nach dem Lichtschalter. Von der Decke baumelnd flackerte eine Glühbirne und sorgte für spärliches Licht.

Sie trat einen Schritt zurück. Mit weit aufgerissenen Augen starrte sie in das dürftig ausgestattete Badezimmer. Waschbecken, Toilette, verschimmelte Duschwanne ohne Vorhang. Die Wände glotzten ihr in einem knalligen Rot entgegen. Ihre Großmutter sollte dringend einen Innenraumdesigner zurate ziehen. Nun wusste sie auch, woher ihre Mutter den Hang zur grauenhaften Wohnungsgestaltung hatte.

Sie schloss die Tür wieder. Ob ihre Oma wohl eine Putzfrau hatte? Eher nicht. Wer war schon so irre und ging freiwillig in ein abgelegenes Haus irgendwo im Wald? So dumm waren nur Menschen in Horrorfilmen. Sie zog eine Grimasse. *Wer bin ich, darüber zu urteilen? Immerhin bin ich es, die in diesem verdammten Gruselhaus festsitzt.*

Sie wandte sich ihren Koffern zu, unsicher, ob sie ihre Kleidung in den staubigen Schränken verstauen sollte.

Eher nicht.

»Sandira, Kaffee und Kuchen!« Die Stimme ihrer Großmutter schallte aus dem Erdgeschoss zu ihr herauf.

Sie warf einen letzten Blick auf ihre Sachen, bevor sie aus dem Zimmer stiefelte und die Treppe hinunterlief. Gepackte Koffer hatten einen Vorteil. Sie konnte schneller von hier abhauen. Sie lächelte. Sie bräuchte nur die Nummer eines Taxiunternehmens und schon ginge es zurück in die Stadt.

Am Fuß der Treppe angekommen, stieß sie gegen eine halbgeöffnete Tür. Knarzend schob sie sie auf. Vor ihr lagen Betontreppenstufen, die ins Dunkle hinabführten. Von unten drang ein monotones Summen an ihre Ohren. *Wahrscheinlich eine alte Tiefkühltruhe, die so viel Strom frisst, dass man damit ein ganzes Dorf versorgen kann.* Warum die Dinger noch zugelassen waren, war ihr ein Rätsel. Sie drückte die Tür wieder zu. Hinter ihr entdeckte sie einen Fressnapf mit Katzenpfotenmuster. Er war randvoll mit Nassfutter. Welche Katze ließ sich nicht durchs Futter anlocken?

Sie wanderte den Flur entlang und spähte in die Zimmer. Ein Vorratsraum, ein Abstellraum, ein Lesezimmer, dessen Regale sich unter dem Gewicht der Bücher bogen. Sie folgte dem Geruch nach frisch gebackenem Kuchen und betrat das Wohnzimmer, welches nahtlos in ein Speisezimmer überging. Alte, nussbraune Schränke standen an den Wänden. Zu ihrer Rechten ragte eine antike Standuhr auf, die fast doppelt so groß war wie sie. Unterhalb des Panoramafensters, welches einen Blick über den gesamten Vorhof ermöglichte, kauerte eine niedrige Kommode. Auf dieser waren unzählige selbstgehäkelte Tischläufer ausgestellt. In der Mitte des Zimmers stand ein Tisch mit sechs Stühlen aus massivem Holz. Der Esstisch wurde von einer besonders großen, grau angelaufenen Häkeldecke geziert.

Sandiras Oberlippe zuckte. Was sollte sie ihren Freunden vom Sommer erzählen?

Ich hab mit Großmutter Ingeborg gehäkelt. Übrigens ... ich bin richtig gut darin geworden. Hier hast du auch eine Decke.

Sie schnaufte. Auf gar keinen Fall würde sie auch nur eine Häkelnadel anrühren. Entweder Großmutter Ingeborg fiel eine andere Beschäftigung für sie ein oder das nächstbeste Taxi brachte sie zu ihrer besten Freundin. Sie schnupperte in der Luft. Der Kuchengeruch mischte sich mit dem von Schokolade. Na ja, zu Kuchen würde sie nicht Nein sagen. Zumindest nicht zu einem Stück Schokokuchen.

Sie betrachtete das Gedeck auf dem Tisch, bei dem Tassen, Teller und selbst das Besteck mit Blümchen bemalt waren.

»Hilfst du mir bitte, den Kuchen ins Esszimmer zu bringen?«

Sandira ging ein Stück weiter durch das Speisezimmer, bis sie an einen Türrahmen innehielt. Sie spickte durch ihn hindurch. Ihre Großmutter schob den Kuchen auf eine Tortenplatte. Als er sicher auf dieser ruhte, trat sie auf ihre Enkelin zu und reichte ihr die Platte. Sandira blieb nichts anderes übrig, als sie entgegenzunehmen.

»Backst du gerne?«, stolperten die Worte unbeholfen über ihre Lippen.

»Ja, es ist wie Chemie. Mit den richtigen Zutaten ist es ganz leicht und als Pluspunkt gibt es noch etwas Leckeres zu essen«, entgegnete ihre Oma.

»Ähh, ja. Wo soll ich den Kuchen hinstellen?«

»In die Mitte des Esstisches. Ich bring den Rest mit.«

Sandira balancierte die Tortenplatte auf einer Hand. Am Tisch angekommen schob sie einen Stuhl zur Seite und gab dem Kuchen einen Schubs, sodass er über das polierte Holz schlitterte. Unschlüssig darüber, wo sie sich hinsetzen sollte, blieb sie stehen. Zu Hause hatten alle ihren festen Platz. Ihre Mutter saß am Kopfende, zu ihrer Rechten Sandiras Vater und links von ihr Sandira. Ihre Eltern bestanden auf eine gemeinsame Mahlzeit am Tag. Dabei konnte von gemeinsam wohl kaum die Rede sein. Ihr Vater blätterte durch seine neueste Ausgabe der Wirtschaftszeitung und das Smartphone ihrer Mutter summte elendig in der Mitte des Tisches, zumindest so lange, bis diese dem Drang nicht zu widerstehen vermochte und das Telefonat annahm. Anschließend tigerte sie mit langen Schritten im Esszimmer auf und ab und diskutierte mit einem ihrer Manager. Ihr Vater schaute dann immer wieder zu ihr hin, tippte mit seinem Finger gegen die Zeitschrift und manövrierte parallel das Essen in seinen Mund. Neunzig Prozent der Gespräche endeten damit, dass beide so schnell wie möglich ins Büro mussten. So zuverlässig wie ein Schweizer Uhrwerk erkannte ihr Vater den Moment des Aufbruchs und streifte sich die Jacke über. Kurze Zeit später donnerte die Haustür zu. Sandira schnappte sich dann ihr Essen und setzte sich vor den Laptop.

Gedankenverloren sah sie, wie ihre Großmutter mit einer dampfenden Kaffeekanne aus der Küche kam. »Setz dich.«

»Wohin?«

»Wo du möchtest. Es gibt hier keine Sitzordnung.«

Sandira zog den Stuhl vor sich zurück und setzte sich. Von hieraus hatte sie eine herrliche Aussicht auf den Vorhof.

Ihre Großmutter schnitt den Kuchen an und deutete ihrer Enkelin an, ihr den Teller anzureichen. Diese streckte ihn zögernd ihrer Oma entgegen. Ingeborg schob sorgfältig ein Kuchenstück auf ihn.

»Danke.«

Sandira stellte den Teller ab und griff nach der Kaffeekanne.

»Heiße Schokolade. Deine Mutter meinte, die trinkst du gerne.«

Für einen Moment stieg ein wohliges Gefühl in ihr auf. Ihre Großmutter reichte ihr eine Serviette mit Blümchenmuster. *Noch mehr Blümchen.* Sie schüttete sich den Kakao ein. Vorsichtig nippte sie an der Tasse. Ein kräftiger Schokoladengeschmack breitete sich in ihrem Mund aus. Überrascht schaute sie auf.

»Schokolade aus dem Bioladen«, sagte ihre Großmutter.

»Hast du die extra für mich gekauft?«

»Ich habe es passend gefunden. Immerhin interessierst du dich für die Umwelt, oder?«

»Wo gibt es hier denn Geschäfte?«

»Im nächsten Dorf. Da ist ein Biobauer mit Hofladen.«

»Können wir dahin?«

»Schauen wir mal. Ich habe kein Auto. Und die zwanzig Kilometer wären mir etwas zu viel zu Fuß. Als ich jünger war, bin ich öfters mit dem Fahrrad dort hingefahren, aber das alte

Klappergestell hat seine besten Tage hinter sich. Eine Freundin aus dem Dorf bringt mir meine Einkäufe vorbei.«

Sandira verzog das Gesicht.

Hier ist gar nichts los. Kann hier nicht wenigstens einmal am Tag ein Bus vorbeikommen? Trampen wäre vielleicht eine Idee?

»Deine Mutter meinte, du hättest mit deinen Klassenkameraden ein Projekt zum Plastikmüllsammeln ins Leben gerufen und in den Osterferien im Tierheim ausgeholfen.«

Sandira grübelte. Es war ja nicht neu, dass ihre Mutter von ihren Leistungen berichtete. Sie waren immerhin das Einzige, was man als erwähnenswert erachtete. Für das Plastikmüllprojekt hatte ihre Mutter sich erst interessiert, als es in der Zeitung stand. Von da an konnte sie stolz erzählen, dass ihr Kind im Tageblatt war, ohne selbst den Artikel gelesen zu haben. Vorher hatte sie rumgenörgelt, dass ihre Tochter die ganze Zeit das Arbeitszimmer besetzt hielt, um an dem Projekt zu feilen.

Im Tierheim hatte sie in der Tat ausgeholfen. Ursprünglich hatte ihr Vater sie auf den Weg zur Arbeit abgesetzt, mit der Zusage, sie nach Dienstende abzuholen. Was er dabei nicht bedachte, war, dass seine Dienstzeiten die Öffnungszeiten des Tierheims überschritten. Ihre Mutter, die innerorts Termine hatte, und sie theoretisch mitnehmen konnte, hatte vergessen, wann sie Schluss hatte.

»Ja, meine Mama ist begeistert von meinen Projekten.«

Großmutter Ingeborg hob eine Augenbraue. »Ich bin mir sicher, dass du Großes leisten wirst.«

Entgeistert blickte Sandira zum Fenster, sah dort ein Bild einer schwarz-weißen Katze, ähnlich gemustert wie ein drolliger Panda, die mit olivgrünen Augen in die Kamera starrte.

Sie ließ ihren Blick suchend durchs Wohnzimmer wandern.

»Wo ist Mister Miez?«

»Mister Miez ist leider von einem seiner Spaziergänge nicht heimgekehrt. Aber weite Strecken machen ihm nichts aus. Er stromert irgendwo umher.«

Sandira stocherte in ihrem Kuchen herum, bis von ihm nur noch ein Trümmerhaufen übrig blieb.

»Weißt du, ich bin schon lange beim Umweltschutz. In

meinem Refugium leben Tier- und Pflanzenarten, die vom Aussterben bedroht sind.«

»Und welche sollen das sein?«

Der strenge Blick ihrer Großmutter erweichte sich ein wenig.

»Im Garten wachsen Wildorchideen und ich züchte Alpensalamander. Im Moor hinter dem Grundstück brütet ein Pärchen Goldregenpfeifer. Hierzulande eine bedrohte Art.«

»Kann ich sie mir mal anschauen?«

»Nach dem Essen werde ich dir alles ums Haus herum zeigen.«

»Was kann man hier sonst so machen?«

»Hier gibt es Bussarde, die man beim Vorbeifliegen und Jagen beobachten kann.«

Sandira pfiff wie ein rauschender Teekessel durch den Raum. »Spannend ... Wie lautet dein WLAN-Passwort?«

Ingeborg zupfte eine Strähne zurecht, die sich aus dem Dutt zu lösen drohte. »So etwas Neumodisches habe ich nicht, aber dafür einen Farbfernseher. Mit vier Sendern! Die Gebühren für die Privaten habe ich ausgelassen. Da läuft ja nur Unsinn.«

Sandira kribbelte es in den Fingern. Der Gedanke, ihre Lieblingsserie auf dem Streaming-Portal nicht gucken zu können, ließ eine Ader an ihrer Stirn pochen. Allein die Überlegung, dass man für gepflegtes Seriengucken eine feste Uhrzeit brauchte, hatte nicht viel mit Retrocharme zu tun, sondern grenzte an Folter.

»Großmutter Ingeborg, kein Wunder, dass du nur Häkeldeckchen im Kopf hast.«

Ingeborgs Augen glänzten. »Und was für ein tolles Hobby das ist. Ich kanns dir gerne beibringen, allerdings komme ich selbst nicht mehr so oft dazu, abends vor dem Kamin zu häkeln, da die Arbeit mich vollkommen einnimmt.«

»Woran arbeitest du?«

»Ich stecke mitten in Forschungsarbeiten. Dafür ist es erforderlich, dass ich mich mit allerhand wissenschaftlichen Korrespondenzen auseinandersetze. Ich muss Sachverhalte recherchieren, Forschungsexposés schreiben, und auf Tagungen mit anderen Wissenschaftlern meiner Zunft Debatten führen, denn mit meiner Forschung möchte ich die Welt zu einer Besseren machen. Aber komm, ich zeig dir erst mal das Haus. Die Forschungsarbeiten einer alten Dame interessieren dich nicht.«

Sie deutete Sandira an, ihr zu folgen, und führte sie ins Lesezimmer. Sandira hatte so viele Buchreihen selten außerhalb einer öffentlichen Bibliothek oder Buchhandlung gesehen. Ihr Blick schweifte zur Decke, sie sah einen dunkelblauen Anstrich, der mit weißen, grellen Punkten gesprenkelt war. »Sterne«, dachte sie. Es waren Sterne, die dort oben an der Decke hingen. Sie folgte dem Muster. Bald entdeckte sie das Sternenbild des Großen Wagens und des Schützens.

Ihre Großmutter lächelte zufrieden. »Bei meiner Arbeit spielen Sternenkarten eine entscheidende Rolle. So habe ich immer alles im Blick, auch wenn dies nur ein marginaler Auszug des Universums ist, den du an der Decke siehst.«

Sie zeigte ihr den Schreibtisch. Auf ihm erblickte Sandira eine Reihe Schwarz-Weiß-Fotos. Eine Frau mit ebenmäßigen Gesichtszügen und dunklen Haaren stand samt Kletterausrüstung und Rucksack auf einen schneebedeckten Berg. Auf einen weiteren Foto war dieselbe Frau mit einer Gruppe von Menschen in Taucheranzügen in einer Tropfsteinhöhle, in der ein tiefer See lag, der ins Unbekannte führte. Ein weitläufiger Tempel mit einem leuchtenden Wasserbecken. Dann ein dichter Wald. Überall war die über beide Ohren strahlende Abenteurerin abgebildet.

Sie musterte die Gesichtszüge ihrer Großmutter. »Das bist du?«

»In meinen jahrelangen Forschungen habe ich die ein oder andere Strecke zurückgelegt. Ich konnte Orte bereisen, wo wenige zuvor waren.«

»Wie viele Kilometer bist du gereist?«

Ingeborg lachte. »Lichtjahre!«

»Ich bitte dich.«

»Lichtjahre messen nicht die Jahre, sondern die Entfernung. Ich bleib dabei, die Aussage passt.«

»Und das aus dem Mund einer Forscherin.«

Sandira schüttelte den Kopf. Aus dem Augenwinkel heraus

erblickte sie eine Konstruktionszeichnung auf navyblauen Millimeterpapier. Auf diesem war eine Apparatur abgebildet, die sie nie zuvor gesehen hatte. Ein wenig erinnerte die Maschine sie an einen Tunnelbohrer mit einem spitz zulaufenden Bohrkopf. Mit dem Unterschied, dass an dessen Seiten Greifarme befestigt waren, die man beliebig ein- und ausfahren konnte.

»Bohrst du nach Öl? Aber wozu brauchst du dann Sterne?«

»Dieser Bohrer ist die Spitze meiner Forschung. Allerdings nicht die Krönung meiner Schöpfung.«

»Mutter meinte, du wärst Chirurgin.«

»Bin ich. Ich widme mich einem Spezialgebiet.«

»Welches ist das?«

Ingeborg lächelte. »Gehen wir zuerst in den Garten.«

Als sie durch die Türe schritten, blieb Sandiras Blick an einer weiteren Bildergalerie über einer Kommode haften. Ein Mann an der Seite ihrer Großmutter, lächelnd. Daneben ein ähnliches Paarfoto, die Gesichter waren mit Falten durchzogen, und ergrautes Haar zierte die Köpfe. Dann ein Foto, wie er im Krankenhaus lag. Die Wangen eingefallen und ein Infusionsbeutel baumelte neben dem Kopfende des Bettes. Ein staubiger, silberner Ring lag in einer offenen Schatulle auf der Kommode. In ihr das Bild des Herren in seinen letzten Jahren, gerahmt mit schwarzem Seidenband.

»Großvater.«

»Ja, ich und der alte Herr haben goldene Jahre miteinander verbracht«, sagte ihre Oma beim Weitergehen. »Leider war ihm nicht so viel Zeit vergönnt, wie ich mir erhofft hatte. Die Medizin hat ihre Grenzen.«

Tränen schimmerten in Sandiras Augen. Für einen Besuch bei ihrem Großvater war sie zu spät gekommen. Sie blinzelte sie weg und betrachtete den Rücken ihrer Oma, die mit weiten Schritten voranschritt.

Sie sah ein wenig gebeugter aus als zuvor. *Vielleicht ist es nicht verkehrt, hier zu sein.* Wer wusste schon, wie lange ihre Großmutter noch hatte. Da konnte man ja auch einen Sommer bei ihr verbringen.

Zurück im Esszimmer stolperte Sandira über eine zerfled-

derte Plüschspielmaus, ihre Augen waren herausgebissen. *Mister Miez, du bist ein grausames, kleines Biest, nicht?*
Sie kickte die Spielmaus zur Seite und bezweifelte, dass sie das einzige Opfer des Katers war.

Ingeborg nahm das Geschirr vom Tisch, während Sandira den Katzenkratzbaum und das Körbchen betrachtete.

»Falls Mister Miez wieder auftaucht, findest du ihn hier.« Ihre Oma trug die Teller und Tassen in die Küche. »Er liebt es, vor dem Fenster zu liegen und die Amseln im Hof zu beobachten. Setz dich! Ich räume das Geschirr zur Seite, dann zeige ich dir den Garten.«

Durch die Hintertür trat Sandira in den Garten. Der süßliche Duft der Petunien hing schwer wie ein überdosiertes Parfüm in der Luft. Sie rümpfte die Nase und folgte ihrer Großmutter, die auf den Waldrand hinter dem Teich zuhielt.

»Wohin gehen wir?«

»Ich zeige dir die Goldregenpfeifer. Ihre Jungen sind erst vor wenigen Tagen geschlüpft. Wir müssen leise sein, um sie nicht zu erschrecken.«

»Wirklich?«

»Psst.« Ihre Großmutter legte ihren Zeigefinger gegen ihre Lippen.

Sobald die beiden die Waldgrenze überschritten, verlor sich der Geruch der Petunien. Es roch nach feuchten Blättern und abgestandenem Wasser.

Das Zwielicht unter den Bäumen wurde von vereinzelten Sonnenstrahlen durchbrochen, die ihren Weg durchs dichte Blätterdach fanden. Wie die Scheinwerfer auf einer Theaterbühne setzten sie Auszüge des Waldes in Szene. Dort eine heranwachsende Fichte, da ein Moosbett.

Sandiras Blick blieb an der schimmernden Wasseroberfläche eines Tümpels hängen. Sumpfgras wuchs an seinen Rändern. Ihre Schritte gerieten ins Stocken. Das letzte Mal, als sie Sumpfgras gesehen hatte, war vor ihrer Einschulung gewesen. Sie hatte mit ihrer Kindergartenfreundin Lena an einem Bach gespielt, bis der sumpfige Boden unter Lenas Füßen nachgegeben hatte und sie bis zu den Hüften im Morast versunken war. Sie hatte aus Leibeskräften gestrampelt, um sich aus ihrem schlammigen Gefängnis zu befreien. Ohne Erfolg, sie war tiefer und tiefer eingesunken. Sandira hatte ihr zugerufen, sie solle stillhalten. Das hatte ihr Großvater väterlicherseits ihr beigebracht: Wenn du in einen Sumpf fällst, nicht regen und um Hilfe rufen. Ansonsten versinkst du.

Sandira hatte versucht, Lena aus dem Morast zu ziehen, war dabei abgerutscht und selbst bis zu den Knien versunken. Schließlich war ihr nichts anderes übriggeblieben, als um Hilfe zu schreien. Sie hatte so laut gebrüllt, dass ihre Kehle schmerzte. Glücklicherweise war ihre Mutter nicht im Arbeitszimmer und hatte die Hilferufe gehört. Sie hatte beide aus dem Sumpf gezogen. Zu Hause waren sie halbherzig mit einem Wasserschlauch abgespritzt worden, ihre Mutter nörgelte irgendetwas davon, dass sie sie von der Arbeit abhielten, und marschierte zurück ins Büro. Ein Abenteuer, was keiner Wiederholung bedurfte.

»Du weißt, dass dort vorne ein Sumpfgebiet ist?«, rief sie ihrer Großmutter zu.

»Ja, ist es nicht wundervoll. Es ist eins der bevorzugten Brutgebiete der Goldregenpfeifer.«

»Ist das dein Ernst?«

»Ja.«

»Okay, dann geh vor. Wenn du versinkst, habe ich das Haus wenigstens für mich.«

»So schnell wirst du mich nicht los. Vorsicht!« Sie schob ihre Enkelin zur Seite. »An dieser Stelle im Schlamm geht´s runter.«

Mücken umschwirrten sie mit penetrantem Summen. Sandira wedelte mit ihrer Hand vor ihrem Gesicht und zuckte zusammen, als einer der Quälgeister ihr direkt ins Ohr flog.

»Mistviecher!«

Mit dem Finger bohrte sie im Ohr, in der Hoffnung, das Biest herauszupulen.

»In der Natur hat alles seine Aufgabe, selbst die vermeintlichen Störenfriede«, murmelte Ingeborg.

»Es wundert mich nicht, dass du mit ihnen sympathisierst.«

»Die Goldregenpfeifer freuen sich über die Mücken. Sie

haben zu dieser Jahreszeit gut gefüllte Bäuche. Du wirst es gleich sehen. Trödel nicht.«

Ihre Großmutter hatte einen solchen Schritt drauf, als wäre sie gerade auf einer biologischen Forschungsreise mit Stechschritt durch den Amazonas. Fehlten nur noch die Machete und der Expeditionshut. Und ein bisschen dichtere Vegetation, auch wenn es mehr Natur war, als sie sich für ihr eigenes Heim vorstellte. Der Wald passte gut zu einer schrumpeligen, alten Hexe. Ihre Oma hatte lediglich vergessen, die Lebkuchen an die Fassade zu kleben. Sandira schlug sich die Hand vor den Mund und kicherte.

Hinter einem großen Büschel Sumpfgras ging Großmutter Ingeborg in die Hocke. Ihr Zeigefinger war in die Ferne gerichtet. Sandira fokussierte die Fingerspitze, folgte ihr und sah in einer Kuhle, die mit Gräsern ausgepolstert war, Schnäbel in die Höhe ragen. Gelbbraun gefleckte Köpfe reckten sich aus dem Nest und starrten in den Himmel. Ein Zwitschern durchdrang die Luft und bald flatterte ein Elterntier vorbei. »Sie betreiben noch ungefähr zwei Wochen Brutpflege, dann sind die Kleinen flügge.«

»Manche Eltern wollen nun mal ihr eigenes Leben leben. Da müssen die Kinder halt schnell erwachsen werden.«

»Hmpf?« Großmutter Ingeborg sah irritiert zu ihr.

»Vergiss es.«

»Auf jeden Fall sind sie hierzulande eine bedrohte Art. Es gibt wenige Brutpaare. Ein Weiteres war letztes Jahr hier, ist aber nicht mehr zurückgekehrt. Es passiert, dass einige der Küken das Erwachsenenalter nicht erreichen.«

Quengelnde Rufe hallten über die Lichtung. Das Elterntier hatte einen goldgesprenkelten Rücken. Sein Kopf wippte vor, ehe dieser in einer der Kehlen versank. Sandira kniff die Augen zusammen und zählte die Küken. »Drei?«

»Es sind vier. Eines ist schwächer als die anderen. Schau genau hin. Es sitzt neben dem Kleinen, das gefüttert wird. Es hebt sein Köpfchen.« Ein vierter Hals streckte sich empor. Das Küken war winzig, seine Augen halb geschlossen.

»Der ist süß.«

Die Großmutter zögerte. »Ja ...«

»Das Nest ist am Boden errichtet. Ist es nicht gefährlich? Gibt es hier keine Fressfeinde? Und was ist mit deiner Katze?«

»Ich will nicht abstreiten, dass Mister Miez mir ab und an einen Vogel nach Hause bringt. An den Goldregenpfeifern hat er sich nie vergriffen. Insgesamt streunt er lieber, als dass er jagt.«

»Wann kommt er wieder?«

»Ach.« Die Großmutter hüllte sich in ein langes Schweigen, bevor sie fortfuhr. »Wo er jetzt ist, wird er so schnell nicht wiederkommen.«

»Sieht so aus, als wüsstest du genau, wo deine Katze steckt.«

»Komm, gehen wir zurück zum Haus. Es ist bald Zeit für den Tee.«

»Kann ich in die Bibliothek?«

»Ja, ich habe interessante Bücher.«

»Was denn?«

»Die Reise zum Mittelpunkt der Erde. Eines meiner Lieblingsbücher. Ich hab die besten Romane der literarischen Moderne aus den 90er Jahren.«

»Großmutter ... du weißt, welches Jahr wir haben?«

»Die zählen zur Moderne. Hast du in der Schule nicht aufgepasst? Du kannst dich gerne umschauen. Ich hab was im Keller zu erledigen.«

»Was machst du da unten?«

Großmutter Ingeborg fasste sich an den Kopf. »Frühjahrsputz.«

»Im Sommer?«

»Ich muss auskehren«, sagte sie und schlenderte die Treppe hinunter.

»Aha. Alles klar.«

Sandira betrachtete die Kellertür, die hinter ihrer Großmutter zufiel. War sie gerade belogen worden? Von ihrer Oma? *Ich werde langsam paranoid. Was soll die Alte im Keller sonst machen? Die Kühltruhe abtauen?*

»Mal gucken, was ich in der Bibliothek finde.«

Sandira stöberte durch die Bücherregale. Hier und da zog sie ein Buch heraus und studierte den Klappentext. Eins nach dem anderen wanderte zurück ins Regal. Am Regalbrett mit den Jules-Verne-Bänden hielt sie inne. Dort, das Lieblingsbuch ihrer Großmutter. **Die Reise zum Mittelpunkt der Erde.**

Direkt darüber thronte eine Reihe moderner Literatur, darunter Werke von Thomas Mann und weiteren Autoren, die man in der Schule gezwungen war zu lesen. Sandira griff sich ein Buch von Thomas Mann, durchblätterte die Seiten und schüttelte den Kopf. Es flog unfreiwillig durch den Raum und landete auf einem gepolsterten Sofa. »Eine Note in Deutsch, von der meine Mutter nie etwas erfahren wird.«

Direkt neben dem Regal drückte sich ein weiteres gegen die Wand. Ein bronzenes Schild mit der Aufschrift **Wichtigste Abhandlungen** baumelte vom obersten Brett. Sandira griff nach einer dieser wichtigen Abhandlungen, schlug sie auf, versank mit der Nase im Buch und las. »Im Falle einer Apokalypse stellt sich die Frage, wohin die Menschheit flieht.«

Danach kam eine ganze Reihe langatmiger Erläuterungen, die geschickt in Schachtelsätzen verpackt waren, um auch den letzten neugierigen Leser in die Verzweiflung zu treiben. Sie blätterte zum Ende des Kapitels. In fetten Buchstaben strahlte ihr das erlösende Wort entgegen: Fazit.

»In die Tiefsee ... alles klar.«

Sie stellte das Buch zurück und griff noch mal ins Regal. Auf dem schwarzen Einband klebte die Aufschrift: **Meine Diplomarbeit. Eine moderne Abhandlung über die Weltenchirurgie.**

»Ingeborg. Worüber hast du denn geschrieben?« Sie las weiter. »Welten-OPs. Wie unser Wissen aus der Chirurgie der Erde hilft, ihren Organismus zu regenerieren. Oh man, Ingeborg, an welcher Universität hast du denn deinen Doktortitel gekauft?«

Sandira sah entgeistert zu den Bücherreihen. In jeder halbwegs vernünftigen Bibliothek fand sie ein Buch für sich. Hier ... Sie schüttelte den Kopf, das war nicht ihrs. Bevor sie eines dieser Werke anrührte, putzte sie lieber ihr Zimmer.

Sie warf den staubigen Wälzern im Regal einen letzten Blick zu und verließ das Lesezimmer. Sie lief den kurzen Flur entlang, bis sie an die Treppe kam, die zu ihrem Raum führte. Als sie im ersten Stock ankam, hielt sie inne. Warum hatte Großmutter Ingeborg ihr die Etage nicht gezeigt? Schätzte sie einfach ihre Privatsphäre oder hatte sie dort etwas versteckt, was sie vor Sandira verbarg?

Sie zögerte, ein Kribbeln breitete sich in ihr aus. Sie kannte das Gefühl nur zu gut. Der Lockruf des Verbotenen. Zeit für eine kleine Erkundungstour. Sie stieß die erstbeste Tür auf. Ein breites Holzbett mit Blümchendecken nahm die Mitte des Raumes ein. Muffige Gardinen versperrten die Sicht aus dem Fenster und ein altertümlicher Massivholzschrank starrte ihr mit zwei Spiegelaugen entgegen. Neben einem mit Häkeldeckchen verunstalteten Nachttisch blitzte ein Katzenspielball hervor. Sie sah unter dem Bett nach. Außer alten Schlüpfern herrschte gähnende Leere. Sie trat zurück in den Flur und folgte dem Gang. Dort hingen Bilder, keine Illustrationen oder Gemälde, die darauf schließen ließen, dass Ingeborg ein begnadeter Kunstliebhaber war. Vielmehr waren es eingerahmte Plakate aus der Wissenschaft. Der Erdaufbau in Schichten, ein Bild des Hubble-Teleskops und irgendeine mathematische Gleichung, verpackt in einer komplizierten Formel. Sie runzelte die Stirn. War der goldene Rahmen nicht ein wenig übertrieben für eine Gleichung? Sie schlenderte durch die nächste Tür und betrat einen Raum, der sich am ehesten als Abstellkammer beschreiben ließ. Kisten türmten sich zu schwankenden Bergen auf und in einem Regal lag neben unzähligen, vergilbten Blättern allerlei Krimskrams. Sie erblickte einen zerbeulten Aktenschrank, in dem sich dicke Ordner eng an eng drängten. Ihr Finger fuhr an den Ordnerrücken entlang, die Schrift war längst verblasst. Wahllos griff sie einen heraus. Sie setzte sich auf den staubigen Boden und breitete ihn auf ihren Knien aus. Dem Anschein nach waren in ihm OP-Berichte, von OPs, die ihre Großmutter verantwortet hatte. »Gehören die nicht ins Krankenhaus?«

Sie blickte aufs Datum. Zwanzig Jahre lagen zwischen den Behandlungen und dem heutigen Tag. Verwundert sah sie zum Schrank und schnappte sich einen Ordner mit einer aktuelleren Datierung. Als sie ihn aufschlug, rümpfte sie die Nase. Exposés,

Ausfertigungen und wissenschaftliche Publikationen über die Kardiologie am Patienten Erde. *Wie soll man dieses Kauderwelsch verstehen? Und welcher Mensch heißt Erde?* Sie überflog die Seiten. Auf einer war eine Konstruktionsskizze vom Bohrroboter abgebildet. Es war dieselbe wie im Lesezimmer. *Schon wieder so ein trockenes Science-Fiction-Manuskript meiner Oma, das Hollywood abgelehnt hat.* Sie las einen Satz laut vor, ohne dabei über seinen Sinn eine klare Vorstellung zu bekommen: »Bei der kardiologischen Operation muss das Transplantat, welches man dem Patienten Erde einverleibt, frisch sein.« Sie schlug den Ordner zu, anscheinend hatte ihre Großmutter keine passende Lektüre für ein Mädchen wie sie. Bevor sie den Raum verließ, blieb ihr Blick an einer Karte hängen, die halb hinter der Tür versteckt war, einer Karte, bei der man die Orte, die man bereist hatte, freirubbelte. Sie hatte eine Ähnliche zu Hause über dem Kopfteil ihres Bettes angepinnt. Jedes Mal, wenn sie davorstand, wunderte sie sich, wie wenig sie von der Welt gesehen hatte, und dabei unternahm sie gerne Reisen. In ihren Träumen hatte der Amazonas auf sie gewartet. Als sie ihrer Patentante davon erzählte, war diese sofort ins Reisefieber verfallen. Im Internet hatten sie gemeinsam nach einer Reiseroute gesucht und ihre favorisierten Sightseeing-Aktivitäten aufgelistet. Auf einem alten Dampfschiff planten sie, den Rio Negro entlangzuschippern. Jetzt mit Ronjas Erkrankung war das alles schwieriger. Manche Träume sollte man nicht zu lange hinauszögern. Sie betrachtete die Karte vor sich. Sie schmunzelte. Diese zeigte nicht die Erde. Es war eine Sternenkarte zum Freirubbeln. Oben stand dieselbe Überschrift wie auf ihrer Karte: **Wo ich immer mal hinwollte.**

Freigerubbelt waren Sonnensysteme mit der Bezeichnung **Alpha Centauri, Epsilon Eridani** und ganz viele Orte mit dem Namen **HD** und jedes Mal einer ellenlangen Zahl dahinter. Daneben eine Stecknadel, die mitten hinein in die Milchstraße führte.

Sie strich mit dem Zeigefinger über die Karte. Sie liebte das Reisen und wenn es möglich wäre, wäre sie zu den Sternen aufgebrochen. Zu schade, dass der Warp-Antrieb noch nicht

30

erfunden wurde.»Großmutter, du hast einen nicht allzu kleinen Schatten.«

Sandira kramte ihr Handy aus der Hosentasche. Mit einem Klick auf das Kamera-Icon aktivierte sie die Foto-App und schoss ein Foto von der Karte. Sie war dabei, das Foto Nina zu schicken, da ploppte das schlimmste Symbol auf, das sie kannte. Balkenlos. Kein Empfang.

Sie ließ den Kopf hängen und stopfte das Smartphone in ihre Hosentasche.

Als sie zurück ins Schlafzimmer ihrer Großmutter trottete, öffnete sie den Schrank.»Fehlt jetzt nur noch die Astronautenuniform.«

Anstelle einer Raumfahrtuniform plumpste ihr ein alter Schinken in die Hand. Staub wehte ihr entgegen. Sie nieste und schlug das Buch auf. Es war ein Tagebuch. Der letzte Eintrag war erst wenige Tage alt.

Sie schmiss sich aufs Bett und las wahllos einzelne Abschnitte.

»22h 09m 40s, −4° 38' 27", erste Expedition: Dauer 06:00 bis 10:00. Aufgabe: Ersterkundung. Ergebnis: Keine Anzeichen von Leben. Nebelig, da Gasriese. Turbulente Winde. Bitterkalt. Für Reisen nicht zu empfehlen. Gefährlich.«

Sie blätterte eine Seite weiter.

»09h 51m 07s, −43° 30' 10", zweite Expedition: Dauer von 06:00 bis 14:00. Aufgabe: Katalogisierung von Lebensformen. Ergebnis: 30 Invertebraten, darunter Schnecken, Würmer, Spinnen. Drei Gattungen, die es bei uns nicht gibt. Eine, die bereits ausgestorben ist. Zehn Vertebraten katalogisiert, fünf Säugetiere, zwei Reptilien, zwei Vögel und einen Fisch. Ausgeprägte Artenvielfalt an der Oberfläche. Weitere Erkundung empfohlen. Klima mild. Somit für Reisen unbedenklich. Mäßig gefährlich. Sich vor den Klammerpflanzen in Acht nehmen.«

Sie riss die Seite heraus. Und steckte sie in die Hosentasche. Sie brauchte Beweise, wenn sie ihren Freunden vom SciFi-Wahn ihrer Großmutter berichtete. Diese würden sonst denken, sie hätte sich das alles ausgedacht, um sie zu foppen. Bei einem Foto bestand die Gefahr, dass sie glaubten, es wäre gephotoshopt. Da war ein bisschen Papier überzeugender.

Sie blätterte zu den letzten Einträgen. »Heute ist Mister Miez durch das Portal entwischt. Verdammt! Kontamination der dort lebenden Flora und Fauna. Ich hoffe, ich krieg die Katze wieder.«
Sie las den nächsten Report. »Portal wurde offen gehalten. Mister Miez ist von seinem Ausflug nicht zurückgekehrt.« Eine weitere Notiz. »Lockversuch mit Thunfisch gestartet. Der Köder an der Angel wurde angefressen, aber nicht von Mister Miez.«
Der letzte Eintrag war auf den vorgestrigen Tag datiert. »Ich habe keine Hoffnung, dass Mister Miez zurückkehrt. Lebe lang und in Frieden, Samtpfote.«
Sie schlug das Tagebuch zu und steckte es sich in den Hosenbund. Sie strich die Bettdecke glatt und schlich ins Erdgeschoss. Am Fuß der Treppe stolperte sie über einen Fressnapf. Scheppernd tanzte er durch den Flur. Schließlich kam er zur Ruhe und sie schnappte ihn sich. Hier würde Mister Miez ihn nie finden. Sie trug den Napf zur Küche und stellte ihn neben die Gartentüre. Falls ihre Großmutter Mister Miez tatsächlich vermisste, strengte sie sich nicht an, ihn wiederzufinden. Sie kramte im Kühlschrank und zog eine angebrochene Packung Räucherlachs hervor. Sie schmiss zwei Scheiben in den Napf und öffnete die Tür einen Spalt weit. Jetzt hatte Mister Miez wenigstens eine Chance, den Fisch zu erschnuppern.
Sandira schaute auf ihr Smartphone und holte den herausgerissenen Zettel mit den Koordinaten hervor.
»Verdammt. Warum hast du kein WLAN, Ingeborg? Das gibt es sogar in der spanischen Wüste.« Sie hielt das Smartphone vor sich und tapste los, ihr Blick fest auf die Empfangsanzeige gerichtet. »Hier muss es doch irgendwo Empfang geben. Unglaublich. Ohne Google Maps herauszufinden, wo die Katze steckt. Wer dachte, dass es mal so weit kommt. Ich hasse Karten.«
Sie bog ins Lesezimmer ab und steuerte zielsicher eines der Regale an. Ihr Smartphone legte sie aufs Regalbrett. Sie holte einen Atlanten heraus, sah sich die Weltkarte an und verglich die Koordinaten aus dem Tagebuch mit denen der Erde.

»Wusste ich doch, dass ich in Geographie aufgepasst habe. Das sind keine Koordinaten, die ich hier auf der Welt finde. Was treibt meine Großmutter?«

In dem Moment hörte sie, wie die Kellertür aufglitt.

Sandira fing Ingeborg an der Treppe ab. Ein mattes Lächeln lag auf Ingeborgs Lippen. Sand rieselte von ihren Haaren und auf ihrer Brille lag eine feine Staubschicht.

»Wo ist Mister Miez?«

»Irgendwo auf einen Streifzug weit entfernt.«

»Ich habe das Buch gefunden!«

»Welches, eins von Jules Verne?«

»Dein Tagebuch.«

»Wo?«

»Im Schrank.«

»Ach, da habe ich es verlegt. Man geht aber nicht an die Möbel einer alten Dame, junges Fräulein.«

»Schreibst du Science-Fiction-Romane?«

»Wie bitte?«

»Das Tagebuch, was soll das sonst sein?«

»Mein Expeditionstagebuch. Es ist für die Dokumentation der Forschungsfortschritte notwendig.«

»Ja sicher, wo ist Mister Miez?«

»Wenn du es unbedingt wissen möchtest.« Ingeborg strich mit ihrer Hand über ihr Haar und Sand rieselte zu Boden. »Er ist durch ein Portal in eine andere Welt entschlüpft.«

»Also ist er tot. Du kannst es mir ruhig sagen. Ich bin kein kleines Mädchen mehr.«

»Er ist Überlebenskünstler. Sicher überlebt er auf Omicron Persei 3, zumal es dort mäuseähnliche Tiere gibt, und diesen sind Katzen unbekannt.«

»Hm?«

»Sie sind zutraulich und deswegen wird es für Mister Miez problemlos möglich sein, sie zu fangen, auch wenn er ein extrem fauler Kater ist.«

»Was hattest du heute im Tee?«

»Teein. Ich trinke grünen Tee. Kaffee ist mir nicht bekömmlich.«

»Was machst du im Keller? Baust du irgendetwas nicht ganz Legales an?«

»Das Portal ist als Forschungseinrichtung zertifiziert. Es ist alles rechtlich abgesichert.«

»Großmutter.«

»Ich gebe zu, ein paar Bauteile hat mir deine Mutter aus Übersee am Zoll vorbeigeschleust, allerdings hat das eine nichts mit dem anderen zu tun.«

»Großmutter, sagst du mir endlich mal die Wahrheit.«

»Ich kann es dir zeigen, aber dazu muss ich noch mal Staubwedeln. Ich hab eben das Portal auf den ersten Planeten in Proxima Centauri eingestellt, und das ist eine Staubwüste. Du weißt ja gar nicht, wie es nach einer Portalöffnung im Labor aussieht. Wie vom Winde verweht.«

»Ach Oma, ich hätte nicht gedacht, dass du so eine blumige Fantasie hast.«

Großmutter Ingeborg ging auf ihre Bemerkung nicht ein und blickte stattdessen in ihre Augen. »Und du hast die Augen deiner Mutter mit demselben Tatendrang. Vielleicht trittst du die Reise an, um welche ich meine Tochter vor Jahren ersucht habe.«

Sandira neigte den Kopf zur Seite. »Langsam wirst du mir unheimlich.«

»Kind, wir haben viel gemeinsam. Wir beide möchten Abenteuer erleben, die Welt, nein, auch andere Planeten bereisen. Und wir wollen die Erde retten. Ich glaube, wir werden ein gutes Team.«

Sandira wälzte sich von einer Seite zur anderen. Ein leises Fiepen durchdrang die Nacht. Schwerfällig öffnete sie ihre Augenlider. Sie hob den Kopf an und schaute zur Zimmertür. Der Spalt unter der Türe war schwarz. Erneut drang das penetrante Fiepen an ihre Ohren.

Was heckte ihre Großmutter jetzt schon wieder aus?

Sie schob die Bettdecke von sich. Als sie ihre nackten Füße auf den kalten Holzboden aufsetzte, fröstelte sie. Barfuß schlich sie zur Tür und öffnete diese einen Spalt weit. Verschlafen blickte sie in den Flur. Das Fiepen wurde eine Nuance lauter. Das Geräusch war ihr nur zu vertraut. Immerhin hörte sie es jeden Morgen in der Schule, wenn der Supermarkt nebenan beliefert wurde. Sie hasste den Ton. Er erinnerte sie an eine Laderampe, die herunterfuhr.

Hier, mitten in die Nacht, passte es nicht.

Auf Zehenspitzen tippelte sie den Flur entlang. Als sie die Treppe betrat, durchbrach ein Knarzen die Stille. Sie zuckte zusammen. *Verdammte alte Holztreppe.* Sie hoffte nur, dass ihre Großmutter tief und fest schlief. Sie konnte sie schon förmlich hören: »Junges Fräulein, um diese Uhrzeit gehörst du ins Bett. Es gehört sich nicht, in der Nacht durchs Haus zu schleichen.« *Was solls?* Sie würde herausfinden, was hier vor sich ging.

Mit jedem Schritt, den sie weiter nach unten tappte, schrillte das Fiepen deutlicher durchs Treppenhaus. Im Erdgeschoss angekommen wandte sie sich zur Kellertreppe. Aus der einen Spalt weit geöffneten Tür drang ein blasser Lichtschimmer und erhellte die Nacht.

Sie biss sich auf die Lippen und griff nach der Türklinke. Sorgsam darauf bedacht, leise zu sein, zog sie an der Tür. Mit einem Quietschen bewegte diese sich in ihren Angeln. »Oh, sei still, Tür.«

Sie lauschte in die Dunkelheit hinein. Nichts, nur das Fiepen, das von unten zu ihr hinauf drang. Mit einem Ruck zog sie die Kellertür auf. Die Türangeln protestierten, ob der groben Behandlung mit einem weiteren herzhaften Ächzen.

Endlich. Die Tür zum Keller stand offen.

Sollte sie einen Blick wagen? Sie schüttelte über ihre eigenen Zweifel den Kopf. *Warum sonst bin ich hier?*

Sie lehnte sich nach vorne und spähte die Kellertreppe hinunter. Zu dem Fiepen gesellte sich das Surren vom Vortag. Sie sah zwischen den Geländerstäben hindurch auf eine Werkbank, auf der neben allen möglichen Werkzeug ein Robotergreifarm lag. Mit zusammengekniffenen Augen versuchte sie, einen besseren Blick zu erhaschen, als ihre Großmutter an die Werkbank trat. Ingeborg trug einen weißen Laborkittel, der fast bis zum Boden reichte. Sie hatte ihr den Rücken zugewandt. Sandiras

Herz hüpfte hektisch, bevor es wie wild anfing zu pochen. Rückwärts stieg sie einen Schritt die Treppe hinauf und setzte sich auf die oberste Stufe, ihre Oma und den Roboterarm fest im Blick. Sie strich ihre schweißnasse Hand an ihrer Schlafanzughose ab. Wieder das Fiepen.

Was war das?

Mit dem Greifarm über der Schulter verließ ihre Großmutter die Werkbank.

Sandira gab sich einen Ruck. Sie würde so oder so nicht schlafen können, bis sie die Quelle des Fiepens herausfand. Außerdem wüsste sie zu gerne, was ihre Oma dort unten trieb. Stufe für Stufe schlich sie die Treppe hinunter. Immer wieder spähte sie durch das Geländer hindurch. Über der Werkbank waren Monitore angebracht, auf denen lange Reihen von scheinbar zusammenhangslosen Zahlen und Buchstaben abgespielt wurden. Auf einem der Bildschirme war das Bild einer unwirtlichen Landschaft abgebildet.

Sie kam sich vor, wie ihr siebenjähriges Ich, das nichts Besseres zu tun hatte, als den Süßigkeitenschrank ihrer Eltern zu plündern. Für dieses Unterfangen hatten Lena und sie damals einen ausgeklügelten Plan entwickelt. Sie war der Lockvogel, Lena der Strippenzieher. Während sie ihre Mutter unter einem Vorwand in die Küche lockte, schlich ihre Freundin ins Arbeitszimmer und stibitzte den Schlüssel für die Süßigkeitenschublade im Wohnzimmer. Dort lagerte die Nervennahrung ihrer Eltern, gedacht für stressige Arbeitstage und mittelschwere Katastrophen. Um von der eigentlichen Tat abzulenken, schnappte sich Lena zudem den Laptop, der unbewacht im Arbeitszimmer stand, und versteckte ihn im Untergeschoss. Nachdem sich Sandiras Mutter lautstark beschwerte, dass sie sie mit ihren albernen Kinderstreichen von der Arbeit abhielten, begann sie einen wirren Zickzack-Suchkurs durch die Wohnung. Kurze Zeit später verschlug es sie in den Keller. Der Moment für beide, sich im Wohnzimmer auf die Schublade zu stürzen, diese eilig zu plündern und sich auf und davon zu machen. Auf dem Weg ins Kinderzimmer legten sie den Schlüssel zurück, damit der Hausdrache nicht merkte, dass sie ihm seinen Schatz aus dem

Hort gestohlen hatten. Kichernd lagen sie unter dem Bett und verspeisten ihre Beute, während der Drache schnaubend in die Wohnung zurück stampfte.

Doch das, was sie im Keller erblickte, war wesentlich kurioser als das verdatterte Gesicht ihrer Mutter, die verzweifelt nach den Süßigkeiten in der Schublade suchte.

Blinkende Bildschirme überzogen die Kellerwände. An der Decke hing eine Maschine, halb von einem Tuch verdeckt, ein riesengroßer Bohrkopf schaute heraus. Erinnerungen an die Blaupausen im Lesezimmer und im ersten Stock schwirrten Sandira durch den Kopf. War ihre Großmutter einer dieser Seriennerds, die Filmrequisiten aus ihren Lieblingsserien kauften oder nachbauten? Aber aus welcher Serie stammte das Ungetüm an der Decke? Jules Verne? Die Reise zum Mittelpunkt der Erde? Das musste es sein.

Ihr Blick fuhr herum und erfasste ihre Großmutter, die an einem der Computer stand. Ingeborgs Finger flitzten über die Tastatur. Sie beobachtete routiniert einen Bildschirm, auf dem eine Sternenkarte in einem Koordinatensystem abgebildet war. Eine Linie, ähnlich eines Graphen, zog sich über den Monitor und verband zwei Punkte miteinander.

Dafür braucht man diesen Unsinn mit der Kurvendiskussion also.

Sandira kniff die Augen zusammen. Neben einen der Flecken erkannte sie die Überschrift »Erde«. Über einem anderen Punkt erschien eine ellenlange Abfolge von Koordinaten, die ihr müder Blick verschwommen wahrnahm. Ingeborg richtete ihre Brille mit einem routinierten Tippen gegen den Nasenbügel. Hinterdrein prüfte sie die Eingaben, aktivierte einen Testlauf und nahm kleinere Anpassungen des berechneten Kurses vor. Ihr Finger zog die Linie auf dem Bildschirm nach. Sie nickte zufrieden und zog an einem Hebel.

Ein ohrenbetäubendes Knistern erscholl. Elektrisch. Bedrohlich. Wie ein alter Strommast, der Funken sprühte. Sandira zuckte wie auf Knopfdruck zusammen.

Ein blaues Leuchten, kaum größer als ein Tischtennisball, flackerte über einer ovalen Metallplatte in der Luft. Aus den

Rändern züngelten Blitze. Mit jedem Blitzschlag weitete sich das Leuchten aus, bis es schließlich unterhalb der Kellerdecke innehielt. Sie umklammerte die Geländerstangen. Ihre Fingerknöchel stachen weiß unter ihrer Haut hervor. Ein Wind, der von nirgendwo her Einzug in den Raum erhielt, fegte durch den Keller, wirbelte eine Teetasse vom Computertisch, welche am Boden in tausend Einzelteile zersprang. Der Dutt ihrer Großmutter wippte in der Böe, aber all das schien ihr nichts auszumachen. Sandira versuchte ihre losen Strähnen, die ihr wild um den Kopf peitschten, zu bändigen. *Was schmiert sich die Alte in ihre Haare, dass sie so halten?*

Das blaue Leuchten formte sich zu einem Ring. Seine Ränder schlugen sanfte Wellen. Ein Surren zog durch den Raum. Im Inneren entstand das Abbild einer Landschaft. *Ein Hologramm?* Sie legte den Kopf schräg und betrachtete die Wiedergabe vor sich. War das alles nicht ein wenig zu viel Aufwand für einen elektrischen Bilderrahmen?

Sie schlich sich näher heran. In dem Ring war eine Umgebung entstanden, die sie nie zuvor gesehen hatte. Eine Welt, die zu komplex war, zu ungewöhnlich, als dass sie einem Computercode entsprang. Die Haare an ihren Unterarmen stellten sich auf, ihre Augen weiteten sich, fixierten die Details und die imposanten Strudel, die alles, was ihnen in die Quere kam, verschlangen. Mit brachialer Kraft sausten sie durch die Oberflächen unscheinbarer Eilande aus vulkanischem Gestein. Die von Flechten überzogenen Gesteinsbrocken kämpften gegen den Sog, der sie zu zerreißen drohte. Jeglichem Widerstand zum Trotz folgten die Strudel ihrer Bahn. Die Inseln, die sie nicht zertrümmerten, sogen sie in sich hinein.

Sandira verharrte für einen Wimpernschlag reglos. Irritiert warf sie einen Blick auf ihre Großmutter, die in ihre Richtung blickte und sie anlächelte.

Ein Knall ließ sie zusammenfahren und ihre Glieder erzittern. Ein Strudel schoss aus dem Portal geradewegs auf sie zu. Wie eine aufbrausende Welle fegte er durch den Raum. Der Bohrroboter schwankte unheilvoll in seiner Verankerung.

Ihre Großmutter fluchte. Eine steile Falte zerfurchte die Fläche zwischen ihren Augenbrauen. Ein weiterer Strudelschlund reckte sich in den Keller.

Die Augen ihrer Oma trafen die ihren. »Geh«, formten ihre Lippen stumm. Wie versteinert blieb Sandira stehen.

Ihre Großmutter gestikulierte zur Kellertür. »Geh. Jetzt.«

Ihre Enkelin erwachte aus ihrer Starre.

Auf allen vieren schoss sie die Treppe hinauf. Wankend kam sie im Erdgeschoss auf die Füße und knallte hinter sich die Kellertüre zu. Strauchelnd flitzte sie in ihr Zimmer. Ihr Herz hämmerte gegen ihre Rippen. Sie atmete aus, wankte zu ihrem Bett und zog sich die Bettdecke über den Kopf. Das war ein Traum. So musste es sein.

Morgen würde sie aufwachen und wieder bei ihrer langweiligen, häkelnden Oma sein.

Welten wandern

Als Sandira am nächsten Tag in die Küche einkehrte, kam ihre Großmutter aus dem Garten. Ihre Hände waren zu einer Mulde geformt, aus der ein quengelndes Rufen erklang.

»Der kleine Goldregenpfeifer ist von seinen Geschwistern aus dem Nest geworfen worden. Sie haben ihn ganz schön zerfleddert.«

Sandira trat zu ihrer Großmutter und betrachtete das kümmerliche Vögelchen in ihrer Hand. Der Flaum wachsender Federn verbarg spärlich die rosarote Haut. Es zitterte. Mit müden Augen schaute es zu ihnen herauf, bevor es seinen Kopf kreiste und unter dem gelbbraun gesprenkelten Flügel versteckte.

Ingeborg schritt zur Küchenzeile und setzte das Küken in einen Brutkasten, dessen Boden mit Heu ausgelegt war. Über ihm baumelte eine Wärmelampe, die eine Ecke des Käfigs ausleuchtete.

Sie kramte eine Pipette aus einem der Schränke, ging zum Kühlschrank und holte eine Packung mit der Aufschrift »Futterbrei« heraus. Sie sog mit der Pipette den Brei auf und hielt sie dem Vogel vor den Schnabel. Nur widerwillig nahm dieser seine Mahlzeit an.

Großmutter Ingeborg legte das Aufzuchtfutter zur Seite.

»Das passiert nicht das erste Mal?« Sandira betrachtete das Küken, das einsam im Brutkasten ruhte und sich kaum regte. Sie trat näher. Ihr Herz schmerzte, wenn sie das hilflose Federknäuel sah. »Wird er durchkommen?«

»Nein, nicht das erste Mal. Es kommt immer Mal wieder vor, dass ich einen verletzten oder schwachen Vogel aufnehme. Leider schaffen es nicht alle. Die Zeit wird zeigen, wie es um den Kleinen bestellt ist.«

Ihr Blick ruhte auf ihrer Enkelin, die auf das Küken starrte.

»Croissants? Ich habe Aufbackbare.«

»Tu dir keinen Zwang an. Was war das gestern?« Sandira riss sich vom Anblick des Vögelchens los und schaute ihre Oma an. Diese wusch sich die Hände, machte den Ofen an und rollte den Teig zu Hörnchen.

»Gestern?«

»Ja, was hast du im Keller gemacht?«

»Ich habe doch gesagt, dass ich dort putzen werde.« Ingeborg warf die Croissants in den Ofen.

»Mit Riesenstrudeln, die alles einsaugen.«

»Ich bin froh, dass ich meine Notizen nicht im Keller aufbewahre.«

»Ja, das habe ich bemerkt.«

Großmutter Ingeborg sah zu ihr rüber. »Ach was?«

»Im Abstellraum.«

»Du hättest fragen können, wenn du eine anspruchsvolle Lektüre lesen möchtest.«

»Was laufen da für Experimente?«

»Warte. Ich bereite das Essen vor. Frühstück ist für Leute, die weite Wege reisen, die wichtigste Mahlzeit des Tages.«

Die Hörnchen gewannen an Farbe, während Großmutter Ingeborg Milch für den Kakao erwärmte und Marmelade und Butter aus dem Kühlschrank holte.

Schweigend aßen sie die Croissants.

Der letzte Bissen verschwand in Sandiras Mund.

»Jetzt erzähl schon.«

»Ich bin Chirurgin.«

»Ich habe noch keinen Chirurgen gesehen, der ein Portal im Keller hat. Und sag mir nicht, das ist die neue Mode unter Spezialisten.«

»Nach meinem Studium arbeitete ich als traditioneller Chirurg im Krankenhausbereich. Ich spezialisierte mich auf Organ-transplantationen.«

»Klingt ekelhaft.«

»Es ist eine Arbeit, die ein präzises Können voraussetzt. Eine Disziplin, die todgeweihten Menschen eine zweite Chance gibt. Die Eingriffe wurden zur Routine. Und obwohl ich Kranken half, langweilte mich das Praktizieren zusehends. Ich widmete mich einem anderen Patienten. Dem Patienten Erde. Er verdient einiges mehr an Aufmerksamkeit als wir. So schrieb ich meine wissenschaftlichen Abhandlungen über ein neues Fachgebiet: Welten-OPs. Wir übertrugen das Wissen von OPs auf die Behandlung von Planeten.«

Sandiras Mundwinkel zuckten. Grübchen gruben sich in ihre Wangen. Ihr Lachen hallte durch die Küche. Sie wischte sich Tränen aus den Augenwinkeln und schnappte nach Luft. »Du hättest Schauspielerin werden sollen. Ich hab dir das mit den Welten-OPs fast abgenommen. Genial. Wer hat dir mit dem Programm im Keller geholfen?«

Großmutter Ingeborg lehnte sich in ihrem Stuhl zurück und verschränkte die Arme.

»Meine Kollegen leben im Ausland. Sie vertreten wie ich die Ansicht, dass Planeten sich ähnlich wie Organismen verhalten. Ihre Krankheiten sind vielfältig und treten einerseits auf, wenn sich ihre natürliche Lebensspanne dem Ende zuneigt oder andererseits ein Ungleichgewicht in ihrer Besiedlung besteht. Tritt der zweite Fall ein, kommen wir ins Spiel.«

»Wer ist wir?«

»Es gibt eine Reihe von Wissenschaftlern unter meiner Führung, die sich diesen Themenbereich widmen. Wir haben unsere Methoden zur Behandlung von Planeten entwickelt und verfeinert. Leider sind einige mittlerweile der Meinung, dass solche unnötig sind. Die Lebensspanne eines Planetoiden erscheint ihnen ewig. Was bedeuten schon ein paar Jahrhunderte oder Jahrtausende, die fehlen? Doch wir Menschen tendieren dazu, zu kurzfristig zu denken. Was für uns lange wirkt, ist für einen Himmelskörper nur eine flüchtige Zeitspanne.«

»Und wie behandelt man einen Planeten?«

»Das ist eine komplizierte Angelegenheit, die bisher nur theoretisch erforscht wurde. Warte kurz.« Sie verschwand aus dem Esszimmer und kehrte wenige Augenblicke später mit einem Ordner zurück. »In dieser achthundert Seiten Abhandlung lege ich dar, wie es funktioniert. Da du meine Klamauk-Literatur nicht liest, ist das vielleicht die richtige Lektüre für dich.«

»Großmutter ...« Sandira legte den Aktenordner ungeöffnet auf den Tisch.

»In Ordnung, dann die Kurzfassung. Die Theorie ist machbar, ich arbeite an der Umsetzung, wie du siehst.«

»Und wozu brauchst du ein Portal?«

»Um Planeten verschiedenster Art zu erforschen, ihre Krankheiten zu erfassen und Behandlungsmethoden zu entwickeln. Diagnosen kann man nur stellen, wenn man den Organismus zumindest in Ansätzen begreift.«

»Ach ja.«

»Und aus Neugier. Warte, ich zeig dir das Labor.«

Sandira folgte ihrer Großmutter die Treppe hinunter. Einzelne Notizblätter lagen verstreut auf den Stufen. Der Wirbel hatte sie quer durch den Raum geschleudert.

»Die Maschinerien, die du auf den Skizzen gesehen hast, sind Teil meiner jahrelangen Forschung. Auf Basis der Behandlungsmethoden, die ich entwickele, brauchen zukünftige Weltenoperateure die passenden Instrumente. An deren Entwicklung werkle ich. Ich habe in diesem Labor alle Gerätschaften untergebracht, die ich für die planetare Arbeit benötige. Sie sind bereit zum Feldtest.«

Einige Monitore flackerten und irgendwelche Programme, auf denen komplexe, mathematische Berechnungen liefen, blinkten auf den Bildschirmen.

»Sandira, du musst wissen, ich bin ein sehr bescheidener Mensch, aber meiner Arbeit gehe ich begnadet nach. Dank der Fördermittel unseres Fördervereins für Weltenoperateure und dem Einsatz deiner Mutter bei der Zulieferung konnte ich das hier alles erschaffen.«

Sandira stand zweifelnd vor den Gerätschaften und schaute auf die ovale Metallplatte, über der gestern ein gigantischer

Strudel durch den Raum getobt war. Auf einem der Monitore war eine Sternenkarte abgebildet.

»Und die Computer machen was?«

»Diese Bildschirme zeigen, ob die Energieversorgung für das Portal, das in eine andere Welt hineinführt, stabil ist. Es gibt viele Parameter, die zu beachten sind, damit es den richtigen Weg zu einem Planeten abruft. Die Rechner berechnen die Koordinaten, wohin das Portal führen soll. Du möchtest ja nicht irgendwo in der Milchstraße landen.«

»Du hast kein Internet, keinen Streaming-Dienst und auch sonst lebst du technisch hinter dem Mond, aber du besitzt einen sternenkursberechnenden Supercomputer? Alles klar ... verschaukeln kann ich mich selber. Wer hat dir die Holoscheibe installiert?«

»Es handelt sich nicht um ein Hologramm. Wenn wir den Weg kennen, gelangen wir auf fremde Planeten.«

»Das ist nicht dein Ernst.«

»Doch, ich war bereits auf anderen Welten.«

Sandira erinnerte sich an das Tagebuch, die Koordinaten und die Einträge zu den Entdeckungen, die sie für ein Sammelsurium grotesker Science-Fiction-Fantasien hielt.

»Wenn es funktioniert, müsstest du es mir zeigen können.«

»Das ist der beste Einstieg in die Materie.« Großmutter Ingeborg lächelte und klappte einen Schalter um. Ein Leuchten durchdrang den Keller. Ein vertrautes Summen toste in Sandiras Ohren. Der Lichtstrahl flackerte wie eine blaue Flamme kurz auf und formte dann den bekannten Ring.

»Das ist das Portal. Es schafft einen Weg durch Raum und Zeit. Solange du die Koordinaten weißt, führt es dich überall hin. Bis auf Mister Miez. Der ist eher zufällig da hineingestolpert.«

»Ist er tot?«

»Nein! Nein! Wie gesagt, er hat reichlich Nahrung auf Omicron Persei 3.«

»Ach ja, du hast es erzählt.«

»Eines meiner Forschungsexemplare ist aus der Box ausgebrochen und durch das Portal zurück in seine Welt geflüchtet.

Mister Miez direkt hinterher. Er hielt das Forschungsobjekt für eine Maus. Diese Art sieht aus wie eine, hat allerdings einen Rüssel wie ein Elefant. Wie gesagt, Mister Miez müsste sie kriegen.«

»Das ist hier aber keine dieser neuen, virtuellen Realitäten von der Computermesse, Ingeborg? Oder spielst du versteckte Kamera?«

»Nein, das ist ein Portal, ein Tor zum Weltenwandern. Ich war einst ein begnadeter Weltenwanderer. Allerdings bin ich jetzt ein wenig alt, und viele Planeten sind zu aufregend für mich.«

Sandira sah sie an. Bis auf die Falten unterschied sie sich kaum von der abenteuerlustigen Frau auf den Fotos. Wenn sie über fremde Welten sprach, lag derselbe Glanz in ihren Augen.

»Ich brauche einen Nachfolger, der die Arbeit fortführt. Deine Mutter fragte ich einst, leider hatte diese nur ihre Karriere im Kopf und wollte von meinen angeblichen Spinnereien nichts wissen. Dabei zeigte ich ihr sogar Proben aus anderen Welten, bedauerlicherweise glaubte sie mir nicht.«

»Und das wundert dich? Was du erzählst, ist ein wenig minimal durchgeknallt.«

»Daher habe ich ein Angebot, was ich deiner Mutter vorenthielt. Ich zeige dir einen der Planeten. Komm, tritt vor das Portal.«

Widerstrebend trat Sandira einen Schritt vor. Durch den Ring schaute sie auf die Kellerwand.

»Es gibt einige Regeln, die zu beachten sind. Jede Welt, die hinter diesem Portal liegt, ist verschieden. Über meine zahlreichen Ausflüge hinweg habe ich folgende Faustregeln für mich aufgestellt: Fasse ja nichts an, was du nicht kennst. Die Objekte und Lebensformen auf der anderen Seite haben das Potenzial, für uns gefährlich zu sein. Zudem könnte dein Eingriff Konsequenzen für die andere Welt haben, die du erst im Nachhinein feststellst.

Zweite Regel: Merke dir, wo das Portal ist, und packe einen Kompass ein.

Dritte Regel: Nehme dir Proviant mit. Lerne, Essen und Trinken einzuteilen.

Vierte Regel: Lass dich in einer fremden Welt nicht ablenken, auch nicht von ihrer Schönheit. Sei auf dein Ziel fokussiert. Und die letzte und wichtigste Regel: Hüte dich vor dem Kontakt mit einheimischen Lebensformen, vor allem, wenn sie ein Bewusstsein besitzen.«

Sandira ließ die Worte auf sich wirken. Ein mulmiges Gefühl breitete sich in ihrer Magengegend aus.

»Verstanden?«

Sie schüttelte den Kopf. »Das ist verrückt.«

»Das legt sich, wenn du in genug Welten warst. Na ja, am besten ist es, du begibst dich erstmal auf die Reise.« Ein mattes Lächeln ruhte auf dem Gesicht ihrer Großmutter, das Erste, seit ihrer Ankunft. »Ich werde dir alles mit der Zeit erklären. Doch nun merke dir die Regeln, die ich dir genannt habe. Es ist wichtig, dass du diese nicht vergisst. Wiederhole sie für mich.«

Zögernd wiederholte Sandira, was ihre Großmutter gesagt hatte.

»Gut, nur noch ein paar Eingaben und es geht los.« Ingeborg tippte einige Daten in den Computer ein. Auf den Bildschirmen schlugen verschiedene Linien aus. Mit einem leisen Knistern entstand ein Bild im Ring. Sandira musterte die Welt, die vor ihren Augen erschien. Eine weite Ebene, auf der nichts als Pflanzen wuchsen. Ihr Magen rumorte. Ein verhaltenes Lächeln stahl sich auf ihr Gesicht. *Bestimmt ist das nur ein Scherz. Wer weiß, ob ich nicht geradewegs gegen die Kellerwand knalle, wenn ich da durch laufe. Doch wie schön wäre es, falls ich tatsächlich in andere Welten reisen könnte.*

In diesem Fall würde sie das Handy zücken und alles fotografieren. Das Abenteuer nähmen ihr selbst ihre besten Freundinnen nicht ab. Sandira seufzte. Schade, dass es nur ein schlechter Scherz ihrer Oma war. Aber immerhin gab sie sich Mühe, sie zu unterhalten.

»Du wirst heute in eine verhältnismäßig harmlose Welt reisen. Dort passiert dir nichts, solange du dich an die Regeln hältst.«

Ingeborg packte Sandira an den Schultern und bugsierte sie vor das Portal.

Diese zupfte an ihrer Hose und strich ihr T-Shirt glatt. Bald war es so weit. Ein Schweißfilm legte sich auf ihre Handflächen, sie fühlte sich wie beim Bungeespringen auf der Kirmes. Irgendwo gefangen zwischen freudiger Erwartung und Angst.

»Nimm das mit!« Ihre Großmutter hielt ihr einen Beutel hin. »Proviant und ein Kompass. Folg dem Pfeil im Display, dann kommst du zielsicher zurück zum Portal.«

Wortlos nahm Sandira die Ausrüstung entgegen.

»Warte. Bevor ich es vergesse!«

Ingeborg ging zu einer ihrer Werkbänke und holte eine Apparatur, welche verdächtig nach einem Chipgerät für Tiere aussah.

»Was ...«

Die Großmutter hielt das Gerät an Sandiras Arm. Ein schmerzhafter Stich zog durch ihren Arm.

»Au!«

Sie rieb sich über den Arm. Sie war doch kein streunender Köter, dem man ungefragt einen Chip verpasste. Großmutter Ingeborg hatte eindeutig zu viele Science-Fiction-Filme gesehen und selbst da erhielten die Crew-Mitglieder nur ein lokalisierbares Abzeichen und nicht gleich einen Chip. Die Alte hat sie wohl nicht mehr alle.

»Und wie werde ich das Ding wieder los?«

Ihre Großmutter zuckte mit den Schultern. »Warum solltest du es loswerden wollen? Du willst doch nicht verlorengehen, wenn du durch die Welten ziehst. Oder möchtest du wie Mister Miez enden? Gestrandet auf einem fremden Planeten, ohne die Möglichkeit, dich wiederzufinden?«

»Ist das dein Ernst?«

»Ich lerne aus meinen Fehlern, meine Liebe. Sobald der Kater zurückkommt, erhält er ebenfalls einen Chip. Sicher ist sicher.«

Ihre Großmutter prüfte das Display des Gerätes, nickte und legte es beiseite.

Sie griff sich eine Flasche, sprühte eine klare Flüssigkeit auf die Einstichstelle und klebte ein Pflaster mit bunten Dinos drauf.

»Es ist Zeit für deine erste Reise.«

Unschlüssig betrachtete Sandira das Portal und die Welt, die vor ihr lag. Sie atmete tief ein. Sie trat von einem Bein auf das andere. Ihre Muskeln spannten sich an und sie presste ihre Lippen zusammen. *Los jetzt.* Sie tippelte wenige Zentimeter nach vorne. Ihre Hände öffneten und schlossen sich. *Jetzt aber.* Ihre Finger zuckten. Sie stieß die Luft aus. *Verdammt, das kann doch nicht so schwer sein.*

Sekunden vergingen, und immer noch stand sie vor dem Portal. Ein Stoß ließ sie nach vorne stolpern. Bevor sie sich versah, passierte sie den leuchtenden Ring und befand sich in der unbekannten Umgebung. Sie schaute zurück.

Ihre Großmutter schmunzelte. »So bin ich auch in meine erste Welt gestolpert.«

Sandira sah Stolz in den Augen ihrer Oma leuchten, die Freude über ihre Debütweltenwanderung und einen Funken Hoffnung. Sie runzelte die Stirn. Hoffnung? Die Alte hoffte ja wohl nicht, dass sie den Rest ihres Lebens in dem muffigen Haus verbrächte. Für einen Sommerurlaub auf anderen Welten war es eine gute Ausgangsbasis, aber danach würde sie zurück in die Stadt zu ihren Freunden fahren. Da konnte sich Großmutter Ingeborg auf den Kopf stellen. Zum Gruß tippte sie sich mit Zeige- und Mittelfinger an die Stirn. Sie wandte sich um und widmete sich den Planeten, der vor ihr lag.

Der Boden federte unter ihren Schritten. Es war, als würde sie auf dem elastischen Tuch eines Trampolins spazieren. Federleicht glitten ihre Füße über die Bodenpflanzen. Mit jedem Schritt stieg der Drang, auszuprobieren, ob der Untergrund sie wie eine Hüpfburg emporschleudern würde. Sie verfiel in einen Laufschritt. Umso schneller sie rannte, umso mehr Schwung gab der Boden ihr für den nächsten Satz mit. Sie schwebte kurz in der Luft.

Ihr Herz klopfte wild, als sie zum Sprung ansetzte.

Beschwingt wurde sie voran katapultiert. Mit Leichtigkeit sprang sie einige Meter weit, weiter, als sie je beim Leichtathletiktraining gesprungen war. Sie jauchzte vor Freude. Erst als ihre Lungen brannten, hüpfte sie langsam aus und wischte sich den Schweiß von der Stirn. Ob man den Boden in ihre Welt verlegen konnte? Sicher wäre er die Attraktion schlechthin. Sie schlenderte über die Ebene und nahm sich die Zeit, um die Landschaft genauer zu betrachten.

Kanten, Ecken, spitz zulaufende Winkel. Alles auf diesem Planeten war kantiger als auf dem ihren. Die Natur hatte hier einen anderen Verlauf genommen. Sie schaute zu ihren Füßen hinab.

Blüten umgaben sie und überzogen die Ebene wie einen Rasen. Die dreieckigen Blütenblätter standen in alle Richtungen ab. Ein wenig erinnerten sie Sandira an die spitzen Dornen der Brombeersträucher im Garten ihrer Eltern.

Behutsam hob sie einen Fuß und strich mit der Schuhspitze über die Pflanzen. Anstatt an den Kanten hängen zu bleiben, glitt ihr Schuh widerstandslos durch diese hindurch.

Sie runzelte die Stirn. Sie merkte keinen Widerstand. Es war, als würde sie Watteballen streifen.

Sandira kribbelte es in den Fingern. Wie sich die Pflanzen wohl anfühlten? Waren sie weich oder offenbarten sie ihre Wehrhaftigkeit erst, wenn bloße Haut über sie strich. Sie beugte sich nach vorne, sie sehnte sich danach, mit ihren Händen durch die Blätter zu streichen. War ihre Oberfläche rau? Flüsternd hallten die Worte ihrer Großmutter in ihren Gedanken wider sowie die Warnung, nichts in fremden Welten anzufassen.

Sie hockte sich hin. Gab es einen Unterschied darin, ob man die Pflanzen als Trampolin benutzte oder sie anfasste? Würde überhaupt etwas geschehen? Sicher waren ihre Sprungübungen belastender als eine sanfte Berührung. Ihre Finger schwebten knapp über den pastellfarbenen, spitz zulaufenden Blättern und den eckigen Blüten. Das Kribbeln verstärkte sich. Sie warf einen Blick zurück. Ihre Großmutter war nicht mehr im flackernden Lichtkegel des Portals zu sehen. Beobachtete sie sie? Sie grinste. Im Grunde hatten Verbote sie noch nie von etwas abgehalten.

Sie tippte eine der Blumen an. Eine sanfte Vibration zog durch diese. Langsam breitete sich ein Lichtschimmer aus, der von einer Blüte zur nächsten wanderte, bis das ganze Blumenmeer in der Ebene in einem blassen Licht leuchtete. Mit ihm zog in Sandira Wärme auf und unbeschreibliche Freude füllte ihr Innerstes. Das Leuchten zog sich durch mehr und mehr Blüten.

Ein Schatten schwang im Lichtspiel von einer Seite zur anderen. Sie schaute dem Schattentreiben hinterher, folgte der wandernden Silhouette, die sich in die Länge zog. An deren Ende wanderte Sandiras Blick in die Höhe. Ein alter Baumstamm erhob sich, sein Haupt war mit Geäst gekrönt, das an die schwarz gefärbten Knochen eines Skelettes erinnerte. Spröde reckte es sich gen Himmel. Das Laub war vom Wind davongetragen worden. Im Baumschatten vollzog sich weiter das Lichtspiel. Die Blätter der Bodendecker tanzten flackernd im diffusen Licht. Sie breitete ihre Arme aus und drehte sich lachend wie eine Ballerina im Kreis. Bald erreichte der Lichtschein das alte Baumskelett. Der kahle Baum, einst tot, erstrahlte in einem gleißenden Lichtkegel, welcher ihn umfing. Mit ihm kehrte das Leben in ihn zurück. Neue Zweige sprossen aus den verkohlten hervor. Wie bei einem Flussdelta gabelten sie sich auf ihrem Weg in die Höhe. Es entfalteten sich frische Blätter aus den Knospen. Sie umgaben die Äste wie ein festes, schützendes Kleid, das gemächlich im Wind wehte. Sandira stand im Lichtkegel des Baumes und beobachtete, wie er sich nahtlos ins Blütenmeer einfügte.

Wie konnte eine flüchtige Berührung dies auslösen? Bereits zuvor war der Planet schön, doch nach dem kurzen Fingertippen hatte er sein volles Potenzial entfaltet. Sie hatte ihm die Krone der Schönheit aufgesetzt, den Anstoß gegeben, sich zu wandeln. Oder war es ein Zufall gewesen?

Gab es andere Wesen auf dieser Welt, die ein solches Ereignis auslösten? Ingeborg hatte sich hierzu bedeckt gehalten. Sandira ließ ihren Blick über die leuchtende Ebene wandern. *Eher nicht.* Wenn der Planet so harmlos war, wie ihre Großmutter behauptete, gab es hier wohl kaum mehr als Pflanzen. Vielleicht war es das erste Mal, das so etwas geschah? Sollte sie ihrer Oma von ihrer Entdeckung berichten? Immerhin hatte sie gegen eine der Regeln, die sie ihr ans Herz legte, verstoßen. *Verdammt.* Ihre Großmutter einzuschätzen, war unmöglich. Sie kannte sie zu wenig. *Na ja, ein Geheimnis schadet nie.* Sie lehnte sich an den Baum und beobachtete das Lichtspiel, sog den würzigen Duft der Welt ein. Es war, als säße sie in einem Wildkräutergarten, auf den frischer Regen gefallen war. Mit dem Stand der

Sonne änderte sich das Farbenspiel auf der Ebene. Kräftiges Rot mischte sich mit Königsblau und verschmolz zu Violett.

Das Licht wurde matter. Das Land tränkte sich wieder in Pastellfarben. Der Baum verlor bald den Lichtschein, der ihm das Leben schenkte. Die Blätter rauschten, bevor sie zu Boden regneten. Der Wind trug sie davon. Das Holz knarzte und zerriss. Die Rinde platzte auf. Im kurzen Moment des Sterbens fiel ein Samenkorn hinab. Es setzte auf der Wiese der spitzen Pflanzen auf. Sie beugte sich zu ihm herab. Wuchs er aus dem Erdreich empor oder spross er direkt auf der Erdoberfläche? Sie hob den Samen auf und wiegte ihn in ihrer Hand. Sollte sie ihn einbuddeln? Ob ihre Großmutter diesen Aspekt erforschte? Botanikbücher hatte sie bisher nicht entdeckt.

»Ich kann dich nicht in meine Welt mitnehmen.« Sie schaukelte ihn ein letztes Mal in ihrer Handfläche. »Ich drücke dich in die Erde. Sicher ist sicher.«

Die Dunkelheit breitete sich über der Ebene aus, der Baum war ein düsterer, alles einnehmender Schatten, der bald mit der einbrechenden Nacht verschmolz. Nur noch das Flackern des Portals spendete Licht.

»Schade, wie auf dieser Welt die Zeit verfliegt. Ich hätte sie gerne noch etwas erkundet.«

Sandira stand auf und trat durch das Portal. Als sie hindurchschritt, wehte ihr die kühle, muffige Luft des Laborkellers entgegen. Blinkende Bildschirme begrüßten sie. Sie schaute zurück. Eine grün leuchtende Mondscheibe schwebte über der Ebene.

Das Portal hinter ihr verschwand mit einem Puffen. Bald erblickte sie ihre Großmutter, die im Keller an einer Apparatur herumschraubte, die auf den ersten Blick wie ein überdimensionierter Greifarm aussah. Auf dem Tisch stand eine Kanne Tee.

»Wofür brauchst du den?«

Ihre Großmutter schob die Lötbrille nach oben.

»Möchtest du Tee? Es ist zwar nur noch wenig da, aber eine Tasse kriegen wir voll.«

»Klar. Wenn du mir verrätst, was du da bastelst.«

»Eine Erweiterung für meinen Roboter.« Sie deutete auf die Maschine, die unter der Decke hing.

»Okay.«

»Erzähl mir von deinem Ausflug. Wie war es, in eine andere Welt zu reisen?« Ingeborg goss den Tee ein und reichte ihn ihrer Enkelin.

Ein strahlendes Lächeln breitete sich auf Sandiras Gesicht aus. Sie nahm die Tasse entgegen und flitzte im Labor auf und ab.

»Der Boden ist genial. Er ist wie ein Trampolin. Glaubst du, man kann ihn in unserer Welt anpflanzen?«

Ihre Großmutter legte den Kopf zur Seite.

»Ein Sprung und ich bin meterweit geflogen. Weiter als beim Weitsprung. Viel weiter. Es war, als könnte ich fliegen und dann diese Pflanzen. Alles aus Dreiecken. Ich dachte immer, rund wäre die ideale Form in der Natur, aber dort ... Es war so anders und doch so passend. Das Beste, ich konnte sie berühren, ohne mich zu verletzen, trotz ihrer Spitzen und Kanten. Und das Leuchten, es war schöner als jedes Feuerwerk. Hast du gesehen, wie der Baum zum Leben erwacht ist. Das so etwas möglich ist?«

Verträumt blickte sie auf die Stelle, an der sie das Portal durchschritten hatte.

»Du hast die Blätter berührt?«

Sandira zögerte, auf Ingeborgs Gesicht blitzte ein Lächeln auf. »Gut, dass ich dich nicht auf den Planeten mit den fleischfressenden Pflanzen geschickt habe.«

»Fleischfressende ...«

»Alles zu seiner Zeit. Genug für heute. Ich freue mich, dass du dich in der Welt zurechtgefunden hast. Trink deinen Tee und ruhe dich aus. Du bist aus dem richtigen Holz fürs Weltenreisen geschnitzt.«

»Eine Frage hätte ich noch. Warum war der Baum tot und dann wieder lebendig?«

»Leben. Tod. Tod. Leben. In unserer Welt scheint das eine der Anfang zu sein und das andere das Ende. Nach meinen Erfahrungen trifft dies nicht überall zu. Dort ist der Tod ein Zwischenstadium zwischen Leben und erneutem Erwachen.«

»Der Tod ist dort nicht endgültig?«

»Nein, er ist wie ein Schlaf. Vorübergehend.«

»Das ist anders als hier.«

»Du wirst vieles sehen, was sich von unserem Planeten unterscheidet. Ich hoffe, dass ich dich für eine weitere Welt begeistern kann?«

»Auf jeden Fall! Wo soll´s hingehen?«

»Sehr schön. Aber du brauchst ein bisschen mehr Vorbereitung.«

Sternentropfen

Sandira stand mit einem Kompass und einer Karte mitten im Wald. Sie sah auf ihre Liste: »Felswand. Check. Glitzersteinformation. Check. Alter Baum. Check. Jetzt Stecknadel im Baumstamm. Witzig, Ingeborg, ich bin schon seit Stunden hier.«

Sie schoss ein Foto von dem Baum vor sich. Sie umrundete ihn und hielt nach einer Nisthöhle Ausschau. Welche Überraschung ihre Großmutter wohl für sie versteckt hatte? Dort ein Nest, aus dem rotbraune Haarbüschel heraushingen. Sicherlich hatte es einst ein Eichhörnchen in Beschlag genommen. Sie stellte sich auf die Zehenspitzen und spähte hinein. Ihr glitzerte eine Glasflasche entgegen. Sie holte die Flasche heraus und las die Aufschrift. **Ein Schluck deines Lieblingstees.**

»Ach Ingeborg, sag mir lieber, wo die Nadel ist.«

Sie tippte die Koordinaten für ihr nächstes Ziel in den digitalen Kompass ein. Der Pfeil deutete geradeaus, sie folgte ihm und wanderte tiefer in den Wald hinein.

Der Waldboden war aufgewühlt. Gespaltene Hufabdrücke waren in den weichen Boden gepresst. *Wildschweine. Na toll!*

Ihr Blick fuhr herum. Weit und breit kein Tier zu sehen. Mit gespitzten Ohren stapfte sie voran, weg von der Spur. Der Pfeil wies ihr die Richtung. Ihre Füße versanken im Matsch. Mit einem quatschenden Geräusch befreite sie ihre Füße. Vogelgezwitscher schallte durch den Wald, das Flöten der Meisen wurde vom rhythmischen Klopfen eines Spechts unterbrochen.

In ihrer Grundschulzeit hatten sich die Kinder einen Spaß daraus gemacht, den Gesang der Vögel zu unterscheiden. Es war ein Wettbewerb, wer die meisten Rufe kannte. Sie schüttelte den Kopf. Wie hatte sie all das vergessen?

Sie hielt inne. Das Display des Kompasses flackerte. Sie klopfte gegen das Gerät. Der Pfeil verschwand und mit ihm die aktuellen Koordinaten. »Kein GPS-Signal. Das hat mir gerade noch gefehlt.« Im Unterholz knackste es. Ein Grunzen durchbrach die Stille des Waldes. Sie riss den Kopf hoch. Donnernder Hufschlag ließ sie zusammenfahren. Vor ihr schoss eine Rotte Wildschweine über einen Waldpfad. Zwischen den schwarzgrauen Borsten der Elterntiere hob sich das gestreifte Fell der Frischlinge hervor. Sie hielt den Atem an. Ihre Muskeln spannten sich an. Sie erstarrte wie ein regloser Eisklumpen. Eines der Schweine verringerte sein Tempo. Seine schwarzen Augen richteten sich auf Sandira.

Das Blut pulsierte in ihren Ohren. Das Wildschwein wandte sich ab und stürmte hinter den letzten Tieren der Rotte her. Der Hufschlag verklang. Sie atmete aus. Ihre Beine waren so wackelig, als hätte sie einen 800-Meter-Lauf absolviert. Sie verharrte bewegungslos, bis sie sich sicher war, dass das Schwarzwild nicht zurückkehrte. Langsam ließ sie ihren Rucksack von den Schultern gleiten und kramte eine Landkarte hervor. Sie überprüfte die Koordinaten und überlegte, wo die Heunadel zu finden wäre. Den Standort hatte sie auf der Karte markiert. Das Problem war, dass der digitale Kompass ihr bisher ihren Aufenthaltsort angezeigt hatte. Diesen hatte sie sich nicht gemerkt. Sie holte aus dem Rucksack einen mechanischen Kompass heraus. Sie versuchte sich, die Koordinaten in Erinnerung zu rufen. Sie schüttelte den Kopf. *Keine Chance.*

Sie schaute hinter sich. Dort führten ihre Fußabdrücke zurück zu ihrem letzten Standort. Es dauerte nicht lange und sie stand wieder vor dem Baum. Von hier aus ging es in nordöstliche Richtung weiter. Sie hielt die Hand still und wartete, bis die Nadel nach Norden zeigte. Sie drehte sich. Das sollten ca. 45° sein, aber in Geographie war sie nie ein Ass gewesen. Es war Zeit, dies zu ändern. Sie streckte ihren Arm aus. Jetzt hieß es, geradeaus zu laufen. Sie zählte jeden einzelnen Fußtritt, um das Gefühl für die Entfernung nicht zu verlieren. Ein Bachlauf kreuzte ihren Weg. Mit einem langen Satz sprang sie über ihn hinweg. *Waren dies zwei oder drei Schritte? Drei würden schon passen.*

Sie umrundete einen Baumstamm und merkte nicht, wie sie mit dem Zählen aussetzte. Sie schwang sich über eine alte Wurzel und rutschte an einem moosbedeckten Stein ab. *Klasse, ein Schlammbad stand nicht auf meinem Plan. Bei welchem Schritt bin ich stehen geblieben. 684 oder 648?*

Grübelnd trottete sie weiter. Heruntergefallene Äste versperrten ihren Weg. Sie beugte sich vor, kämpfte sich unter dem Geäst hindurch und schlitterte eine Böschung, gespickt mit Dornen, hinunter. Vor ihr wichen die Bäume auseinander und gaben den Blick auf eine Lichtung frei. Gezählte 800 Schritte später blieb sie stehen.

Sie stand auf einer Waldwiese. Von einem Baumstamm war nichts zu sehen. Sie ließ den Kopf hängen.

»Was sagt denn die Karte?«

Sie legte diese vor sich auf die Wiese. Es hatte was von der Suche nach der Nadel im Heuhaufen. Sie fuhr mit dem Finger über die Landschaft und verband die zwei ihr bekannten Koordinaten. Kein kahler Fleck im Wald, wahrscheinlich war die Lichtung zu belanglos, um sie einzuzeichnen. Was nun? Noch einmal zurückgehen? Nein, so weit konnte sie nicht vom Weg abgekommen sein. Der Baumstamm musste hier irgendwo sein.

Lag er hinter ihr oder vor ihr? Ihr Blick fiel auf eine in der Karte eingezeichnete Straße. Sie lag näher, als das Haus beziehungsweise ihr letzter Ausgangspunkt. Per Anhalter würde sie sicher ins nächste Dorf kommen und dort gab es bestimmt eine Stecknadel zu kaufen. *Als ob Ingeborg den Unterschied bemerkt.* Sie faltete die Karte zusammen und marschierte mit langen Schritten zum Rand der Lichtung. Sie stockte. War sie auf dem richtigen Weg? Sie hielt den Kompass vor sich. Die Richtung stimmte. Sie drückte einige Zweige zur Seite und trat unter das kühle Nadeldach eines Fichtenwäldchens.

Sie schlenderte weiter, die Kompassnadel fest im Blick. Ein

harter Widerstand an ihrem Fuß ließ sie taumeln. Mit dem Gesicht voran landete sie auf den mit Fichtennadeln gepolsterten Boden. Sie stöhnte und zog sich am morschen Holz nach oben. Benommen blieb sie auf dem Waldboden sitzen und rieb sich über die Nase.

Verdammter Wald. Was gibt es hier schon außer Stolperfallen, wilden Bestien und ... Sie blickte auf den Baumstumpf, an dem sie sich hochgezogen hatte. In diesem steckte eine winzige Nadel, durch deren Nadelöhr sich ein dünner Faden schlängelte, an dem ein Zettel baumelte. Sie zupfte daran und las die Botschaft.

Viel Spaß beim Rückweg.

»Ganz große Klasse, Ingeborg.«

Sie zog die Stecknadel aus dem Baumstumpf, rappelte sich auf und stampfte Richtung Straße. Dort angekommen lief sie am Straßenrand entlang. Einige der Autofahrer, die an ihr vorbeisausten, sahen sie schief an. »Ja, ja, ich weiß. Ich lag im Schlamm. Warum sollte man ein schlammbedecktes Mädchen nach Hause fahren? Das Auto könnte ja dreckig werden.« Sie fluchte vor sich hin, bis sie in der Auffahrt ihrer Großmutter stand.

Sie stieß die Haustüre auf und warf ihre schlammüberzogenen Treter in eine Flurecke. Ein Schnauben übertönte das harte Aufschlagen der Schuhe. Sie drehte sich zur Seite, ihre Großmutter stand an der Kellertreppe. In einer Schale lag mit gesenktem Kopf das Küken des Goldregenpfeifers. Sandira sah die abgespreizten Flügel und das schwerfällige Heben und Senken des Brustkorbes.

Ingeborg sah sie an. »Ich kann nichts mehr für ihn tun.«

Sie trat zu ihrer Oma und beugte sich über das geschwächte Vögelchen.

»Du musst doch irgendetwas tun können.«

»Auf dieser Welt gibt es nichts, dass das Küken rettet.«

»Auf dieser Welt sagst du? Das heißt, es ist nicht ausgeschlossen?«

»Ja, das benötigte Heilmittel findet man auf einem anderen Planeten. Bist du bereit, es von einer anderen Welt zu nehmen?«

»Das ist ja so wie Kräuterpflücken. Wenn es einen guten

Zweck dient, kann es ja nicht verkehrt sein.«

»Hm, das hört sich ja schon mal gut an. Bist du denn auf deine Reise vorbereitet?«

»Ich bin mit dem Kompass durch den Wald gezogen und habe das hier gefunden.«

Sie hielt ihr die Stecknadel vor die Nase.

»Das hat aber lange gedauert ...«

»Ernsthaft? Du möchtest mit mir diskutieren, während das Vögelchen Hilfe braucht? Was erwartest du? Außerdem wäre ich früher hier gewesen, wenn dein Kompass nicht den Geist aufgegeben hätte. Ich hab es sogar mit diesem blöden mechanischen Ding hinbekommen, zu deinem alten, muffigen Haus zurückzufinden.«

»Wie willst du auf fernen Planeten navigieren, solange es dir auf der Erde nicht gelingt?«

»Ich bin doch da, und ich habe alles geschafft. Jede Station habe ich gefunden.«

»Dieser jugendliche Übermut, du musst deine Grenzen kennen.«

»Nörgel nicht, wir müssen dem Vogel helfen.«

Ingeborg lächelte. »Dein Optimismus. Herrlich. Nun, wenn du meinst, bereit zu sein, dann verlieren wir keine Zeit. Von einer Welt, ähnlich der unseren, wirst du mir etwas mitbringen.«

»Das wird schwer. Ich soll ja nichts anfassen.«

»Der Sternentropfen ist problemlos berührbar, es gibt ausreichend Forschungen, die dies belegen.«

»Du brauchst was?«

»Einen Sternentropfen.«

»Was soll das sein?«

»Sie regnen auf den Planeten herab und bringen neues Leben mit sich. Die Sterne sind dort nicht nur ein Teil des Himmels in den Weiten des Universums. Sie sind ein fester Bestandteil jener Welt. Die meisten Sternentropfen verblassen beim Fall. Doch einige verschmelzen mit ihrer Umgebung.«

Sandira zog einen ihrer Mundwinkel nach oben. »Sie sind nicht gefährlich? Es hört sich an, als regneten Meteoriten herab.«

»Nein, sie sind harmlos, ansonsten dürftest du sie nicht

anfassen. Ich suche einen frisch gefallenen Sternentropfen. Einen, der weiter leuchtet, wenn er den Boden erreicht.«

»Und woher soll ich wissen, dass er nicht verblasst?«

»Keine Sorge, du wirst ihn erkennen.«

»Okay, und wie finde ich ihn? Ich kann ja schlecht die ganze Welt absuchen.«

»Ich werde dir einen Sternenkompass mitgeben. Er ist darauf ausgerichtet, frisch gefallene Sternentropfen zu erkennen.«

»Na, hoffentlich funktioniert dieser Kompass von dir.«

»Bis du aufgetaucht bist, arbeiteten all meine Gerätschaften einwandfrei.«

»Ingeborg, hör auf zu stänkern, wozu brauchst du den gefallenen Stern noch? Du wirst mich wohl kaum in eine andere Welt schicken, um ein Küken zu retten.«

»Ich werde ihn in den Garten setzen.«

»Alles klar ...«

Ingeborg hob die Augenbraue. »Dich dürfte interessieren, dass er heilende Kräfte hat.«

Sandira verschränkte die Arme vor ihrer Brust. »Wie meinst du das?«

»Die Sternentropfen haben eine regenerierende Wirkung. Sie sind in der Lage, Lebewesen dem Tod zu entreißen, die mit unserem medizinischen Wissen verloren sind.«

Sie schaute in die Richtung des Vögelchens.

»Du erwähntest schon, dass er das Küken retten kann.«

»Das mit Garantie, seine Kräfte sind außergewöhnlich. Aber er ist auch in der Lage, Menschen zu heilen. Sollen wir los?«

Flackernd öffnete sich das Portal. Das Surren vibrierte in Sandiras Ohren.

Elanvoll tippte Ingeborg auf der Tastatur des Computers herum. »So, da haben wir das Sternensystem Omicron Persei. Minshara-Klasse Planet mit der Bezeichnung 3. Du weißt Bescheid?«

Sandira zuckte die Achseln.

»Hast du meine Bücher gelesen? Sie sind wichtig für deine Vorbereitung.«

»Da wäre selbst Stephen Hawking eingeschlafen.«

»Okay, Kurzfassung. Erdähnlicher Planet. Sauerstoff, du brauchst keinen Helm und keinen Raumanzug.«

Sandira lächelte. »Warum kommen deine Bücher nicht direkt auf den Punkt?«

»Denkst du, ich lasse dich auf einen lebensfeindlichen Planetoiden, solange du dich vor den Raumanzugübungen im Simulator drückst? Aber das ist ein anderes Thema. Passe auf. Auf dieser Welt gibt es tierähnliche Lebensformen.«

»Die wären?«

»Die Waldfauna ähnelt der unseren. Mäuse, Rehartige, Vögel.«

»Wie heißt der Planet noch mal? Omicron Persei 3? Irgendwo habe ich den bei deinen Aufzeichnungen schon mal gesehen.«

»Ja, als du in meinem Zimmer stöbertest und die Seite aus dem Tagebuch herausgerissen hast. Es ist die Welt, auf der Mister Miez verschollen ist.«

»Ach so, wo er gestorben ist.«

»Nein, das ist nicht bestätigt, es gibt dort mausähnliche Tiere.«

»Okay, also Sternentropfen holen.«

»Denke daran, auf den Sternenkompass zu schauen.«

»Mach ich.« Sie hielt ihn hoch. »Es fehlt nur der Richtungspfeil.«

»Du brauchst nicht so zu gucken, er funktioniert nicht auf dieser Welt. Erst wenn du drüben bist.«

»Hoffentlich. Muss ich sonst noch was wissen?«

»Ja, denk an die Regeln, vor allem, hüte dich vor Kontakten mit intelligenten Lebensformen.«

»Großmutter. Ich breche bereits eine Regel, um dir den Sternentropfen zu bringen.«

»Dies ist eine missionsrelevante Ausnahme. Halte dich an die anderen.«

»Ich versuchs.« Halb durchs Portal murmelte sie: »Das hat ja auch vorher schon so gut funktioniert.«

Langgewachsenes Gras streifte ihre Fingerkuppen. Ein Wald erhob sich vor ihr.

Sie hob ihren Rucksack von den Schultern, öffnete die Schnalle und kramte den Sternenkompass raus. *Da ist er ja.*

Sie zerrte ihn unter ihrem Proviant hervor und klappte ihn auf. Ein Pfeil, der vorher nicht da gewesen war, deutete nach Norden. Geradewegs in den Wald hinein. Sie verzog das Gesicht. Wo war ihr Glück geblieben? Sie schulterte ihren Rucksack und trottete am Waldrand entlang, bis sie eine Lücke im dichten Buschwerk entdeckte, welches den Forst schützend einhüllte. Sie kletterte über Wurzeln, duckte sich zwischen umgestürzten Bäumen hindurch und schob mit dem Fuß ein farnartiges Gewächs zur Seite.

»Lustig, Ingeborg. Wie soll ich denn hier nichts berühren.«

Der Boden unter ihren Füßen wurde weicher. Eine dünne Nebelschicht lag auf dem Erdreich, die sich in alle Richtungen ausbreitete. Der Geruch von modrigem Holz wehte zu ihr herüber. Die Luftfeuchtigkeit legte sich auf ihre Haut und ließ die Kleidung an ihrem Körper kleben. Sie wischte sich die Tropfen von der Stirn und schüttelte sie von der Hand. So hatte sie sich das Klima im Amazonas vorgestellt. Stickige, warme Luft in einem undurchdringlichen Urwald. Bloß die Bäume passten nicht ins Bild. Diese erinnerten sie an Eichen mit zu überdimensionierten Blättern. Ihre klamme Kleidung erschwerte das Vorankommen. Sie behielt den Boden im Auge. Eine hohe Luftfeuchtigkeit wies auf Wasser hin. Sie verzichtete gerne darauf, im Moorland zu wandern. Sie hatte das blöde Gefühl, dass Ingeborg ihr absichtlich nicht alles erzählte, damit sie vor ihrer nächsten Mission die staubtrockenen Bücher las. Wie kam die Alte auf solche Erziehungsmaßnahmen, sie wusste doch, wie sehr sie Moore, Sümpfe und sämtliches Gelände, was dem nahekam, hasste. Wachsam überblickte sie die Senke vor sich.

Sie schaute auf den Sternentropfenkompass. Von den kurzen Ausführungen ihrer Großmutter wusste sie, dass in dieser Welt von Zeit zu Zeit die Sternentropfen herabregneten. Besser, sie stand nicht mitten im Wald, wenn dies geschah. Zügig wanderte sie weiter. Die Bäume lichteten sich und öffneten sich hin zu einem See. Sie blickte zum Himmelszelt hinauf. Lichtdurchtränkte Punkte leuchteten am wolkenlosen Himmel golden auf und stürzten hinab. Es regnete glühende Sternentropfen, die einen langen, weißen Schweif hinter sich herzogen. Einige fielen in den See und verglommen in seinen Tiefen. Einer streifte ihren Arm und füllte diesen mit einer sanften Wärme. Das Gefühl erinnerte sie an Brausepulver, was auf der Zunge prickelte. Ein Weiterer glitt ihren Arm herunter, zähflüssig zerrann er, ehe er rieselnd zu Staub zerbröselte. In einem kurzen Schauer stürzten hunderte Sternentropfen auf sie herab. Sie waren weder heiß, noch schmerzten sie. Sie glichen Regen, der in der Sonne verlischt. Einer landete direkt auf ihrer Handfläche. Sie strich mit dem Daumen darüber. Er war leicht wie eine Feder. Sein Glühen erlosch langsam wie Glut, die zu Asche zerfiel.

Pure Vorfreude kribbelte in Sandiras Bauch. Es galt, einen neuen Planeten zu erkunden. Getragen von diesem Gefühl umrundete sie den See und tauchte erneut in den Wald ein. Bis auf die Sternentropfen glich die Welt der ihren, obwohl sie andere Varianten der Flora und Fauna aufwies.

Vor ihr öffnete sich der Boden. Sie schaute hinab und sah Baumkuppen, die den lichtkargen Grund bedeckten. Sie folgte dem Verlauf der Schlucht. An einer Stelle hielt sie inne. Ein goldener Lichtschimmer drängte die Finsternis zurück. Um ihn war die Vegetation dichter und sie erblickte Blumen besetzte Ranken, die ihr nirgendwo sonst aufgefallen waren. Ob dort unten einer der Sternentropfen ruhte? Sie schaute auf ihren Kompass. Dieser wies weiter in den Wald hinein. Wohl ein alter Tropfen, nichts, dass ihr bei der Mission Kükenretten weiterhalf. Sie suchte einen frisch Gefallenen. Sandira nahm ihr Smartphone, zoomte in die Schlucht, genau in die Richtung, wo der goldene Lichtschimmer war, und schoss ein Foto. Als sie das Handy quer legte, ließ sie die Schultern hängen. Das Bild war verschwommen und der Sternentropfen war darauf total verrauscht, wie das Schneeflimmern bei einem alten Fernseher ohne Signal.

Sie wandte sich vom Sternentropfen ab, der tiefe Täler im reinsten Licht erstrahlen ließ, und umkurvte die Schlucht.

Weite Wiesenflächen verschmolzen nahtlos mit dichten Wäldern. Die Strecke erinnerte sie an die Navigationsaufgabe ihrer Großmutter. Sie hüpfte über ein Bächlein, und hielt Ausschau nach markanten Orientierungspunkten in ihrer Umgebung: Felsanhäufungen, Böschungen, Moosbetten. Der Sternenkompass führte sie von einer Ebene wieder tiefer in den Wald hinein. Bisher funktionierte er reibungslos. Auf ihrem Weg kam sie an einem Felsen vorbei, der über die Jahrtausende porös geworden war. Aus unzähligen Löchern schien gleißendes Licht heraus. Sie spähte nach drinnen und erblickte funkelnde Sternentropfen vom letzten Schauer.

Wie Regen sickerten sie in das Gestein. Dabei erleuchteten sie die Dunkelheit in seinem Innern. Sandira lugte durch eine andere Öffnung. Das Leuchten verlor sich und die Schwärze kehrte zurück. Dies war das Schicksal der meisten Sternentropfen, die vom Himmel fielen. Sie verloschen, ohne ihre Kräfte zu entfalten. Nur einer von vielen Tausenden überstand einen Sturz auf die Welt und ließ die Umgebung erblühen. Einen solchen wünschte sich ihre Großmutter.

Ihre Finger bebten. Vor ihrem inneren Auge sah sie das hilflose Küken, kraftlos um sein Leben ringend. Wo lag nur der rettende Sternentropfen?

Sie hielt an einer Felsspalte, aus der sich ein Kegel weißen Lichts in die Höhe schraubte. Der Kompass deutete hinunter in den Spalt. Dies war einer der wertvollen, immerwährenden Sternentropfen. Sie starrte hinab. Es gab nur eine Richtung. Steil nach unten. Die Felsen in der Tiefe waren spitz und das Gelände unwegsam. Nirgendwo sah sie einen Pfad, der nach unten führte. *Da komme ich nie runter.*

Das Bild des Kükens, das gequält auf der Platte kauerte, schoss durch ihren Kopf. Sie war so nah dran. Sie konnte jetzt doch nicht scheitern. *Es bringt mir nichts, wenn ich mir dabei in einer Kletteraktion den Hals breche. Ich muss einen anderen finden. Dieser ist sicher nicht der Einzige. Hier scheint es viele zu geben.*

Mit schnellen Schritten eilte sie weiter. Ein kurzer Blick auf den Kompass ließ sie innehalten. Der Ausschlag des Zeigers war fort. *Nicht schon wieder.*

Sie hämmerte mit der Hand gegen das Gerät. Keine Wirkung. Sie schaute sich um. Ohne den Sternenkompass war dies wie die Suche nach der Nadel im Baumstamm. Ihr Herz pochte. Sie atmete tief ein und aus. *Nur ein Wackelkontakt. Einfach ein- und ausschalten.*

Ihre Finger zitterten, als sie auf den Knopf drückten, der den Kompass herunterfuhr. Sie konnte nicht verloren gehen. Ihre Großmutter hatte ihr einen Chip verpasst. Sicher würde sich jemand auf die Suche nach ihr begeben, wenn sie nicht zurückkam. Das gleichmäßige Piepen eines Überwachungsmonitors aus dem Krankenhaus schlich sich in ihre Gedanken. Zum ersten Mal hatte sie es gehört, als sie ihre Patentante Ronja kurz vor ihrer Abreise besuchte. Sie hasste dieses Geräusch. Es erinnerte sie immer an Krankheit, Elend und Tod. Gänsehaut rann ihre Arme herab. Unweigerlich drängte sich das Bild des sterbenden Kükens hervor. Seine Brust hob und senkte sich krampfhaft. Das Piepen wurde lauter. Schneller ... bis es ein nicht enden wollender Einheitslaut war.

Sie schüttelte den Kopf, presste ihre Finger auf die Ohren. Nein, sie würde den Sternentropfen rechtzeitig finden. Weder der Vogel noch ihre Patentante würden sterben. Sie waren beide Kämpfer. Sie musste nur den Kompass zum Laufen bringen. Fest drückte sie auf den An-Knopf. Eine schwarze Schrift auf weißem Hintergrund kündigte das Hochfahren des Gerätes an. Die Prozentzahlen krochen langsam vor sich hin.

5 %, 35 %, 63 %, 99 %.

»Komm, mach schon. Du kriegst das hin, du blödes Ding. Wenn du brav funktionierst, bekommst du einen Namen.«

Ein vertrauter Pfeil flackerte auf dem Display auf, rotierte und zeigte zwei Navigationsmöglichkeiten an. Sandira atmete aus und wählte die weiter entfernt liegende Koordinate aus. Die Nadel schwang auf den neuen Kurs. Dieser führte tiefer in den Wald hinein.

Unter dem dichten Blätterdach vernahm sie Vogelgezwitscher. Sie lauschte der Melodie des Gesangs, während sie auf ihr Ziel zuhielt. Es war, als sängen die Vögel ein gemeinsames Lied. Ihre auf- und abschwellenden Stimmen verbanden sich zu einem stimmigen Chor. Nie hatte sie Tiere so musizieren gehört. Solch einen harmonischen Klang gab es auf der Erde nicht. Und doch erkannte sie Laute, wie sie in ihrer Welt vorkamen, nur koordinierter einem Rhythmus folgend.

Rinnsale aus klarem Quellwasser flossen talwärts einen Hügel hinab. Tiere raschelten in den Gebüschen, ihre Schatten huschten von einem Baum zum anderen, wenn Sandira kurz nicht hinsah.

Sie ertappte eines der Wesen dabei, wie es vorbeischlich. Mit weiten Sprüngen flitzte es über die Äste. Bei Sandiras Anblick hielt es inne und starrte sie unverwandt an, geradeso, als wäre sie ein Außerirdischer, den man auf einer fremden Welt ausgesetzt hatte. Wenn sie es sich genau überlegte, hatte das Tierchen wohl recht. Sie war das Alien auf diesem Planeten. Das Wesen, das verdächtig einem Eichhörnchen glich, legte seinen Kopf schräg und betrachtete sie. Schließlich verlor es das Interesse und sprang von einem Ast zum anderen. Es entschwand in den Baumkronen.

Sie wanderte weiter, bis sie an einer Mauer ankam. Das erste Zeichen dafür, dass dieser Planet nicht nur von Tieren und Pflanzen bewohnt war. Eine steinerne Treppe mit ausgetretenen Stufen führte an ihr hinauf, auf ein Podest, das über dem Boden thronte. Sie tapste die Treppenstufen empor, die für kleinere Füße als die ihren geschaffen waren. Lediglich ihr halber Fuß fand auf ihnen Platz. Oben angekommen sah sie auf der halb offenen, ovalen Plattform einen leuchtenden Sternentropfen, der sein Licht nicht verloren hatte. Sie trat näher heran. Das bekannte Prickeln legte sich auf ihrer Haut. Ihre Muskeln entspannten sich, es war, als läge sie an einem milden Sommertag am Strand. Sie schloss die Augen und ließ die Energie auf sich einprasseln, gewillt, diesen Moment in ihren Erinnerungen einzufangen.

Sie blinzelte und betrachtete ihre Umgebung. Antike, cremigweiße Säulen säumten den Platz, der sich vor ihr erstreckte. In regelmäßigen Abständen umgaben Pfeiler den Rand des Podests, vier an den langen Seiten des Ovals und drei in der Mitte. Die Dächer waren wie die Überdachung einer Weinlaube, auf der Pflanzen sprossen. Eines war im Laufe der Zeit eingestürzt. Das Geröll lag querbeet auf dem Steinboden verteilt.

Giftgrüne Lianen schlängelten sich an den Säulen empor, die Ranken reckten sich von einer Stütze zur anderen und verflochten sich zu einer grünen Wand, die den Wind abfing. Winzige Nester lagen am Fuß der Pfeiler. In einigen nisteten gelbe Vögel, die auf Sandira hochschauten und sie anzwitscherten. Wildblumen ummantelten das Fundament der Anlage.

Farbenprächtige Schmetterlinge wirbelten durch den Tempel und setzten sich auf die kunterbunten Blüten, die die Rankenwände zierten. Das Bauwerk und die Natur verschmolzen zu einer Einheit. Langsam ließ sie das Smartphone aus der Tasche hervorgleiten und schoss ein Foto. Sie legte das Handy quer. Auf dem Bildschirm leuchteten die Muster der Schmetterlinge wie Korallen unter UV-Licht.

Das wird mir niemand Zuhause glauben.

Sandira trat an den Rand des Podestes. In der Ferne sah sie zwischen den Baumstämmen ein grasendes Tier, das ein riesiges Geweih trug. Anders als bei einem Hirsch auf ihrer Welt war das Geweih nicht symmetrisch, sondern verzweigte sich wie die Krone eines Baumes. Sie hielt sich an einer Ranke fest und beobachtete das Wild. Sie hob das Smartphone in seine Richtung. Ein Knacken hallte durch den Wald. Sie taumelte, als die Schlingpflanze unter ihrem Gewicht nachgab. Das Hirschwesen sah auf, erspähte sie. Mit langen Sätzen sprang es ins Unterholz. Einzelne Nagetiere raschelten in den Büschen, als sie sich versteckten. Sie lauschte aufmerksam dem Knistern und folgte ihm mit ihrem Blick. Kurz sah sie, wie ein mausähnlicher Kopf mit einer Rüsselnase aus dem Gebüsch spähte und sie anschaute. *Das sind wohl Mister Miez' Beutetiere.*

»Autsch.« Ihre Handfläche brannte. Sie ließ die Hand aufgleiten. Die Ranke hatte sie aufgerissen. Blut floss aus einem geraden Riss und tropfte auf den Boden. Die Wundränder waren geschwollen und ihre Haut spannte sich. In der ganzen Faszination hatte sie den Schmerz nicht bemerkt. Es war vielleicht Zeit für eine kurze Rast. Sie hockte sich hin und kramte in ihrem Rucksack. Sie holte einen Verband aus dem Notfallkit heraus und überdeckte damit den Kratzer. Die Ruine verschmolz schleichend mit der Natur. Sie setzte sich vor den

Sternentropfen und aß einige der Kekse, die ihr ihre Großmutter mitgegeben hatte. Ein Gefühl von Ruhe und Geborgenheit erfüllte sie. Das Ziehen in ihrer Hand ließ langsam nach und das Brennen verlosch. Die Vögel zwitscherten und das Rascheln in den Baumkronen und Sträuchern teilte ihr mit, dass sie nicht alleine war. Auch wenn dieser Wald wesentlich dichter als der ihrer Kindheit war, erinnerte sie sich an die Zeit zurück, als sie mit Lena zwischen den Bäumen spielte. Neben ihrer Versinkungsaktion im Sumpf hatten sie aus Ästen und Zweigen eine Hütte inklusive Feuerstelle errichtet. Sie grinste breit. Ihre Mutter war stinksauer gewesen, als sie unangekündigt eine Nacht im Lager verbrachten. Erst als ein Sturm den Unterschlupf verwüstete, endete ihre Zeit dort. Die Waldausflüge fielen anderen cooleren Hobbys zum Opfer. Ein Aufbau schien nicht der Mühe wert. *Warum eigentlich?* Die Stelle wäre ein klasse Ort zum Feiern und Grillen, abseits des Blickfeldes ihrer Eltern, gewesen.

Sie holte Großmutter Ingeborgs Notizbuch hervor. Irgendwo da drinnen hatte sie eine Zeichnung von einem Sternentropfentempel gesehen. Er kam der Stätte, in der sie saß, sehr nahe. Die Seiten rasten an ihren Augen vorbei. *Dort.* Ihr Finger schnellte zwischen sie. Da war sie. Eine Skizze eines Sternentropfentempels. Häkeln und Weltenwandern waren nicht die einzigen Talente ihrer Großmutter. Jede ihrer Zeichnungen war ein detailverliebtes Kunstwerk für sich.

Laut las sie die Aufzeichnungen zur Schrift: »Um die Sternentropfen sind heilige Stätten errichtet worden. Sie gelten als geweihte Erde. Die Einwohner sehen in ihnen Tempel, die der Heilung und Regeneration dienen. Selbst die Tiere suchen die Nähe dieser Orte auf.«

Sie warf einen Blick auf den Sternentropfen, dessen Lichtkegel harmonisch über den Platz strahlte. *Wie lange es wohl gedauert hatte, die heilige Stätte zu bauen?*

Die Steine, aus denen der Tempel errichtet war, hatte sie nirgends im Wald gesehen. Sicher waren sie in einem Steinbruch abgebaut worden, um die Säulen und Mauern zu errichten.

Brauchte dieser Ort den Sternentropfen, um weiterzuexistieren?

Sie vertrieb den Gedanken. Es würde schon nichts passieren. Sie hingegen benötigte ihn, nicht nur, um das Küken zu retten, sondern auch um ihre Patentante zu heilen. Sie sah zu den Nestern, die den Sternentropfen umringten. Aus einem der Eier brach ein Schnabel heraus.

Ihre Finger bebten. Ihre Füße wippten auf und ab. Sie sah nochmal aufs Notizbuch. Erst einmal brauchte sie einen frischen Sternentropfen. Sich vorher Gedanken über die Auswirkungen zu machen, war sinnlos. Wer wusste schon, ob sich bei einem unverbrauchten Sternentropfen die Vegetation änderte. Ihr Herzschlag mäßigte sich.

Der Pfeil des Kompasses zeigte weiter stur nach Norden.

»Auf geht's.«

Sie schnappte sich ihr Gepäck und setzte sich in Bewegung. Die Sonne neigte sich dem Horizont entgegen. Ein roter Schimmer zog sich über das Himmelszelt. Sandira schaute auf die Uhr. Noch zwei Stunden bis zum Sonnenuntergang. *Verdammt, mir läuft die Zeit davon.* Die Chancen standen gleich null, dass sie es heute zurückschaffte. Sie brauchte einen Rastplatz, und das, bevor die Sonne am Himmel erlosch. Der Sternentropfenkompass schlug erneut steil aus. Der Pfeil sprang zwischen zwei Punkten hin und her. Sie wandte sich um.

Nichts.

Weiter und weiter drehte sie sich, bis der Kompass ihr eine eindeutige Richtung wies.

Endlich.

Sie verfiel in einen Dauerlauf und setzte über einige Hindernisse hinweg.

Und da sagte ihre Mutter, Sport wäre nutzlos. Sie verlangsamte ihren Lauf, um die Route anzupassen. Sie streckte ihre Muskeln und kreiste ihre Arme. Mit jedem Schritt, den sie lief, klopfte ihr Herz schneller. Es tanzte wie die Kompassnadel in einem stetigen, euphorischen Höhenflug. Ein weißer Streifen am Horizont ließ sie lossprinten. Mit der Sicherheit, auf der richtigen Fährte zu sein, eilte sie lachend voran. Sie kam ihrem Ziel immer näher.

Sie blieb an einer Anhöhe stehen. Vor ihr erstreckte sich eine weite Ebene bis zum Horizont. Die Sonne versank hinter der Grasebene und der Himmel tränkte sich in ein Azurblau, durch das vereinzelte Quellwolken wanderten. Eine sanfte Brise wehte den erfrischenden Duft von frischem Tau zu ihr. Einzelne Sterne nahmen die Nacht vorweg. Fremde Sternenbilder zierten das Himmelszelt. Sie fragte sich, wo in den Weiten des Alls die Erde lag und welcher dieser Himmelskörper ihre Sonne war. Umso mehr das Tageslicht verblasste, desto deutlicher sah man das Leuchten des Sternentropfens. Milchigweiß durchdrang es die nahende Nacht. Sie ließ ihn nicht aus den Augen, in der Sorge, er würde sich doch noch verflüchtigen. Sie passierte ausgehöhlte Kuhlen und Tümpel. Das Glühen wurde immer größer, über ihm lag ein gelbweißer Schimmer, der in den Himmel emporstieg. Wohl die Reste des Irrsterns, der übrig geblieben war, als der Sternentropfen zu Boden stürzte. Je höher der Schweif ragte, desto mehr kräuselte er sich wie ein verblassendes Feuerwerk in alle Himmelsrichtungen. Den Lichtschein auf der Ebene fokussierend, erkannte sie, dass der gefallene Stern über dem Erdreich schwebte. Weder Blume noch Grashalm waren gekrümmt. Aufrecht wehten diese im sachten Wind.

»Wie geht das denn?« Sie runzelte die Stirn. Auf der Erde hinterließ ein einschlagender Meteorit Verwüstung, hier schien er zu wissen, wann es Zeit war, innezuhalten.

»Vor der nächsten Welt sollte ich wirklich mal Großmutters Notizen lesen.«

Sie umkreise den Sternentropfen in einigem Abstand. Er hatte alle physikalischen Regeln gebrochen, die sie kannte. Sie bezweifelte, dass selbst ihr Physiklehrer eine Antwort auf das hatte, was sie sah. *Warum sind die Aufzeichnungen von Ingeborg so schnarchlangweilig.* Hier und da eine Anekdote und sie würde die Dinger freiwillig lesen. Die letzten Strahlen der Sonne verloren sich hinterm Horizont. Um den Sternentropfen herum bildeten blau leuchtende Blumen einen Feenkreis. Ein Meteorit hätte beim Aufprall alles ausgelöscht. Der Sternentropfen erschuf, wo er aufschlug.

Sie trat in den Kreis aus schimmernden Blüten. Ein Schemen wanderte durch die Nacht und ließ sie stocken. Wie ein

Geist schwebte er lautlos näher. *Ernsthaft, was ist das denn für ein bescheidenes Timing.*

Sie sprintete zu einem Gebüsch und hockte sich zwischen die Zweige. Das Blätterdach raschelte. Die Silhouette schaute in ihre Richtung. Durch die Blätter hindurch beobachtete sie den menschenähnlichen Schemen. Dieser wanderte am Sternentropfen vorbei und betrachtete das Dickicht, unter dem Sandira sich versteckte. Ihr Herz schlug ihr bis zum Hals. Sie legte eine Hand vor ihren Mund und ihre Nase. Die Person verharrte in der Dunkelheit. Kurz bevor er das Gebüsch erreichte, drehte er sich um.

Weitere Einheimische schälten sich aus der Nacht. Sie umringten den Sternentropfen und legten Gaben in den Blumenkreis. Sie traten zurück und starrten stumm in die Ferne. Von dort wehten der Gesang und das Schnauben von Tieren zu ihr herüber. Träge schob sich ein Mond über den Horizont und tauchte alles in sein hellrosanes Licht. Felsen beladene Karren warfen ihre Schatten ins Zwielicht. Mehrere der hirschartigen Wesen, von denen sie eines im Wald erblickt hatte, zogen die Baumaterialien heran. Ein hektisches Treiben und Gewusel brach aus. Rufe hallten durch die Nacht und Seile wurden herangebracht, um die Steine in die richtige Position zu hieven.

Über der Szenerie leuchteten Lichter auf. Sie waren im Inneren von filigran gearbeiteten, schwebenden Metallkugeln gefangen. Zwei Einwohner mit Stäben trieben sie zu den Wagen. Nie hatte sie Lampen wie diese erblickt. Der matte Schein schmeichelte wohltuend ihren Augen. Es glich dem Leuchten des Sternentropfens. Schwächer und doch dieselbe Wärme verströmend. Es war, als wäre ein Bruchstück eines solchen in den Kugeln gefangen. Es war, als sähe sie magisch erschaffene Lichter. Sandira betrachtete die Bewohner genauer. Sie hüllten sich in weite Roben und trugen ihre Haare kurz geschnitten. Am Unterkiefer entlang verliefen rundliche Wölbungen und bewegliche Metallstränge stützten die Finger ihrer Hände.

Sandiras Atem stockte. Ihre Nackenhaare stellten sich auf. Sie schob die Blätter zur Seite, die ihr die Sicht versperrten. Die Einwohner waren wie Schatten, die mit der Dunkelheit verschmolzen. Auf dem Feld sah sie, wie die Bewohner mit den Stäben Steine und Stämme von den Karren emporhoben. Sie kniff die Augen zusammen, das Baumaterial schwebte wie von Geisterhand. Ein pulsierendes Rauschen lag in der Luft, füllte die stille Nacht mit dumpfen Klängen. Die schwebenden Kugeln leuchteten lichterloh. *Haben diese den Schutt und die schweren Blöcke eben bewegt?* Sandira fasste sich an die Schläfe. *Wie funktionieren diese Geräte? Ist es eine Technologie, die es nicht auf der Erde gibt? Oder ist es etwas Übernatürliches?*

Sie grub ihre Fäuste in den lehmigen Untergrund, zögerte. Was ist, wenn diese Geräte mehr können, als nur Sachen zu bewegen?

Ein Beben durchfuhr ihre Haut. Immer mehr Einwohner säumten den Platz.

Wie sollte sie nur bei diesem Andrang an den Sternentropfen gelangen? Sie zog sich weiter ins Gebüsch zurück und setzte sich. Aus dem Augenwinkel heraus behielt sie das geschäftige Treiben im Blick. Selbst wenn sie es schaffte, den Sternentropfen mitzunehmen, würde sein Licht in der Nacht wie ein Leuchtfeuer scheinen. Sie bezweifelte, dass der Stoff ihres Rucksackes ihn vollständig verbarg. Sie würde einen Riesentumult auslösen, und wer sagte ihr, dass sie schneller als die Bewohner dieses Planeten rannte. Sie wusste quasi nichts über sie.

»Hast du dich vorbereitet und die Bücher gelesen?«, hallte die Stimme ihrer Großmutter in ihrem Kopf nach.

»Offensichtlich nicht,« grummelte Sandira vor sich hin.

Warum drehte ihre Oma keine Erklärvideos? Easy Weltenwandern oder Top Ten Fakten zu Omicron Persei 3. Das wäre mal hilfreich. Und wo steckten die Bilder in den Forschungsberichten? Wer reise denn bitte auf einen fremden Planeten, ohne Fotos zu schießen. Bei dieser Gelegenheit nahm sie ihr Smartphone, fixierte einen der Bewohner und schoss ein Foto. Sie sah kurz auf den Bildschirm. *Schwer zu sagen, ob man mir glaubt, oder das für Gestalten aus einem Karnevalsverein hält.*

Ein Ruf, der wie eine Drohung klang, hallte durch die Luft. Sie donnerte das Smartphone auf den Boden und warf sich flach auf die kalte Erde. Schritte kamen näher. *Haben sie mich gese-*

hen? Der Lichtschein des Handys ... klar ... ich Idiot!

Sie presste sich so flach auf den Boden, wie sie konnte. Leicht hob sie ihren Kopf. Zwei Fußpaare waren direkt vor ihr. Ihr Magen zog sich zusammen. In ihren Ohrmuscheln drangen die Laute einer Unterhaltung. Sie wirkte allzu menschlich und doch verstand sie kein Wort von dem, was gesprochen wurde. *Haben sie mich gesehen? Reden sie über mich?*

Ein kurzer Wortwechsel, dann gingen sie zurück zu den anderen. Sandira atmete aus.

All das Bibbern brachte ja nichts. Es hieß warten, bis sich die Einwohner zur Ruhe legten. Mit etwas Glück waren diese nachtaktiv, und sie konnte sich den Sternentropfen bei Tagesanbruch schnappen. Kein über die Ebene hinwegscheinendes Licht, somit weniger Probleme, der Plan war gefasst. Sie hoffte nur, dass sie auf Wachen verzichteten. Aber warum sollten sie welche aufstellen? In dieser Welt käme kaum jemand auf die Idee, einen Sternentropfen mitgehen zu lassen.

Sie beobachtete die Arbeiten eine ganze Weile. Sie sah, wie die Einwohner mehr und mehr Steine auf Holzschlitten heranschleppten. Sie trieben die Steine und das Gehölz mithilfe ihrer Stäbe wie eine Schafherde vor sich her. Gesteinsbrocken für Gesteinsbrocken, Schicht für Schicht türmten sie so zu einer Mauer auf. Bald kamen die ersten Vögel herbeigeflogen und setzten sich auf die herangeschafften Felsen. Eine Ranke hatte sich am Mauerwerk festgesetzt. In der Ferne erblickte sie plumpe Tiere, die vorher nicht auf der Ebene zu sehen gewesen waren. Ein wenig erinnerten sie Sandira an riesige Faultiere. Friedlich grasend kamen sie näher.

Die Einwohner ließen unermüdlich Baumaterial heranschweben. Sie fing an, die Steine zu zählen. *40 ... 41 ... 42 ...*

Sie blinzelte. *Wie viele Steine wollen sie noch holen? 53 ... 54 ... 55 ... Brauchen die denn nie Schlaf? 66 ... 67 ... Ach, unglaublich ... ein weiterer Stein.*

Sie bettete sich auf den Boden, ihren Kopf auf ihren Arm abgelegt. *78 ... 79 ... 80 ...*

Ihr fielen die Augen zu.

Wärme legte sich auf ihre Stirn. Verschlafen rieb sie sich durchs Gesicht, dabei wurde sie von etwas Weichem gestreift. Sie riss die Augen auf. Ein Fellknäuel schmiegte sich an ihre Wangen. Ein feuchtes Näschen stupste gegen ihre Nase, schnupperte an ihr. Sie schreckte zurück.

Reflektierende Pupillen schwebten über ihr. Ihr Herz pochte. Die Leuchtaugen rückten näher, beugten sich vor und fixierten sie. Pfoten tapsten auf ihre Schultern, trampelten auf ihrem Bauch, während Krallen sich in ihre weiche Haut gruben.

»Au!«

Sie stieß das Fellknäuel von sich. Der vorwurfsvolle Blick der leuchtenden Augen durchdrang sie. Diese waren das Einzige, was sie in der Nacht sah. Das Wesen kroch ihren Oberkörper hinauf. Ihre Hand grub sich in das Fell.

»Miau.«

Es schnurrte. Nochmal schmiegte es seinen Kopf an ihren, die feuchte Zunge schleckte über ihre Wange.

Sie hielt inne und wartete, bis ihre Augen sich an die Dunkelheit gewöhnten. Aus dieser schälte sich die Kontur eines ihr allzu vertrauten Tieres.

»Ich nehme an, du bist Mister Miez.«

»Miau!«

Der Kater vergrub den Kopf in ihrem Rucksack. Sie hörte, wie die Tatzen über ihren Proviant tretelten. »Hast du Hunger?«

Sie zog das Gepäck zu sich. Dabei plumpste Mister Miez hinein. Sie kramte an ihm vorbei und holte ein wenig Trockenfleisch hervor.

Der Kater schnüffelte an ihrer Hand und schleckte an dem Fleisch, ehe er dieses schmatzend verschlang. Als der letzte Happen in seinem Bäuchlein landete, rollte er sich in ihrem Rucksack ein. Mit großen Augen schaute er ihr entgegen. »Du hast wohl genug von hier?«

»Miau.«

»Dann lass uns mal schauen, ob wir eine Chance haben, an den Sternentropfen zu gelangen.«

Die Lichtkugeln waren fort. Die Sicht auf die offene Ebene war klar. In der Weite war niemand zu sehen. Die Einwohner hatten den Platz geräumt, ein neuer Mauersockel thronte unter dem Sternentropfen.

»Wenn nicht jetzt, wann dann«, summte sie.

Sie krabbelte aus dem Gebüsch hervor und schlich der Baustelle entgegen.

Eine Unebenheit auf dem Boden stoppte sie. War dort jemand?

Sie kniff ihre Augen zusammen. Das diffuse Licht der Nacht ließ die Konturen sanft mit denen der Wiese verschwimmen.

Mit geballten Fäusten schlich sie voran.

Was war, wenn einer der Einwohner zurückkam?

Weiter. Immerhin hatte sie den Sternentropfen als Erste entdeckt. Und sie hatte einen guten Grund, ihn zu nehmen. Sogar zwei. Ihre Patentante und das Küken. Verdienten diese es etwa, weniger zu leben, als die Wesen hier?

Sicherlich nicht.

Dennoch.

Ihr war mulmig, als sie nach dem Sternentropfen griff.

Dieser Ort war für die Einwohner heilig. Ein Ort, an dem sie zusammenkamen, in den viel Arbeit und Schweiß floss.

Das angenehm warme Prickeln breitete sich auf ihren Armen aus.

Sie legte den Rucksack vor sich.

»Du musst gleich auf den Sternentropfen aufpassen, Mister Miez. Es ist noch zu dunkel, als dass ich ihn so tragen kann.«

Ein kühler Wind peitschte über die Wiese. Ihre Hände umfingen den Sternentropfen und zogen ihn von seiner Position. Ein Huschen im Dickicht. Ein eisiger Schauer rann ihren Rücken hinab. Ein Raubtier? Pirscht es sich an?

Ihre Großmutter hatte keine erwähnt. Oder lauerte in der Nacht ein Einwohner, der sie entdeckt hatte. Sie lauschte. Das Rascheln verlor sich im Unterholz. Sie sah zwei pfeilschnelle Pfoten, die ins Weite hüpften.

»Es war schon erstaunlich«, dachte sich Sandira, »wie laut kleine Tiere sein konnten, die vor einem Größeren flüchteten.« In diesem Fall hatte sie Glück, denn nicht sie war der, der Angst haben musste. Vorerst.

Der Sternentropfen schmiegte sich sanft in ihre Hände. »Du hast nichts dagegen, dass ich dich mitnehme, oder?« Konstant quoll das Licht zwischen ihren Fingern hervor. »Dann wollen wir mal.«

Tief atmete sie durch. Sie zupfte an den Ranken, die sich am funkelnden Sternentropfen festgesetzt hatten. Widerstandslos fielen sie herab. Sie hob den Sternentropfen an und legte ihn in den Rucksack auf Mister Miez' Bäuchlein. Das efeuartige Gestrüpp am Boden erzitterte. Seine Ausläufer streckten sich ihr entgegen. Ein Vogel landete neben ihr, sein Federkleid glitzerte im Licht des Sternentropfens. Jetzt erst bemerkte sie, dass Nester die Efeufelder und das umliegende Moos säumten.

Sie zögerte. Diese Tiere verließen sich auf den Schutz des gefallenen Sterns. Mister Miez' Augen leuchteten ihr entgegen.

»Ingeborg, was hast du mir da eingebrockt?«

Sie zurrte die Schnüre an ihrem Gepäck fest. Als sie es aufhob, zappelte Mister Miez. Erst als der Rucksack sicher auf ihrem Rücken lag, beruhigte er sich und kullerte sich zu einer Kugel zusammen, die den Sternentropfen einschloss. Wärme entspannte ihre Rückenmuskulatur.

Was bewirkt schon der Verlust eines einzigen Sternentropfens? Hier gibt es zahlreiche von ihnen und mit jedem Sternenschauer entstehen neue. Sie fallen wie Regen vom Himmel.

Darauf bedacht kein Geräusch zu verursachen, stieg sie vom Mauerfundament.

Ohne den Sternentropfen war die Ebene eine einzige schwarze Masse. Sie stolperte und fiel nach vorne. Zitternd atmete sie ein. Mister Miez miaute protestierend.

»Schon gut. Nichts passiert.«

Ein Licht blitzte auf. Das Gesicht eines Einwohners. Seine Miene spiegelte viel zu menschliche Emotionen wider: Angst, Entsetzen, Wut. Der Anblick brannte sich in ihr Gedächtnis ein. Sie rappelte sich auf. Ihr Herz raste. Sie holte tief Luft und sprintete los. Während ihres Laufs stolperte und wankte sie über den unebenen Boden. Sie warf einen Blick zurück. Der Einwohner suchte nach seinem Stab, der in der Dunkelheit aufblitzte. Sie hörte das Rauschen in ihren Ohren und das Hämmern ihres

Pulses an der Schläfe. Sie rannte. Die aufgebrachten Rufe des Fremden im Nacken.

Sie brauchte seine Sprache nicht zu sprechen, um den Zorn in ihr zu erkennen. Sie zwang ihre Muskeln zu einer weiteren Kraftanstrengung. Sie brannten, als sie eine steile Böschung hinaufstürmte, ihre Hände zur Hilfe nehmend. Hinein ins Unbekannte. Etwas packte sie am Fußknöchel. Sie riss ihren Kopf herum. Die Fratze des Fremden war direkt hinter ihr. Er fuchtelte mit dem Stab. Mister Miez streckte sein Köpfchen aus dem Rucksack und fauchte. Sie trat rücklings aus. Der Griff löste sich. Der Sternentropfen leuchtete grell, Kilometer weit sichtbar. Wie ein Leuchtfeuer in der Dunkelheit. *Tolle Idee.*

Der Stab streifte ihren Oberschenkel. Sie strauchelte, vorbei an Nagerlöcher und Wurzeln. *Jetzt bloß nicht fallen.* Sie zog sich die Böschung hinauf und rannte geradewegs auf einen rauschenden Bach zu. Ihr Blick fuhr herum, nach einem direkten Weg übers Wasser suchend. Nicht weit entfernt erblickte sie einen umgeknickten Baumstamm. Sie schlug einen Haken und schwenkte in seine Richtung.

Der Einwohner taumelte, ob ihres plötzlichen Richtungswechsels, dann fing er sich und eilte hinter ihr her.

Ihre Lungen brannten. Mit letzter Kraft sprang sie auf den Stamm, rutschte kurz über das Holz, ihr Körper senkte sich bedrohlich zum Bach herab, der Rucksack verlagerte sich und drohte, sie ins Wasser zu reißen. Mister Miez polterte und zappelte. Sie streckte balancierend ihre Arme aus und taumelte unbeholfen voran. Mit tippelnden Schritten eilte sie weiter, der Schwerkraft keine Chance gebend, sie zu erfassen. Ein dumpfer Aufprall ließ das Holz erzittern, als der Einheimische auf ihm aufsetzte. Sie strauchelte. Der Bach kam ihr dabei wieder bedrohlich nahe.

Jetzt bloß nicht die Nerven verlieren.

Sie ging in die Hocke und sprang vom Baumstamm auf die andere Seite. Sie setzte am Fuß eines Baumes auf, richtete ihren Rucksack und rannte weiter. Hinter sich vernahm sie das Geräusch von spritzendem Wasser. Nach ein paar Metern schaute sie zurück und erkannte, wie der Einheimische gegen die Strömung ankämpfte und sich am gegenüberliegenden Ufer ans Land zog. Ohne ihn länger zu beachten, verschwand sie zwischen den Bäumen. Ihr Körper schrie danach innezuhalten, doch sie zwang ihn weiter. Sie überquerte eine Hügelkuppe, die mit dichten Buschwerk bewachsen war. Ihre Schritte verlangsamten sich. Sie schluckte schwer und rieb sich die Beine. Die Worte ihres Trainers ergaben endlich Sinn: »Sei stets bereit für einen Sprint, selbst wenn du um zwei Uhr nachts aus dem Bett geworfen wirst.«

Sie suchte sich einen abgeschirmten Platz, von dem aus sie die Ebene überblickte. Langsam schob sich die Sonne über den Horizont und ermöglichte ihr, die Folgen ihres Handelns zu sehen. Überall, wo der Sternentropfen dem Umland Leben geschenkt hatte, erlosch dieses. Die Blätter verwelkten. Das Grün der Wiese vergilbte. Der aufkommende Wind fegte die Nester hinfort.

Die Windböen erfassten einen Vogel, der zerfleddert vom Himmel fiel.

In der Ferne sah sie weitere Einwohner, die sich um die entweihte Stätte scharten. Das Wehklagen wehte zu ihr herüber. Sandira war, als würde sie innerlich mit ihnen heulen. Sie legte den Kopf in ihre Hände. Was hatte sie getan? Ihr Bauch schmerzte, als ruhten in ihm Wackersteine. Eine Träne floss über ihre Wange. Sie hatte doch nur ihrer Tante und dem Küken helfen wollen. Wieso hatte ihre Großmutter sie nicht gewarnt, dass alles, was mit der Lebensenergie des Sternentropfens verwoben war, zerfiel, sobald man diesen erntete.

»Verdammt.«

Mister Miez legte seinen Kopf gegen ihre Schulter. Sein Schnurren erfüllte die Luft.

»Glaubst du, es hilft, wenn ich ihn zurückbringe?«

Mister Miez' Schnurren erstarb.

»Du hast ja recht, sie werden mich lynchen.«

Sie kraulte den Kopf des Katers.

»Was soll ich machen? Denkst du, der Sternentropfen hat wenigstens ausreichend Kraft, Ronja und das Küken zu retten?«

»Miau.«

»Ach, Mister Miez. Wir sollten zurück nach Hause. Hier habe ich genug Unheil angerichtet. Vielleicht bewirkt der Sternentropfen in unserer Welt etwas Gutes.«

Sie zog den Kompass hervor und stellte ihn auf die Rückreise in die Heimat ein. Die Nadel deutete ihr den Weg. Geschafft schleppte sie sich Richtung Portal. Der Horizont färbte sich in blassen Blautönen. Sie schaute zurück, der Hügel versperrte ihr den Blick auf den toten Ort, jenseits des Waldes, dem sie das Leben entrissen hatte. Stunde um Stunde lief sie. Ihre Augenlider waren schwer und sie taumelte erschöpft zum Durchgang in ihre Welt. Mister Miez' Schnurren hielt sie wach. Sie lächelte matt, als sie das surrende Portal erblickte, das sie nach Hause brächte, und trat hindurch.

Die Heilung

Der Vogel kauerte unter einer Wärmelampe. Behutsam legte Sandira den Sternentropfen neben den Vogelkäfig ab, den ihre Großmutter vorbereitet hatte. Der Schein umhüllte das Küken, das in einem Nest aus Zweigen und ausgetrocknetem Laub lag.

Ingeborg reichte ihr eine Tasse mit dampfend heißem Tee. Ihre zitternden Finger umfingen das Porzellan. Sie nippte am Tee, der ihr glühend die Kehle herabrann und den Knoten in ihrem Bauch löste.

Das Küken reckte seinen Kopf in ihre Richtung. Die trüben Augen gewannen zunehmend an Glanz. Es spannte die Flügel an, drückte sich nach oben und flatterte unbeholfen. Sandira legte eine Hand gegen ihren Brustkorb. Die Wärme aus ihrem Bauch wanderte durch ihren ganzen Körper.

Daunenfedern bildeten sich auf den Flügeln und ein forderndes Rufen schallte durch den Keller. Ihre Großmutter reichte dem Piepmatz geköpfte Mehlwürmer.

»Das hast du gut gemacht, Liebes. Er wird durchkommen.«

Sandira hörte ihrer Großmutter kaum zu. Sie war sich nicht sicher, ob der Preis für die Rettung des Kükens nicht zu hoch gewesen war. Wie konnte ein Leben auf ihrer Welt schwerer wiegen als das auf einer anderen. Sie bezweifelte, dass sich die Waage im Lot befand.

Das Vögelchen strich mit seinem Schnabel durch sein Federkleid. Mit jeder Sekunde, die verging, glänzten die Federn mehr.

Das verwelkte Laub im Käfig färbte sich grün und an den toten Ästen wuchs Moos, das bald das ganze Nest umsäumte. Der Vogel zwitscherte und hüpfte auf sie zu. Großmutter Ingeborg sog mit einer Pipette die Futterlösung aus dem Glas. Sie reichte sie an ihre Enkelin weiter, welche sie dem Kleinen entgegenhielt.

Bestrebt legte das Küken den Kopf in den Nacken und öffnete seinen Schnabel.

Sandira tröpfelte den Brei in den Rachen. Das Gefühl der Freude überschwemmte all ihre Zweifel. Die andere Welt würde bald neue Sternentropfen erhalten und der zerstörte Bereich würde Kraft schöpfen und sich erneuern. Wie sollte es sonst sein, wenn die Energie eines einzelnen Sternentropfens ausreiche, um Leben erblühen zu lassen, was bereits verloren war. Auf der Erde war das, was sie sah, ein einmaliges Wunder. Das Küken wuschelte durch sein Federkleid.

»Geht es dir besser?«

»Ja, der Tee tat gut.«

»Fühlst du dich bereit für eine weitere Aufgabe?«

»Noch eine Welt?«

Großmutter Ingeborg schüttelte den Kopf.

»Nicht so schnell. Das Weltenreisen besteht nicht ausschließlich darin, munter durch das Portal zu hüpfen. Ich zeige dir, was auf dich wartet.« Ihre Oma führte sie in den Garten. »In dem Schuppen ist Kaminholz, das kleingehackt werden muss.«

»Wie kommst du denn jetzt aufs Holzhacken?« Sandira strich sich durch die zerzausten Haare.

»Sandira, meine Liebe, ich weiß, dass du rennst, wie eine Rennmaus. Du bist ja im Leichtathletikverein.« Sie lächelte ihre Enkelin an und kniff ihr in den Arm. »Aber ein bisschen Kraft in den Armen schadet dir nicht.«

»Großmutter, ich bin durch den halben Wald in einer fremden Welt gesprintet, einen Einwohner direkt im Nacken.«

»Das bestreite ich nicht. Doch Schnelligkeit hilft dir nicht auf allen Planeten. Auf manchen brauchst du Kraft und einen gezielten Axtschwung.«

»Ich hacke heute sicher nicht den ganzen Stapel.«

»Keine Sorge, für gegenwärtig reichen die Scheite dort.«

Großmutter Ingeborg deutete auf zehn Holzstücke, die neben dem Hauklotz ruhten.

»Meinetwegen, aber danach gibt es eine heiße Dusche und Essen.«

»Deine Einstellung gefällt mir.«

»Geh Kochen. Die paar Stücke habe ich gleich bezwungen. Wo ist der Kamin?«

Lächelnd schüttelte ihre Großmutter den Kopf.

»Mach dir darum keine Gedanken. In einer Stunde gibt's Essen. Bis dahin will ich hinreißend aufeinandergestapeltes, gehacktes Holz sehen.«

Am nächsten Tag stand Sandira vor einer aufgetürmten Wand aus Holzscheiten, die sich neben dem Schuppen stapelte. Großmutter Ingeborg schob ihre Brille herunter und begutachtete die Arbeit. Sie rümpfte ihre Nase. »So weit in Ordnung.«

Die Weltenwanderin rieb sich über ihre schmerzenden Oberarme. Das würde eine gehörige Portion Muskelkater geben.

»Als ich noch jung war, habe ich die Scheite in der Hütte gelagert.«

»Ingeborg, weißt du, wie mir die Arme brennen.«

»Die Jugend von heute, nun sei's drum. Morgen erhältst du für dieselbe Menge eine halbe Stunde weniger Zeit.«

»Du hast Glück, Herausforderungen sind meine Spezialität.«

Sandiras Magen knurrte.

Mister Miez, der auf dem Hauklotz lag, stellte seine Ohren auf.

»Ernsthaft Katze, ich könnte einen Elefanten verspeisen. Bewegung macht hungrig. Nicht, dass du wüsstest, was das ist.«

Der Kater leckte sich die Pfote. Für eine kurze Zeit beobachtete er die beiden, ehe er sich zusammenrollte und die Augen schloss.

Faule Katze. Sie wandte sich an ihre Großmutter. »Warum möchtest du, dass ich das Holz hacke? Du heckst doch sicher was aus.«

»Alles zu seiner Zeit, zunächst reicht es, wenn du weißt, dass es für deinen nächsten Weltenausflug entscheidend ist.«

»Du wirst mich nicht mit Holzhacken davonkommen lassen?«

»Du lernst schnell.«

Sandira verdrehte die Augen. Großmutter Ingeborg führte sie um den Schuppen. Steine säumten eine Laufstrecke von 200 Metern. Auf ihr lag ein Baumstamm zum Balancieren. Dahinter zwei Stämme, zwischen denen eine Kuhle lag. Einige Wurzeln markierten die Absprungstelle für den Weitsprung. Hinter ihr war eine Sandbahn aufgeschüttet. Ordentlich gestutzte Hecken luden zum Hürdenlauf ein. Das Ende des Parcours war ein Ast an einem Baum, der die einzige Möglichkeit bot, um den riesigen Findling zu erklimmen.

Irritiert sah Sandira zu Ingeborg. »Wo kommt das her?«

»Es war die ganze Zeit da. Ich musste nur etwas die Gartenschere schwingen und schon hatte ich meinen alten Trainingsparcours freigelegt.«

»Veräppel mich nicht.«

»Das brauche ich nicht.«

»Ich nehme an, das ist nicht das Training für die Waldolympiade.«

»Nein, es ist das ideale Sportprogramm für die Welt, in die du reisen wirst. Am besten fängst du langsam an.«

Sandira betrachtete den Parcours. Nie im Leben war der vorher da gewesen. Und dieser gigantische Gesteinsbrocken wäre ihr sicherlich schon vorher aufgefallen. Sie schaute sich nach den verdächtigen Spuren eines Schwertransporters um. Nichts. Nun ja, wer Sternenportale baute, hatte sicher kein Problem damit, Steine aus dünner Luft zu erschaffen.

»Der ganze Aufwand für eine weitere Welt?«

»Nach dieser sind wir noch nicht fertig.«

»Mit was?«

»Mit deinen Weltenreisen, aber nicht alle Planeten sind ein Zuckerschlecken.«

»Das habe ich bemerkt.«

»Grund genug, dich darauf vorzubereiten.«

»Ich bin mir nicht sicher, ob ich auf gefährlichere Welten reisen möchte.«

»Du ziehst die Häkeldeckchen vor? Ein Jammer, jedes andere Kind würde sich in dieses Abenteuer stürzen. Wer erhält schon die Chance, über fremde Welten zu wandern. Eine wirkliche Schande. Ich hol die Deckchen.«

»Warte ... so meinte ich das nicht.«

»Nun?«

Sie atmete aus. »Ich fang an.«

Sandira grub ihre Hände in den lehmigen Boden. *Drei. Zwei. Eins.*

Sie stemmte sich nach oben, rannte wie ein Fuchs, der auf Hasenjagd war, den Baumstamm direkt voraus. Sie sprang auf das glitschige Holz, schwankte, bevor sie sich fing. Ihre ausgebreiteten Arme wogen hin und her, hielten sie wie ein Schiff im Gleichgewicht, das vom Wind hin- und hergerissen wurde. Sie flitzte über den Stamm hinweg, hüpfte herab und trat auf den Baumstamm, der direkt vor der Kuhle lag. Die gegenüberliegende Seite fixierend holte sie Schwung, stieß sich ab und landete hart hinter der Grube. Jetzt hieß es, keine Zeit zu verlieren. Sie sprintete auf die verkümmerten Wurzeln zu und sprang ab. Sie wünschte sich, sie hätte dafür den Boden aus der ersten Welt zur Verfügung. Stattdessen kam sie im rauen Sand auf, der an ihren Beinen festklebte. Kaum gelandet stand sie wieder auf den Füßen. Sie rannte weiter. Ihr Herzschlag bebte, während ihre Augen die Hürden aus Buschwerk fixierten. *Kein Problem, ich bin schon höher gesprungen.*

Mühelos ließ sie eine Hecke nach der anderen hinter sich. Die letzte Kraft mobilisierend hatte sie nur noch den Ast und den Findling vor sich. Sie hechtete hinauf und ergriff den Ast. Beide Hände umfassten das raue Holz. Der Ast knarzte. Ächzend zog sie sich in die Höhe und schwang eines ihrer Beine um den Ast. Ihre Muskeln brannten wie Feuer. Sie biss sich auf die Lippe. Ein gequälter Laut hallte durch den Wald, als sie alle Kraft zusammennahm, um sich auf den Ast zu stemmen. Zitternd saß sie auf ihm. Das hatte sie als Kind besser gekonnt. Sie fixierte den gegenüberliegenden Findling. Ein Abgrund klaffte zwischen ihr und dem Felsen. Ihr war schummrig beim Gedanken an den Sprung. *Komm schon, stell dich nicht so an. Früher hast du so was freiwillig gemacht. Seit wann bist du so ein Angsthase geworden?* Mit zitternden Beinen hockte sie sich auf den Ast. Sie kam sich vor wie auf dem Schwebebalken. Gymnastik war nie ihrs gewesen. *Tief ein- und ausatmen, dann geht es los.*

Sie spannte ihren Körper an und sprang. Die rechte Hand schabte über den rauen Stein, die linke griff unkontrolliert ins Leere. Ihre Muskeln zuckten, als sich ihre schmerzenden Fingerglieder fester an den Stein krallten.

Noch mal peitschte ihre andere Hand hinauf. Ohne Erfolg. Ihre Finger glitten vom Felsen. Wie ein Betonklotz krachte sie auf den lehmigen Waldboden. Sie pustete und schnappte nach Luft. »Autsch.«

Sie rieb ihre Hüfte, auf die sie gefallen war.

Das Geräusch von klirrendem Porzellan. Ingeborg kam gerade aus dem Haus und stellte Tee und Kuchen auf einen runden, verschnörkelten Metallgartentisch. Ohne ihre Enkelin zu beachten, goss sie Tee in die zarten Blümchentassen ein.

»Wie kommst du voran?«

Sandira funkelte Großmutter Ingeborg böse an. Sie stand auf, schüttelte ihr Bein aus und zog ihren Hosenbund zur Seite, um zu sehen, was der Sturz angerichtet hatte. Ihre Hüfte begann bereits, sich bläulich zu verfärben. »Oh man, das wird einen fetten, blauen Fleck geben.«

»Vor zwei Jahren wäre ich da hochgekommen. Macht man in der Schule keine Klimmzüge mehr?«

Sandira schnaubte »Großmutter. Den Parcours schaffe ich ja ganz gut, nur den Sprung auf den gigantischen Monsterfelsen hab ich nicht geschafft.«

»Die zartgebutterte Jugend von heute ...« Ingeborg kam auf sie zu und hielt ihr ein Foto vor die Nase. Eine verschwommene Aufnahme von einem Baum, der in einer Halle stand. »Das ist der Weltenbaum.«

»Ich nehme an, er ist nicht von dieser Welt.«

»Das ist richtig. Er steht in einer Anderen. Seine Essenz kann genutzt werden, um Totgeglaubtes wieder zum Leben zu erwecken. Ähnlich wie der Sternentropfen.«

Angst strömte durchs Sandiras Körper, wie ein tosender, aufkommender Sturm.

»Moment mal, ich möchte nicht, dass der Baum stirbt.«

»Dem passiert nichts, ich brauche nur eine Wurzel. In ihr ist genügend Essenz enthalten, um die Wirkung des Sternentropfens zu verstärken. Und was dieser bewirkt, das hast du gesehen. Mit etwas Glück geht sie an, und wir ziehen einen Weltenbaum im Garten.«

»Wozu brauchst du das alles?«

Großmutter Ingeborg holte ein weiteres Bild hervor. Eine Skizze des Roboters mit dem Bohrkopf, der unter der Kellerdecke baumelte.

»Das ist eine Maschine, die ich für meinen Patienten entwickelte. Ich habe dir ja gesagt, dass mein Fachgebiet die Weltenoperation ist. Um dieses Gerät anzutreiben, brauche ich noch einige Bestandteile.«

»Was hast du vor?«

»Das, was wir zerstört haben, wiedergutzumachen.«

Wurzel ziehen

Du willst mir damit sagen, dass der Baum von Wächtern mit monströsen Krallen bewacht wird?«

»Erst einmal, es sind Scheren, zweitens du wirst nicht sterben, da du vorbereitet bist. Mittlerweile schaffst du es sogar, auf den Findling zu gelangen.«

Sandiras Blick durchdrang Großmutter Ingeborg.

Drei Tage. Drei Tage hatte sie den Parcourslauf durchgestanden, ehe sie es schaffte, sich den Ast hochzukämpfen und auf den Stein zu springen. Drei Tage, in denen ihre Glieder schmerzten und sie lernte, den Parcours inbrünstig zu hassen.

Sie beschloss, wenn sie Zuhause war, das Leichtathletiktraining zu schwänzen.

»Das heißt ja nicht, dass du Enkel versus Monster spielen sollst«, sagte Sandira.

»Es sind keine Bestien, es sind Wesen, die in Symbiose mit dem Baum leben. Er gibt Blütensaft an seine Bewacher ab und diese befreien ihn von Schädlingen. Sie greifen erst ein, wenn du ihn berührst. Achte darauf, dass die Geschöpfe beim Graben nicht in deiner Nähe sind. Sie und der Baum sind miteinander verbunden. Sobald er Schaden nimmt, suchen die Wächter den Verursacher. Halte dich genau an meine Anweisungen. Ich schließe das Portal zwischenzeitlich, um nicht unnötig Aufmerksamkeit auf uns zu ziehen. Nach exakt sechs Stunden werde ich es wieder öffnen. Dieser Zeitrahmen ist ausreichend für die Missionsdurchführung.«

»Wirklich, ein genialer Plan. Ich hätte mir keinen Besseren ausdenken können.« Sie verdrehte die Augen.

»Gut, dass wir uns einig sind.«

»Pfff ... einig.«

»Du schlägst die Wurzel im letzten Moment ab. Davor gräbst du sie frei. Das Nervensystem des Baumes teilt den Wächtern Verletzungen umgehend mit. Zum Glück liegt dieses tief in den Wurzeln. Sie werden dich also erst bemerken, wenn du sie durchtrennst. Du schnappst dir das Forschungsobjekt und springst durch das Portal zurück. Mission beendet.«

»Hm.« Sandira hoffte für sich, dass der Plan keinen zusätzlichen Haken hatte. Sie fand ihn ohnehin nicht ausgetüftelt: In eine weit entfernte Welt reisen, vor scherentragenden Bewachern aufpassen, nebenbei eine Wurzel von einem Special-Baum ziehen, und wieder verduften. »Nun denn. Der Sommer wird auf jeden Fall nicht langweilig werden.«

»Denke daran, die Wächter greifen nur an, wenn sie sich provoziert fühlen.«

»Klar, es ist ja nicht so, dass ich das mit dem Hacken auf ein Baumteil provoziere.«

»Sandira, gönn dir eine kurze Verschnaufpause und dann geht es los.«

Eine Warnleuchte blinkte neben dem Portal, als es sich in einem blauen Lichtstrahl öffnete.

Sandira stand vor dem Sternentor.

Ihre Großmutter gab Daten in den Computer ein und drückte ihr einen Faltspaten und eine Axt in die Hände. Sie spähte durch das Portal.

Alt war sie, jene steinerne Wand, die meterhoch vor ihr emporragte.

Seit Ewigkeiten hielten diese Mauern jeglicher Gewalt stand und überdauerten das stetige Kommen und Gehen aus Leben und Zerfall. Oben formten sie ein Kuppeldach, von dem ein Lichtschein das Innere erleuchtete. Keines der Scherenmonster, von denen ihre Großmutter berichtet hatte, war zu sehen.

Sandira trat durch das Portal. Sie blickte sich in dem imposanten Saal um, in den sie eingekehrt war. Das Alter lastete schwer auf dem Gemäuer. Nicht einmal die Höhle mit dem steinzeitlichen Tempel am Hang eines Berges in Kreta hatte so alt gewirkt. Ein Windhauch brauste erfrischend wie eine Brise, die vom Meer kam, durch ihr Haar. Sie trug den Duft von nassem Stein mit sich. Ob es außerhalb dieses Raumes einen Ozean gab?

Egal, sie musste sich konzentrieren.

Ein Schatten flackerte über ihr, als der Lichtschein seine Richtung änderte. Ihrer Nasenspitze voraus sah sie einen meterhohen Baum, dessen Stamm und Äste weiß wie Schnee anmuteten. Das Laub schimmerte gülden wie die Zierblätter eines Kronleuchters. Doch sie waren geschmeidiger und bewegten sich sanft mit dem Wind.

»Wow, du kennst abgefahrene Welten, Ingeborg. Mich wundert nur, dass du die dreckige Wurzel den goldenen Blättern vorziehst.«

Mit einem aufziehenden Zischen zog sich das Portal zusammen und schloss sich.

»Tja, da bleibst du mir mal wieder eine Antwort schuldig.«

Mit dem Weltentor verschwand auch das kurze Gefühl der Begeisterung.

Sie hing hier fest. Es war, als hätte jemand augenblicklich die rettende Schnur nach Hause durchtrennt.

Ich mache einfach nicht die Scherenmonster auf mich aufmerksam. Dann geht schon alles gut. Sie leckte sich mit der Zunge über ihre trockenen Lippen.

»Verdammt, Ingeborg«

Ihr Bein wippte auf und ab.

Es war eine blöde Idee, hier so offen herumzustehen. Sie brauchte eine Deckung, um sich in Ruhe umzusehen. Geduckt schlich sie hinter einen Hügel aus karger Erde. Sie hockte sich hin und betrachtete ihre Umgebung.

Ingeborg konnte ja so was von Gift darauf nehmen, dass sie sich auf keine weitere ihrer Aktionen einließ, bis sie ihr nicht haargenau erklärt hatte, wie sie dabei helfen sollten, die Erde zu retten. Wurzel, Sternentropfen, alles gut und schön.

Doch was plante ihre Großmutter?

Ein Medikament herstellen? Sie schüttelte den Kopf. Dass es möglich war, auf Welten zu reisen, okay, damit konnte sie sich abfinden. Aber Ingeborgs fixe Idee, Planeten wie einen Patienten zu behandeln? Was sollte sie davon halten? Allerdings hatte sie ihre Oma auch für verrückt gehalten, was das Weltenwandern anging, bis sie ihr das Gegenteil bewies.

Vor sich sah sie die runden Torbögen, die sich seitlich im Saal befanden. Nur hinter dem Baum gab es keine Durchgänge. Ihre Schuhe drückten sich in den weichen Boden. Sie legte den Faltspaten und die Axt neben sich. Auf allen vieren krabbelte sie hinter dem Erdwall her, bis der Erdboden in eine silbergrüne Wiese überging.

Mit offenem Mund starrte sie den Weltenbaum an. Zwischen seinen Ästen fiel goldenes Licht herab, in dem geflügelte Schatten tanzten. Die Wesen fingen die Lichtstrahlen mit ihren Händen ein und woben diese zu hauchdünnen Bändern, die sie an die Zweige des Baumes hingen. Sandira wandte ihren Blick ab. Die Axt und der Spaten lagen dort, wo sie sie zurückgelassen hatte.

Im Grunde konnte ihre Großmutter sie nicht zwingen, die Wurzel zu holen.

Für einen kurzen Augenblick betrachtete sie die Torbögen, hinter denen eine polierte Glaswand verlief.

Sie warf einen letzten Blick auf die Flatterwesen und schlenderte zum nächstgelegenen Durchgang. Abrupt hielt sie inne. Eine transparente Flügelspitze, die so groß wie ihr Schädel war, lugte hervor.

Die Kreatur glitt gemächlich voran. Die Mauer verdeckte sie. Die gegenüberliegende Wand reflektierte ihren Schatten. Überdimensionierte Fangarme ragten aus einem schlanken Körper, der Kopf ein schwarzes Dreieck.

Sandiras Augen weiteten sich. Sie machte auf den Absatz kehrt und sprintete hinter den Erdwall. Sie griff nach der Axt und presste sie fest gegen den Oberkörper.

Vorsichtig spickte sie aus ihrer Deckung, um zu sehen, ob das Wesen hervorgekommen war.

Ihren Kopf zog sie augenblicklich wieder ein.

Es schwebte im Torbogen. Seine mit zahlreichen Facetten geschmückten Augen suchten den Saal ab.

So ein Mist, Ingeborg.

Sie drückte ihren Körper flach gegen den Erdwall. Ein Windhauch, aufgepeitscht von schlagenden Flügeln, wehte durch ihr Haar. Ihr Zopf flatterte immer stärker und peitschte in ihr Gesicht. Näher und näher kam es. Sie ließ sich am Erdhügel herabgleiten und kauerte sich an dessen Fuß zusammen.

Es glitt den Hügel entlang. Ein Greifarm schnellte hervor. Sie presste sich enger an den Erdwall, die Axt fest umklammert. Das Wesen schwebte über ihr. Der Windhauch schlagender Flügel kribbelte in ihrem Nacken, keinen Laut verursachend.

Sie hielt den Atem an. Sie war sich sicher, dass dies einer der Wächter war. Aber warum war er hier? Ihre Großmutter hatte doch gesagt, sie würden erst hervorkommen, wenn sie den Baum beschädigte. Hatten die Flatterwesen sie verraten?

Rasend hämmerte der Pulsschlag unter ihrer Haut. Ein Schwindelgefühl ließ ihren Kopf vor und zurück wippen. Krampfhaft versuchte sie, regelmäßig zu atmen und gegen die Furcht anzukämpfen. *Langsam ein- und ausatmen. Ein- und ausatmen.*

Ihr Herzschlag beruhigte sich.

Alles wird gut. Es schert sich nicht um mich. Es macht einen Ausflug zum Nektarschlürfen.

Der Windhauch war fort. Ein Blick nach oben bestätigte, dass das Ungetüm von dannen geschwebt war.

Sie spähte flüchtig über den Erdwall.

Das Wesen war neben einem Felsen. Der Abstand zwischen seinem Kopf und seinen Hinterbeinen betrug die halbe Länge des Baumes.

Sie versuchte, sich ins Gedächtnis zu rufen, woran sie dieses Wesen am meisten erinnerte.

Ein solches Insekt, nur in Miniaturformat, war ihr bei einem Besuch im städtischen Zoo aufgefallen. Dort starrte sie in ein Terrarium voll mit Zweigen, an denen grünes Laub hing. Ihr Vater deutete auf eines der unzähligen Blätter. Es bewegte sich und wanderte über die Äste. Aus ihm wuchsen blättrige Beine hervor. Bei der Erinnerung rann ihr eine Gänsehaut den Rücken herab. *Geistermantis - Getarnte Jäger.* Die Infotafel des Terrariums blitzte vor ihrem geistigen Auge auf.

Hier tarnte es sich nicht.

Sandira spähte über den Erdwall, sah, wie das Wesen aus dem Toreingang starrte und mit einem lauernden Blick den Raum durchsuchte.

Das Auffälligste an der Kreatur war das Blätterkleid, das ihren Körper schmückte. Die Blätter waren unterschiedlich gefärbt, sie reichten von Pastelltönen hin zu feurigen Herbstfarben, die in kristallblauen Farbverläufen übergingen. Sein Kopf mutete mehr wie der einer Gottesanbeterin an, ausgestattet mit seinen Facettenaugen und den Kauwerkzeugen, die ständig gegeneinander rieben, und kein Problem damit hätten, Knochen zu zermalmen. Die gezackten Fangarme schwangen in der Luft. Ihre einzige Bestimmung war es, blitzschnell nach der Beute zu schlagen und diese festzuhalten. Der Kopf drehte sich in ihre Richtung. Er erfasste Sandira. Reglos verharrte sie.

Mit stelzenden Gliedmaßen schwebte es durch die Luft und legte seinen Kopf schräg, um den Eindringling zu betrachten. Sie hielt still, jede Bewegung vermeidend, die den Wächter provozieren könnte. Ihr Atem setzte aus. Bilder flackerten durch ihren Verstand. In ihren Gedanken teilte das Wesen sie entzwei, zermalmte ihre Knochen mit den gigantischen Kieferwerkzeugen.

Der Film spulte rückwärts. Sie war wieder mit ihrem Vater im Zoo. Längst hatte sie sich vom Terrarium abgewendet.

»Sandira, sieh mal.«

Sie schaute angeekelt zurück. Ihr Vater deutete auf den Geistermantis, der eine Grille mit den Scheren gepackt hatte. Die Mundhauer des Ungeheuers bissen eines der unzähligen, sich bewegenden Beinchen ab. Sie verharrte für eine ganze Weile auf der Stelle. Ihre Beine fühlten sich, als hätte man Steine an sie gekettet.

Warum hatte ihre Großmutter gesagt, dass sich diese Wesen von Nektar ernährten? Sie waren eindeutig Raubtiere. Wenn sie es zurück in ihre Welt schaffte, würde sie Ingeborg fragen, ob sie verrückt geworden war, und was für ein Mist in ihren Aufzeichnungen stand. Von wegen, sie fressen Blütensaft.

Der Wächter schwebte nach vorne und hielt vor ihr inne. Bedrohlich. Analysierend.

Sie ballte die Hände zu Fäusten. Wie ein Reh in Schockstarre, den Schlag erwartend, rührte sie sich nicht mehr. Ein tiefer Atemzug, gefolgt von einem Beben, das durch ihren Körper zuckte.

Wimpernschläge.

Kurze Dia-Aufnahmen, ein Film, der anging und wieder aussetzte. Schwarz. Weiß. Schwarz. Weiß. Irritiert sah sie in den Sequenzen, wie sich der Hüter im Zeitraffer abwendete und Richtung Torbogen davonglitt.

Zitternd atmete sie ein. Er hatte sie verschont.

In einem Punkt hatte ihre Großmutter recht behalten, die Wächter griffen nicht einfach an.

Sie ließ sich auf den Boden plumpsen. Was brachte es überhaupt, die Wurzel mitzunehmen? Klar, Ingeborg hoffte, damit die Erde zu retten. Doch was nützte einem Kettenraucher eine neue Lunge? Hörte er nicht mit dem Rauchen auf, wäre diese bald ebenso zerstört. Genau wie jeder Rettungsversuch ihrer Welt zum Scheitern verurteilt war. Weder würden die Menschen weniger Müll produzieren, noch den Umweltschutz von heute auf morgen umsetzen. Wie auch, es fehlten ausgereifte Technologien.

Sandira legte die Axt zur Seite, der Stiel hatte einen roten Abdruck in ihrer Hand hinterlassen. Sie sammelte sich und versuchte, den Kopf freizubekommen. Die Schaukel in ihrem Garten, auf der sie immer gesessen hatte, als sie noch klein war. Ganz früher hatte ihr Vater ihr Anschwung gegeben, ehe er mit zur Arbeit musste. Sie wollte wieder dahin. Weit weg von diesem Ort und vom Haus ihrer Großmutter mit den alten Möbeln und dem weltenverbindenden Portal im Keller.

Ihr wich die Farbe aus dem Gesicht. Stand es vielleicht so schlecht um die Erde, dass sie nicht mehr warten konnten, bis die Menschen sich änderten? Das musste es sein. Ihnen lief die

Zeit davon. Die Welten-OP, die ihre Großmutter plante, war eine Notoperation. Ein Piepen zog sich durch die Halle. Sie schaute auf die Stoppuhr an ihrem Handgelenk: Eine Stunde und dreißig Minuten waren vergangen. Vom Zeitgefühl her hätte sie schwören können, dass sie kürzer hier war.

Oh man, ich sollte mich besser an die Arbeit machen.

Wie ein Wettkämpfer, der seine Konzentration für den Start bündelte, nutzte sie ihre Sinne, um das Feld zu überblicken. Sie sah sich den Baum an, die schneeweiße Rinde und die Wurzeln, die sich durch den Erdboden schlangen und an einigen Stellen aus der Erdkruste herausbrachen. Sie benötigte eine dünne Wurzel. Sie würde nur wenige Hiebe haben, um sie zu spalten. Umso weiter das Wurzelgeflecht vom Stamm entfernt war, desto schlanker verzweigte es sich. Gleichzeitig schätzte sie den Abstand zum nächsten Torbogen ein. Sie brauchte genug Entfernung zwischen sich und den Wächtern.

Sie fand eine Stelle, die ihr ideal erschien. Nur der überhängende Felsvorsprung, der ihr den Weg zum Portal versperrte, sagte ihr nicht zu. Sie ging den Raum noch einmal ab. Überall anders waren die Wurzeln zu dick oder zu tief in der Erde verborgen.

»Warum habe ich die Vermutung, dass du den Platz zum Graben kanntest, Ingeborg?«

Sie lächelte. Deswegen der Parcourslauf. Hatte nur noch der Wandelnde-Blatt-Geistermantis-Mix gefehlt, der ihr hinterherjagte.

Sie schnappte sich die Axt und den Spaten, spazierte zurück und setzte das Gartenwerkzeug an. Behutsam löste sie das Erdreich um die Wurzel. Spatenstich um Spatenstich schippte sie mehr Erdboden auf einen Haufen. Zum Glück war die Erde nicht ganz so steinig wie im Garten ihrer Eltern. War das eine Aktion gewesen, den Kirschbaum einzupflanzen. Stundenlang hatte sie damals ein Loch gegraben. Die ersten zehn Zentimeter hatten sich locker lösen lassen. Der restliche Boden bestand aus porösem Stein. Es dauerte Ewigkeiten, ihn mit der Spitzhacke zu zerbrechen. In der Abenddämmerung hatten sie schließlich den Baum gesetzt. Sie hoffte, ihr blieb eine solche Überraschung erspart. Sie durfte sich nicht in der Zeiteinteilung verkalkulieren. So einfach war das.

Tiefer und tiefer grub sie. Erdbrocken wurden zur Seite geschleudert.

Schweiß rann ihr zwischen den Schulterblättern herab. Mit jedem Spatenstich verdorrte ihre Kehle ein wenig mehr. Sie keuchte, strich sich mit der Zungenspitze über die ausgetrockneten Lippen. Der Geschmack von Eisen breitete sich in ihrem Mund aus. Sie hielt inne und sah sich nach einem flachen Stein um, den sie mühelos unter die Zunge legen konnte. In einem Survival-Film hatte sie gesehen, dass dieser gegen den Durst half. Sie griff den Erstbesten. Erdreste knirschten zwischen ihren Zähnen. Ob das eine gute Idee war? Zumindest füllte sich ihr Mund mit Speichel.

Sandira grub großzügig um die Wurzel herum. Mehr und mehr kam sie zum Vorschein. Sie hockte sich hin und schob behutsam die Erde mit ihren Händen hinweg. Die Wurzel lag noch zu tief im Erdreich, um sie abzutrennen. Erneut nahm sie den Spaten und buddelte weiter. Zentimeter für Zentimeter. Ihre Muskeln brannten und jede Bewegung schmerzte. Wie gerne sie hinschmeißen würde. Sie schüttelte den Kopf. Sie war nicht so weit gekommen, um aufzugeben. Mehr Erdbrocken flogen auf den anwachsenden Erdhügel. Sie wischte sich mit dem Handrücken über die Stirn. Die trockene Erde auf ihrer Hand verschmierte.

»Ernsthaft ... Ingeborg, wie kannst du ein Weltenportal haben und mir einen Faltspaten zum Graben mitgeben? Ich hätte mal ein Laserschwert oder so was in der Art cool gefunden.«

Sie betrachtete ihr Werk. Das Erdloch war nicht tief genug, um die kräftige Wurzel aus ihrem Lebensraum zu zerren.

Erschöpft stach sie ins Erdreich. Ein brennender Schmerz zog durch ihren müden Rücken, als würde eine Peitsche auf ihn einschlagen.

In Gedanken rief sich zum Durchhalten auf. *Weiter! Weiter!*

Ihr Blick huschte über das Ziffernblatt der Uhr an ihrem Handgelenk.

Die Zeit rannte ihr davon.

Noch ein Stich in die Tiefe. Die Axt nutzte sie zwischenzeitlich, um das Erdreich aufzulockern. Der Dreck wirbelte durch die Luft. Ihre Sicht verschwamm. Mit zitternden Händen rieb sie sich den Schmutz aus den Augen.

Der Spaten verfehlte nur knapp die Wurzel. Das Erste, was sie machte, als sie wieder klar sah, war es, sich umzusehen, zu schauen, ob sich nicht doch ein Wächter heranpirschte. Sie verharrte still und horchte. *Nichts. Weiter.*

Der Schmerz zog von ihrem Rücken in den Oberschenkel. Sie ließ das Werkzeug sinken und rieb sich über die Wirbelsäule. Ein bescheideneres Timing fürs Schlappmachen gab es nicht. Sie hoffte, das Tiger Balm in ihren Koffer geworfen zu haben. Es war perfekt, um angespannte Muskeln zu lösen.

»Genug rumgetrödelt, weiter geht's.«

Die nächsten Spatenstiche führte sie mit zusammengebissenen Zähnen aus. *Weiter!* Mit jedem Hieb kam sie ihrem Ziel näher. *Weiter! Das gibt mindestens einen ordentlichen Muskelkater, wenn nicht gar eine Muskelzerrung. So ein Mist.*

Allmählich lag die Wurzel frei, nur noch ein wenig ausschaufeln, um die Axt besser ansetzen zu können. *Eins, zwei, drei ...*

Sie schnaubte und sah nach unten.

Endlich. Nur noch die lockere Erde entfernen und ich bin so weit.

Blätterrauschen ließ sie aufschrecken. Ihre Ohren spitzten sich, nahmen jedes Geräusch wahr. Hektisch wanderte ihr Blick durch den Raum.

Unter dem Weltenbaum schwebte ein Wächter entlang und hob einige der goldenen Bänder hinab, die die Flatterwesen gewoben hatten.

Wie war ihr seine Anwesenheit entgangen? Sie entfernte sich rückwärts von der Stelle, an der sie gegraben hatte. Sie setzte sich in den Schatten des Felsvorsprungs. Von dort aus beobachtete sie, wie weitere Wächter zum Weltenbaum schwebten. Auch diese hoben goldene Bänder vom Baum. Nach einer Zeit sahen ihre Fangarme aus, als wären sie mit Lametta behangen.

Sie schmunzelte.

Es passte nicht zu diesen Ungeheuern, wie ein in Christbaumschmuck ertränkter Weihnachtsbaum auszusehen. Die Wächter sammelten die Streifen restlos ein und schwebten fort.

Was war das denn? Sie schüttelte den Kopf. Ernährten sie sich von den goldenen Bändern? Aber warum trugen sie sie davon? Sandira seufzte. Sie begriff viel zu wenig von diesem Planeten. Hoffentlich erlaubte ihre Großmutter ihr nach der Aktion Weltenretten, die Orte, die sie bereist hatte, sorgfältig zu erkunden. Als stille Beobachterin.

Minuten verstrichen, in denen sie sich umsah, ob nicht doch ein Wächter zurückkam.

Sie verzog das Gesicht. Zeit, die Wurzel von der Erde zu befreien.

Nach einer ausführlichen Inspektion setzte sie noch einmal den Spaten an. Sie kniff die Augen zusammen und presste ihn mit beiden Händen gegen den wegbrechenden Untergrund.

Vorsichtig blinzelte sie. Die Erdschicht war zusammengesackt.

Ihre Finger gruben sich in das lose Erdreich, sie kam sich vor wie ein Maulwurf.

Ihre Nägel kratzten über die Oberfläche der Wurzel. Sie riss ihre Hand zurück, sah sich gehetzt um, wie ein Tier, das die herannahende Meute hörte.

Nichts. Würden es die Wächter überhaupt bemerken, wenn sie ein Stück des Weltenbaumes stahl? Es war ja nicht so, dass sie den ganzen Baum mitnahm.

Sie atmete ein und aus. Auf der anderen Seite gab es Nagetiere, die die Wurzeln wegfraßen. Der Kirschbaum, den sie gepflanzt hatte, war nach dem Winter nicht mehr erblüht. Die Wühlmäuse hatten sich an ihm vergriffen. Unfähig, Wasser und Nährstoffe aus dem Boden zu ziehen, war er innerlich vertrocknet.

Nein, sie war nicht so.

Sie nahm nur ein Stück des Wurzelgeflechts. Es war mit einem Kratzer gleichzusetzen, den der Baum davontrug. Sie grub die Reste der Erde mit den Händen fort und versicherte sich, dass die Wurzel komplett freilag.

Alles war für den letzten Schlag mit der scharfen Axt vorbereitet. Sandira schaute auf die Uhr. *14 Minuten. Ich kann nicht allzu lange warten.*

Sie betrachtete die Grube vor sich. *Wie haue ich sie am besten ab? Mehrere präzise Hiebe oder einer mit Wucht? Einer sollte reichen. Kurz und schmerzlos. Verdammt! Wie lange werde ich bis zum Portal brauchen? Was mache ich mit den Werkzeugen? Sie sind schwer. Besser ist es, ich lasse sie hier. Die Wurzel ist unhandlich genug. Den Schlag führe ich an der dünnsten Stelle durch.*

Sie atmete noch mal ein und aus. Ihre Finger zitterten. Sie verschränkte sie ineinander. *Neun Minuten.*

Wann war der richtige Zeitpunkt, um für die Mission Wurzelziehen die Axt zu schwingen? *Drei Minuten oder besser fünf? Ich will nicht, dass die Wächter zu viel Zeit haben, um mich anzugreifen. Was ist, wenn der erste Schlag nicht sitzt und ich doch einen zweiten benötige? Die Wurzel ist so dünn an der einen Stelle. Das Durchtrennen wird wenige Augenblicke brauchen, zehn, maximal 20 Sekunden. Einpacken und zurück zum Portal, ungefähr 25, vielleicht 30 Sekunden. Ein bisschen zeitlicher Puffer macht dann ungefähr 1 Minute 30. Genug Zeit, um durchzukommen und notfalls einen Wächter auszuweichen.*

Zitternd ließ sie die Frist verstreichen, schnappte sich die Axt und umklammerte sie mit ihren schweißnassen Händen.

Nur einen Moment noch.

Sie hielt die Axt ganz fest.

Jetzt.

Die Axt raste auf die Wurzel herab.

Das Gewebe platzte auf. Holzfasern spreizten sich in die Luft. Ein schriller Alarm dröhnte in ihren Ohren. Sie schreckte zusammen. Ihr Blick huschte durch den Raum. Der Griff der Axt in ihren schweißnassen Händen war rutschig. Ihre Finger umklammerten ihn. Sie hob die Axt über ihren Kopf und ließ sie auf die Wurzel hinuntersausen.

Sie setzte noch mal an, schlug zu. Das verdammte Ding hielt stand. Sie hackte auf die Wurzel ein. Ihre Arme fühlten sich an wie Wackelpudding.

Aus dem Augenwinkel sah sie, wie aus jedem Torbogen mehrere Wächter strömten. Ihre Schatten zogen über sie. Wieder und wieder hieb sie auf die Baumwurzel ein. Weiße Holzstücke flogen durch den Saal. Die Wächter rückten näher.

Hinter ihr zischte es. Das Portal flackerte auf. *Verdammt, verdammt, verdammt.*

Die Zeit lief ab. Tränen traten in ihre Augen. Ihre Muskeln brannten. Bebend strömte die Luft in ihre Lungen, als sie für einen weiteren Schlag ausholte.

Ein letzter Hieb. Länger hatte sie nicht. Die Axt sauste herab. Grub sich tiefer und tiefer. Die Wurzel barst. Eine rote Flüssigkeit spritzte ihr ins Gesicht, verschleierte ihr die Sicht, klebrig haftete sie an ihrem Hals. Sie blinzelte.

Halb blind griff sie nach der Wurzel und zog an ihr. Die Haut an ihren Händen riss auf. Ohne darauf zu achten, zerrte sie noch heftiger an dem Holz. Ächzend löste sich dieses aus der Erde. Schwer ruhte es in Sandiras Armen. *Endlich.*

Überall um sich sah sie die Wächter. Sie rannte, wich mal rechts und links aus, wie ein Hase der Haken schlug. Eine Schere fegte an ihrem Kopf vorbei. Sie hechtete über eine Felsspalte am Boden und zog sich auf allen vieren einen Hang hinauf, die Wurzel fest umklammert. Wankend kam sie auf die Beine. Das Surren von Insektenflügeln erfüllte den Raum. Mit einem weiten Satz landete sie auf dem Felsvorsprung, direkt gegenüber dem Portal. Das klackernde Geräusch von Mundwerkzeugen dröhnte in ihren Ohren. Wind, aufgewirbelt von riesigen Flügeln, zerrte an ihr. Sie spannte ihre Beinmuskeln an, nahm mit ihren Armen Schwung und sprang, das rettende Weltentor fest im Blick. Eine Schere packte sie am T-Shirt, riss ihr eine Haarsträhne aus.

Der Kragen schnürte ihr die Kehle zu, schnitt in ihre zarte Haut am Hals.

Dann ... Das Geräusch von zerreißendem Stoff.

Im nächsten Moment stürzte sie auf den Steinboden im Keller ihrer Großmutter, stieß sich die Hüfte und den Unterarm an und rang keuchend nach Luft. Sie hielt das zerrissene T-Shirt an sich, als wäre es der letzte Schutz zwischen ihr und der Welt.

Ein Knall ließ sie zusammenzucken. Sie warf sich nach vorne. Immer noch umklammerte sie die Wurzel. Sie riss ihren

Kopf herum. Das Portal hatte sich geschlossen. Ein abgetrennter Fangarm lag hinter ihr. Die Hand ihrer Großmutter ruhte auf einem roten Knopf.

Sandiras ganzer Körper schlotterte. Sie war bedeckt mit Dreck, dem Sekret des Baumes und ihrem eigenen Blut.

Tränen strömten über ihre Wangen. Rinnsale schwemmten Erde, Blut und Sekret davon.

»Ach, Kind«, sagte Ingeborg, während ihre Augen auf der Wurzel ruhten. »Ich mach dir erst mal einen Tee. Alles andere wird sich mit der Zeit ergeben.«

Weigerung

Ich werde nicht mehr durch das Portal gehen!« Sandira und ihre Großmutter standen im Labor zwischen den Gerätschaften und dem Tisch mit den Skizzen der Apparate, die Ingeborg für die Erdenoperation gezeichnet hatte. Mister Miez schmiegte sich an Sandiras Beine.

»Sandira, du wirst doch nicht auf halbem Weg aufgeben. Du bist eine Kämpferin.«

»Nein, dein Weg ist falsch. Wir brauchen eine alternative Lösung, um die Erde zu retten, eine, die andere Planeten nicht beschädigt.«

»So ist es nicht, mein Kind, wir haben beiden Welten nur einen irrelevanten Teil ihrer selbst entnommen. Sagen wir so winzig, dass es für ihre Existenz bedeutungslos ist. Doch für die Erde ist der Sternentropfen und die Wurzel des Weltenbaumes essenziell.«

Sandira tastete über ihren Hals. Ihre Haut brannte, dort wo sich ihr T-Shirt in ihr Fleisch gegraben hatte. Das Reißen des Stoffes hallte in ihren Gedanken wider. Sie sah, wie der Wächter sie packte, ohne die Szene gesehen zu haben. Es war, als läge ein Seil um ihre Kehle, das drohte, sie zu ersticken. Weitere Tränen kullerten aus ihren Augen. Es war knapp gewesen. *So verdammt knapp.*

»Woher wissen wir, dass diese Objekte für ihre Welt nicht von Bedeutung sind? Es muss eine bessere Möglichkeit geben, als andere Welten zu bestehlen.«

»Sandira, wenn die Erde stirbt, wird es deine Freunde nicht mehr geben. Deine Familie wäre fort, Mister Miez wäre fort, ich wäre dir egal ... okay, wahrscheinlich bin ich das schon. Aber auch dein geliebtes Netflix gäbe es nicht mehr.«

Sandira beugte sich zu Mister Miez herunter und nahm ihn auf den Arm.

Sie dachte an Ronja und das Küken. Dem Vögelchen ging es mittlerweile so gut, dass es aufrecht im Terrarium hüpfte. Es breitete die Flügel aus und übte das Fliegen. Es waren Tage, die es von einem Leben in der Freiheit trennten. Den Sternentropfen hatte ihre Großmutter in den Garten verlegt. In dem Moment, in dem er seine neue Heimat gefunden hatte, wucherte ein Moosbett aus der Erde. Wildorchideen reckten ihre Köpfe aus dem Boden und entfalteten ihre Blüten. Was ansonsten Wochen gedauert hätte, geschah in Minuten.

Sie fasste sich an die Schläfe, merkte, wie die Adern gegen ihre Fingerkuppen hämmerten.

Wenn die Operation gut ging, blieben Ronja noch einige Jahre. Sie könnten in dieser Zeit so viel Schönes nachholen. Auch ihre Reise zum Amazonas würde noch realisierbar sein. Das Beben kehrte in Sandira zurück. Sie merkte, dass Ronjas Zeit endlich war. Ihre Gedanken klammerten sich an den Sternentropfen, haderten. *Selbst wenn es hilft, gibt es für mich kein Recht zu stehlen.*

»Ich werde nicht noch einmal eine Welt bestehlen.«

»Du hast gesehen, wozu der Sternentropfen in der Lage ist. Er kann wesentlich mehr als Vögel heilen. Der Erde wird er, zusammen mit einigen anderen Bestandteilen, die Lebensenergie zurückgeben, die sie durch uns Menschen verloren hat.«

»Nein!«

Der Blick ihrer Großmutter wurde hart: »Junges Fräulein, du wirst lernen, einer alten Dame nicht zu widersprechen. Diesen jugendlichen Leichtsinn werde ich dir noch austreiben. Begib dich auf dein Zimmer, bis du wieder zu klarem Verstand gekommen bist. Wir reden später.«

Sandira wischte sich die Tränen aus dem Gesicht und stampfte die Treppe hoch. Die Tür krachte donnernd zu.

Wie kam die Alte darauf, von ihr zu verlangen zu stehlen und zu zerstören, sich in Lebensgefahr zu begeben, als wäre das alles selbstverständlich. Schmollend saß sie vor dem Fenster und sah dem hektischen Treiben der Vögel und Eichhörnchen im Garten zu. Ein wenig erinnerte sie das an den Wald auf Omicron Persei 3.

Wie konnte ihre Großmutter sie nach so etwas auf ihr Zimmer schicken? Wieder wanderten ihre Finger zu ihrem Hals. Sie bezweifelte, dass ihre Mutter bei ihren Verletzungen so ruhig geblieben wäre. Selbst sie besaß mehr Mitgefühl als Ingeborg. Ihre Eltern hätten ihr niemals Stubenarrest gegeben. Natürlich waren sie selten Zuhause und bekamen nicht alles mit, was Sandira anrichtete. Dennoch war sie sich sicher, dass sie das nie getan hätten.

Sie ging zum Bad und stellte die Dusche an. Ihre versaute Kleidung warf sie in den Mülleimer. Als heißer Dampf aus dem Duschkopf quoll, trat sie hinein. Glühend rann das Wasser ihren Rücken hinab. Es brannte dort, wo ihre Haut aufgerissen war. Sie legte den Kopf in den Nacken und wusch ihr Gesicht. Ihre Tränen vermischten sich mit den Wasserstrahlen. Als sie versiegten, stieg sie aus der Dusche und hüllte sich in ihr Strandhandtuch. Aus dem Koffer kramte sie das Tiger Balm hervor und schmierte es auf ihre müden Muskeln, darauf bedacht, dass es nicht auf ihre aufgerissenen Handflächen kam.

Sie legte sich auf ihr Bett, die Hände zur Decke hin geöffnet. Über ihr die gräuliche Tapete. Unliebsame Gedanken, immer wiederkehrend, strömten durch ihren Geist und ließen sie nicht zur Ruhe kommen. Ein Wald, einst von Leben durchflutet, nun ein Ort aneinandergereihter Baumskelette. Ein Vogel, der von einer Windböe erfasst, zu Boden taumelte. Braunes, verdorrtes Gras, wo das Licht des Sternentropfens verloschen war. Sie warf ihren Kopf hin und her, versuchte, die Bilder aus ihren Gedanken zu vertreiben. *Ich will nicht. Ich will nicht.*

Sie hatte sich so gefreut, neue Welten zu entdecken. Wie hatte die Alte das nur so versauen können? Oder war sie es selbst schuld? Immerhin hatte sie keines der Notizbücher gelesen, die ihr ihre Großmutter gegeben hatte. Sie hatte es wirklich versaut.

Sie rollte sich schluchzend zu einer Kugel zusammen. Mit den Tränen kam der Schlaf.

Das grelle Licht eines Sommermorgens schien durchs Fenster. Ihr Kopf schmerzte, als hätte jemand ihn als Trommel missbraucht. Bunte Punkte tanzten vor ihren Augen, als sie aufstand. Sie taumelte zur Tür. Irgendwo musste die Alte doch Kopfschmerztabletten haben.

Sie griff nach der Klinke und zog an der Tür. Die Tür wankte nicht, sie schien sich keinen Millimeter zu bewegen. Sie rüttelte an der Tür, immer heftiger, als ihre zaghaften Versuche ohne Wirkung blieben.

»Ist das dein Ernst!«

Sie trat mit voller Wucht gegen die Türe.

»Großmutter, was soll der Mist?«

Hinter der Tür war es mucksmäuschenstill, neben der Tür lagen zwei Wasserflaschen, belegte Brötchen, ein Kuchenstück und ein Haufen Bücher. War die Alte vollkommen durchgedreht? Wie kam sie auf die Idee, sie hier einzusperren. Sie schaute sich um und überlegte, ob ihre Großmutter in der Nacht etwas im Raum verändert hatte.

Auf dem Schreibtisch lagen Stifte und ein Ringblog. Daneben ein Verbandskasten, Desinfektionsspray und die ersehnten Kopfschmerztabletten.

»Wenigstens denkst du ein bisschen mit.«

Aber wenn ihre Großmutter glaubte, sie hier festhalten zu können, hatte sie sich geschnitten. Sie würde so schnell es ging aus diesem Irrenhaus verschwinden.

Sie reinigte und desinfizierte ihre Handflächen, ihre anderen Kratzer und Schrammen, und versah sie mit Verbänden und Pflastern. Hiernach trug sie frisches Tiger Balm auf ihren Rücken auf und schluckte eine Schmerztablette hinunter.

Mit einem knurrenden Magen schnupperte sie an dem Essen. Das Wasser lief ihr im Mund zusammen. *Ach was solls, ich brauche Kraft, um von hier zu verschwinden.* Nach dem ausgiebigen Frühstück zog sie sich an und begab sich zum Fenster. Sie kletterte auf den Schreibtisch, öffnete es und streckte ihren Kopf hinaus. Aufmerksam spähte sie in alle Richtungen. An der steilen Wand gab es keinen Vorsprung, auf den man hinausklettern konnte, um ins benachbarte Fenster zu steigen. Und sollte man fallen, so ging es schnell sechs, sieben Meter in die Tiefe. Frustriert schloss sie die Fensterflügel und trottete zurück zur Tür, klopfte und trat wiederholt gegen sie. Keinerlei Reaktion seitens ihrer Großmutter. Sie kickte den Bücherstapel um. Ein Notizzettel schwebte ihr entgegen: **Damit du verstehst!**

»Ich verstehe, dass ich hier abhauen sollte.«

Sie musterte die Blende des Schlosses. Mit einer Haarnadel oder Karte sollte man da durchkommen. Sie gab ihrer Großmutter einen Tag Zeit, sie freiwillig rauszulassen. Sie setzte sich im Schneidersitz aufs Bett und knetete den Antistressball, den sie von Nina bekommen hatte, zwischen den Fingern.

»Mensch Ingeborg!«, rief sie durch den Raum.

Schweigen. Sie schaute auf ihr Smartphone. Balkenlos wie jeden Tag.

Zähneknirschend warf sie sich auf den Boden und nahm eines der Bücher in die Hand. **Welten-OPs für Beginner.**

Sie schlug eine Seite auf und kämpfte sich durch die ersten Zeilen: »Zur Wiederherstellung der Erdwärme des inneren Kerns muss der Diamant-Radialbohrer lateral in einem Winkel von 65° eingestellt werden.«

Sie platzierte das Buch unsanft neben sich und griff das nächstbeste. Erneut stolperte sie durch die Sätze, ohne ein Wort von dem zu verstehen, was da stand. Ein Sachbuch nach dem anderen wanderte durch ihre Hände.

Dann stieß sie auf »**Operative Eingriffe ins Weltenmeer**«. Sie sah sich den Einband an.

»Oh du meine Güte, Ingeborg, du hast eines dieser Bücher im reinen Kauderwelsch verfasst. Verkauft sich bestimmt gut? Was?«

Keine Antwort.

Sie sammelte ihre Konzentration und überflog eine Seite: »Um einen Erfolg der Operation zu gewährleisten, ist es erforderlich, die weltenxenogenen Transplantate aus anderen Welten an dem substitutiven Weltenorgan zu positionieren. Es gibt mehrere Transplantate, die für eine Erdenoperation in Frage kommen. Das Ausfindigmachen derselben ist für das Transplantationsvorhaben ausschlaggebend.«

Kopfschüttelnd schlug sie die Lektüre zu. *Ich bin der Dumme, den sie holt und der eingesperrt wird, wenn er nicht wie gewünscht spurt.* Frustriert warf sie das Buch in die Ecke.

»Das kann man sich ja nicht zu Gemüte führen. Hast du nichts von Erich Kästner oder Rowling?«

Ein brummender Motor ließ sie aufschauen.

»Einkäufe.«

Wird aber auch mal Zeit, dass hier jemand vorbeikommt. Sandira hechtete zur Tür und schlug gegen die Tür. »Hilfe! Ich bin hier eingesperrt!«

Sie hörte die Stimme ihrer Großmutter. »Ist das genug, auch fürs Benzin?«

»Ja, das reicht. Hast du Besuch?«, hörte man die andere Stimme.

Sandira schrie nur noch lauter: »Hilfe!«

»Ja, meine Enkelin ist zu Besuch. Die hat sich so danebenbenommen, dass sie jetzt erst mal Stubenarrest hat.«

»Immer diese Jugend!«

Sandira hämmerte die Faust gegen die Tür.

»Das ist ja jetzt nicht euer Ernst, ihr alten Schachteln!«

»Ich sagte dir doch, wirklich kein Benehmen.«

Sandira ließ ihren Kopf hängen.

Am nächsten Tag klopfte es an der Tür.

»Und bist du bereit, durch das Portal zu gehen?«

»Lass mich hier raus. Ich bin doch kein kleines Kind mehr.«

»Dann führ dich nicht wie eines auf. Wirst du reisen?«

»Warum sollte ich?«

»Lies die Bücher!«

Hektisches Geklopfe von der Innenseite und aufkommendes Schweigen von der anderen.

»Mensch Großmutter, ich will hier raus!«

Sie hörte, wie Ingeborg die Treppe runterhuschte. Stufe für Stufe. Das Holz knarzte. Es wurde unterbrochen von einem Kratzen vor dem Fenster.

Sandira öffnete es. Mister Miez schmiegte seinen Kopf an ihre Hand und schnurrte.

»Wie kommst du denn hierher?«

Auf der Fensterbank lag eine tote Maus. Der Kater nahm sie und legte sie vor ihr ab. Sein Köpfchen stupste das Nagetier anbietend in ihre Richtung.

»Danke.«

Sie warf ihm ein Scheibchen Wurst von ihrem Brötchen zu. Der Kater schnurrte, sie nahm ihn auf den Arm. »Wie hältst du es mit der Alten nur aus?«

»Miau!«

»Hat sie mit dir auch immer Experimente gemacht?« Er tretelte auf ihrem Hosenbein. Seine Krallen gruben kleine Löcher in die Jeans.

»Ich nehme an, du wurdest ebenfalls bestraft, wenn du nicht gemacht hast, was sie wollte?«

Mister Miez gähnte und sah schnurrend zu ihr auf.

»Schade, dass du nicht reden kannst.«

Mister Miez sah sie an, als würde er ihr augenblicklich sagen: »Schade, dass du nicht Miauen kannst.«

Kurze Zeit später kam ihre Großmutter wieder.

»Und bist du bereit?«

»Ich will endlich hier raus. Ich muss an die frische Luft. Der Raum ist staubig und deine Steckdose hat einen Wackelkontakt. Wie soll ich da das Handy laden?«

Ingeborg ignorierte ihren Protest. »Du hast eine Maus vom Fenster auf den Kompost geworfen.«

»Echt! Ich wollte eigentlich dich treffen!«

»Wirklich, da siehst du mal, wie flink ich noch bin. Also gehst du durch das Portal?«

»Vergiss es! Geh doch selber, wenn du so flink bist.«

»Hast du endlich die Bücher gelesen?«

»Ganz ehrlich, ich versteh nicht mal, was in den blöden Dingern drinsteht!«

»Sandira, du befasst dich nicht genügend mit der Lektüre, sonst würdest du anders denken.«

Wütendes Klopfen von der einen und Schweigen von der anderen Seite.

»Sie hat es so gewollt.«

Im Bad schnappte sie sich eine ihrer Haarnadeln. Sie hielt sie Mister Miez vor die Nase.

Er legte das Köpfchen schräg.

»So Miez, das ist eine Haarnadel. Damit kann man seine Haare hochstecken, aber ich nutze sie für etwas viel Besseres.« Sie maß die Höhe des Schlüsselloches ab und bog die Nadel im 90-Grad-Winkel.

»Es muss ja was Gutes haben, dass ich immer den Schlüssel meiner Geldkassette verschlampt habe. Danke Papa, für den kleinen Trick.«

Sie stocherte mit dem improvisierten Dietrich im Türschloss herum.

Klackernd sprang es auf. »Tja, damit hättest du wohl nicht gerechnet, Ingeborg.«

Aus einem der Koffer zog sie ihren Rucksack. »Der sollte genügen. Ich muss nur ins nächste Dorf.«

Der Kater stand hinter ihr und sah zu, wie sie ihren Laptop, ihr Smartphone, ihren Haustürschlüssel und das Portemonnaie verstaute. In der Außentasche brachte sie die von Großmutter Ingeborg geschmierten Butterbrote unter. Außen am Rucksack befestigte sie die beiden Wasserflaschen.

»Zeit, um uns zu verabschieden, Mister Miez.« Sie kraulte ihn am Kopf.

»Miau.«

»Wenn ich dir einen Rat geben darf, such dir ein neues Zuhause. Ich wette, es gibt reichlich Haushalte, in denen du nicht versehentlich in einer anderen Welt landest ...«

Mit runden Augen schaute Mister Miez zu ihr auf. Er tappte zwei Schritte auf sie zu. »Miau.«

Sein Blick ruhte auf dem Gepäck, das über Sandiras Schultern baumelte. »Du willst wohl mit.«

Sie senkte ihren Rucksack, der mit Proviant vollgepackt war, und zog die Kordel ein Stück auf. Mister Miez schlüpfte ins Innere hinein. Sie warf sich den Rucksack über die Schultern.

Das Katzenköpfchen schmiegte sich an ihren Nacken.

Dann schlich sie die Treppe runter. Ein Surren kam aus dem Keller. Ingeborg schien dort zu werkeln.

Langsam setzte sie einen Fuß vor den anderen. Ein Knarzen drang von unten herauf. Sie beschleunigte ihre Schritte und bog ins Wohnzimmer ab. Die Kellertür glitt quietschend auf. Sie krabbelte auf allen vieren hinter das Sofa. Ingeborg stampfte die Treppe empor.

Sandira umkurvte gebückt den Wohnzimmertisch und bog ins Esszimmer ein, von dort aus schlich sie in die Küche. Aus dem Augenwinkel sah sie, wie ihre Oma das Wohnzimmer betrat und ihre Brille zurechtrückte.

Im Laufschritt eilte sie zur Gartentür. Der Vogelkäfig baumelte neben ihr, das Vögelchen zwitscherte bei ihrem Anblick vergnügt.

Ihre Großmutter summte eine fröhliche Melodie und schlenderte zur Küche.

Jetzt, oder nie. Egal, was sie tat, die Alte würde sie sowieso entdecken. Sie zerrte die Außentüre auf, geschmeidig bewegte sie sich in ihren Angeln.

Kurz danach knallte die Tür wieder zu. Aus dem Augenwinkel erkannte sie, dass Ingeborg ihr durch eines der Panoramafenster nachsah und eine Augenbraue hochzog.

Sandira eilte querfeldein in den Wald, ließ einige Baumgruppen hinter sich und umrundete das Sumpfgebiet. Mister Miez sah aus dem Rucksack, das Haus wurde immer kleiner. Erst als sie sich sicher war, dass ihre Großmutter sie nicht mehr so leicht finden würde, verlangsamte sie ihr Tempo.

»Damit hätte die Alte nicht gerechnet.«

Sie grinste breit und holte ihr Handy raus. Intuitiv wollte sie die Handynavigation starten. Frustriert sah sie auf den Fleck, wo normalerweise mehrere Balken thronten. Kein Einziger schlug aus.

»Hier ist ja eine schlechtere Verbindung zur Außenwelt als auf Omicron Persei 3.«

Mister Miez kommentierte ihre Aussage mit einem lauten Miau.

Sie setzte sich auf einem Baumstamm und aß ihr Butterbrot. Der verfressenen Samtpfote gab sie ein paar Scheibchen Wurst. Er schleckte ihre Hand ab. »Wird wohl bestimmt nicht so schwer sein, von hier aus nach Hause zu kommen. Wir sind ja schon von Omicron Persei runtergekommen.«

Der Kater schloss die Augen und kullerte sich im Rucksack zusammen. Sie schlenderte durch den Wald. An einem Bach angekommen schaute sie sich um. Der Wasserlauf teilte sich in mehrere Rinnsale, die sich verzweigten. Zwischen ihnen wuchsen Sumpfdotterblumen, Baumpilze schmückten zwei knorrige Eichen und die Vögel zwitscherten. Überall, wo das Wasser entlangfloss, pulsierte das Leben. Dem Bachlauf folgend ging sie tiefer in den Wald hinein, bis ihr eine Steinwand den Weg versperrte. Die Basaltsäulen ragten mehrere Meter in die Höhe. Pflanzen hatten den Stein bezwungen, wuchsen in erdgefüllten Rissen und auf dem Basaltplateau. Der Bach verschwand in einer Felsspalte.

Nach einigen Schritten fielen ihr die Reste des Butterbrots aus der Hand. Sie trat auf eine Plastikflasche. Das Geräusch von brechendem Plastik hallte von den Steinwänden wider. Wie ein Messer, das durch die Natur schnitt. Sie drehte den Kopf. Der Boden, vormals grün, war eine reine Plastikfläche. Braune Fässer, marode durch den sich ins Metall fressenden Rost, leckten. Schwarz glänzende Flüssigkeit tröpfelte auf die Pflanzen und ließ sie verkommen. Müll, jahrelang abgeladen und in Vergessenheit geraten, zerstörte die Harmonie des Waldes. Die zähflüssige Substanz trieb auf dem Wasser. Ein toter Frosch steckte in einem Flaschenring. Fische lagen verwesend am Ufer. Ein halbskelettiertes Eichhörnchen, die Reste seines Fells mit Öl verklebt.

»Wer tut so etwas?« Mister Miez peitschte aufgeregt mit dem Schwanz. »Es gibt in jedem Dorf eine Müllabfuhr.«

Sie trat näher heran. Scharfkantige Scherben bohrten sich in ihre Schuhsohlen. Doch ihre Schuhe waren nicht das einzige Opfer. Eine Waldmaus war unvorsichtig gewesen. Ihre Seite war aufgeschnitten. Als sie weiterging, schlitterte sie auf der Ölschicht und rutschte aus. Mit den Knien voran landete sie auf dem Boden. Ein stechender Schmerz durchzog ihr Bein. Die leeren Augen der Maus starrten ihr entgegen. Sie pulte einen Glassplitter aus ihrem Knie und drückte ihre Hand auf die Wunde. Das Blut floss langsamer. Ihre andere Hand tastete über den Waldboden. Ein öliger Film legte sich auf diese. Sie wischte das Öl fort, um das zum Vorschein zu bringen, was sich hinter ihm verbarg. Ein Plakat. Ein grün gefärbter Planet. Die Erde. Darüber eine Aufschrift. **Save the world.**

Sandira ließ den Kopf hängen. Sie fragte sich, wie ihr Heimatplanet ohne Menschen aussehen würde. Sie wischte das Öl an ihrer zerrissenen Hose ab. *Warum vernichten wir unsere Heimat?* Auch die Bewohner von Omicron Persei 3 haben gelernt, mit der Natur im Einklang zu leben. Sie verehrten diese in gewisser Weise, da sie die Sternentropfen bewachten, die dem Planeten seine Fruchtbarkeit brachten.

Ob die Menschen auf meiner Welt es irgendwann verstehen werden?

Sie hoffte es. Sie schob sich an den Bergen aus Plastik, die vor ihr lagen, vorbei. Die Bäume, die in der Schlucht wuchsen, konnte man kaum als solche bezeichnen. Krumm und klein gewachsen hauchten sie ihr junges Leben aus. Einige der älteren Fichten glichen nur noch einer leblosen Fassade. Längst zu Totholz erstarrt.

Vielleicht werden sie sich ändern. Einer. Zwei. Zehn. Hunderte. Vielleicht auch Tausende. Aber alle? Laut ihrer Großmutter rieselte der Welt die Zeit davon. Doch diese würde es brauchen, bis bei genügend Leuten Verständnis aufkam, dass die Erde nicht unendlich viel ertragen konnte. Endlich begriff sie, warum ihre Oma allein im Keller werkelte. Wenn überhaupt hatte nur ein stiller Forscherkreis von ihrer Arbeit gehört. Sandira stellte sich vor, wie Menschen auf die unberührten Planeten strömten, die sie besucht hatte. Es schauderte sie. Der Eingriff ihrer Großmutter in jene Welten war harmlos im Gegensatz zu dem, was ein Kolonialisierungstrupp imstande war anzurichten.

Sie erreichte das Ende der Schlucht. In einer Ebene lag eine Kleinstadt. Neben ihr ein Kohlemeiler, der die Ortschaft mit Strom versorgte. Seine Rauchwolke blies er wie ein wütender

Drache, der nicht zur Ruhe kam, in den Himmel. Sie sah auf ihr Handy. Drei Balken.

»Da wären wir. Hier ist der Ausgang aus unseren Weltenreisen, Mister Miez.«

»Miau.«

Sie drehte den Kopf. Der Kater zitterte am ganzen Körper. So hatte sie ihn selbst auf Omicron Persei 3 nicht erlebt.

»Es gefällt dir da unten nicht?«

Mister Miez riss die Katzenaugen weit auf. Er hechelte.

»Ruhig, ruhig, dir passiert nichts. Das ist kein Waldbrand.«

Das runde Fellknäuel zog das Köpflein ein und versteckte sich im Rucksack. Es waren nur noch wenige Kilometer bis in die Stadt. Bereits am Abend könnte sie in einem Taxi nach Hause sitzen.

Der Notgroschen, den ihre Eltern ihr mitgegeben hatten, würde dafür allemale reichen. Sie könnte mit ihren Freunden den Sommer verbringen, feiern und in Cafés gehen. Das Leben weiterleben, ohne Verantwortung, fernab der Hoffnung, die Ingeborg in sie setzte.

Sie sah zurück in die Schlucht. Das Glas reflektierte die Strahlen der Sonne und auf dem Öl bildeten sich Regenbogenschlieren. Was machten ein paar Schrammen, wenn eine ganze Welt im Sterben lag. Es wäre so leicht, ihre Großmutter mit ihren Experimenten alleinzulassen.

Leider mache ich es mir nie einfach. Und falls jemand was ändern kann, sollte er es tun.

Sie kehrte in die Schlucht zurück.

Sandira sprang über den Gartenzaun.

»Hast du endlich nach Hause gefunden?« Großmutter Ingeborg saß auf ihrem Gartenstuhl und las in ihrer Zeitung. »Ich habe uns was zu Essen vorbereitet. Lass uns reingehen.«

Auf dem Tisch lag ein Sammelsurium an Speisen: Brötchen, Quark, Mettwurst, Spiegeleier mit Speck und Unmengen an Aufschnitt. Sandira rutschte auf ihrem Stuhl hin und her, da sie nach Tagen den ersten Tee sah. Sie übergoss sich beinahe mit diesem.

Sie nahm einen Schluck. Dann fragte sie Ingeborg. »Wie lange hat die Erde noch?«

»Die Selbstheilungskräfte des Patienten reichen nicht aus, um sich aus eigener Kraft zu regenerieren. Lebende Welten sind selten in den Weiten des Universums und widerstandsfähig. Sie haben ihr eigenes Immunsystem, wir nennen es das Ökosystem. Unser blauer Planet lebte einst im Gleichgewicht, in einem Fluss. Leichte Abweichungen kann jede bewohnbare Welt kompensieren. Bringt man ihn aus dem Takt, zerbricht das Ökosystem, der Planet verliert seine natürliche Balance. Auf der Erde ist dieser Prozess ohne Operation unumkehrbar. Ich werde das Ende unserer Heimat nicht mehr erleben, aber du und vielleicht deine Kinder.«

Die Worte hallten in ihren Gedanken wider. *Ronja, Lena, Tanja, Nina, meine Eltern ... fort. Zusammen mit der Erde. Mister Miez, und mit ihm alles andere, was keucht und fleucht.* Es ist ein Weltenuntergang wie im Film, nur schleichend und nicht so bombastisch. Dafür brauchte es keine Computereffekte. Keine Kometen, keine überdimensionierte Naturkatastrophe, keine Atombomben, nichts davon war vonnöten. *Die Bomben hierfür trägt jeder Einzelne auf der Erde mit sich. Er kauft sie im Supermarkt und wirft sie wie eine Mine weg. Ein hochexplosives Material, welches nicht explodiert. Bomben, die alleine kaum Schaden anrichten. Wären es nicht so viele, läge die Welt nicht im Sterben. Zusammen, milliardenfach weggeworfen, verursachen sie einen ökologischen Supergau, den es aufzuhalten gilt.*

»Eine Operation. Du willst die Erde tatsächlich operieren? Nicht nur im übertragenen Sinne?«

»Ja, das steht in den Büchern. Hast du sie gelesen?«

»Ich habe ... mir einige Seiten angeguckt. Die mit den Skizzen.«

Großmutter Ingeborg pustete. »Schwere Geburt mit dir. Aber immerhin besser als nichts. Bist du wenigstens bereit, durch das Portal zu gehen?«

»Seien wir ehrlich, ich habe nicht alles verstanden, was in den Büchern steht, doch ich werde die Dinge, die du für die Operation brauchst, holen, um der Erde zu helfen. Damit sie ein wenig mehr Zeit bekommt, in der die Menschen umdenken können. Ich bin nicht bereit, einen Planeten sterben zu lassen, nur weil ich ein paar Kratzer abbekommen habe.«

»Diese Wehwehchen sollten wir versorgen, bevor es auf die nächste Welt geht. Nun gut, mit deiner neu gewonnenen Einstellung kann ich arbeiten. Es ist noch kein Weltenoperateur vom Himmel gefallen! Die Theorie überlässt du mir und du führst den praktischen Teil aus.«

Sie aßen und schwiegen eine Weile. Als sie mit dem Essen fertig waren, sah Sandira zu ihrer Großmutter.

»Es ist alles nur eine Frage der Zeit«, murmelte Sandira. »Was brauchst du als Nächstes?«

Ein breites Grinsen zog sich durch das Gesicht ihrer Oma: »Zeit ... Das ist etwas, was wir auf der kommenden Welt nicht haben.«

Relativität der Zeit

Zeit existierte in der nächsten Welt nicht. Es vergingen einige Tage. Diese nutzte Großmutter Ingeborg, um die Wurzel in ein Frühbeet zu setzen und diese mit derselben Liebe zu hegen und zu pflegen wie ihre Petunien.

Sandira tastete über die Verbände. Ihre Handflächen schmerzten. Der Heilungsprozess war mühsam. Bei jeder Bewegung drohten, sich die Risse zu öffnen. Warum ließ ihre Großmutter sie nicht den Sternentropfen nutzen? Das Küken war durch dessen Licht am Leben geblieben, aufgerissene Hände würden ruckzuck verheilen. Aber nein, Ingeborg hatte ihr einen eigenen Verbandskasten geschenkt und sie höchstpersönlich in Wundversorgung unterrichtet. Sie zeigte Sandira, wie sie ihre Wunden reinigte, sie desinfizierte und verband. Die Geschehnisse auf der anderen Welt rückten in den Hintergrund und wirkten wie ein verblassender Traum. Mit dem Schorf auf ihrer Haut heilte die Furcht. Sie schlenderte am Frühbeet vorbei. Die Wurzel des Weltenbaumes wand sich unter der Erde und bildete weitere Seitenwurzeln.

Gedankenfetzen, zerrissen und so plötzlich, kehrten in sie ein. Ein Schemen, geformt wie eine Schere, jagte ihr hinterher. Das Spritzen roten Sekrets.

Sandira trat einen Schritt zurück. Sie legte ihre Hand auf die Augen. Ihre Finger zitterten. Das war doch albern. Sie hatte in ihrer Welt beim Umgraben des Gartens schon mehr als eine Wurzel durchtrennt. Warum beschäftigte sie immer noch das

Abschlagen? Wegen der roten Flüssigkeit? Der Fangarm, der sie am Kragen packte, der Schmerz, der ihren Körper durchwanderte. Ihr Leben am seidenen Faden, verletzlich wie das T-Shirt, das der Wächter zerriss. Das Bild vor ihren Augen verschwand. Sie senkte ihre Hand. Nutzte der Baum ihre Erinnerungen als Abwehrmechanismus? Denkbar wäre es.

Sie löste den Blick von der Wurzel und konzentrierte sich auf ihre nächste Aufgabe. Wie die Tage zuvor trainierte sie. Wenn sie so richtig schön ausgepowert war, ging es in den Keller. Dort wartete eine Übung auf sie, die nerviger war als jeder Stubenarrest. Warum ihre Großmutter darauf beharrte, war ihr ein Rätsel.

Sie betrat einen leeren Raum. In ihm ein gleichmäßiges Licht, das nicht flackerte und sich nicht dimmen ließ. Beständig prasselte es stundenlang auf sie hinab. Die Temperatur entsprach konstant den vorgegebenen Einstellungen. Nicht einmal ein Windhauch vom Belüftungssystem drang zu ihr.

An den meisten Tagen setzte sie sich an eine Wand und wartete, bis ihr ihre Großmutter ein Zeichen zum Verlassen des Raumes gab. Jeden Tag zehrte die Stille mehr an ihren Nerven. Sie sprang auf, hüpfte über den Boden, um einen Laut zu erzeugen. Die schalldämmenden Platten fraßen ihn auf. Die Geräusche, die sie erzeugte, waren dumpf, kurz und ohne jeglichen Hall.

Eine Sanduhr, in der die Sandkörner fest an ihren Platz ruhten, war in der Mitte des Raumes auf einem Hochtisch aufgestellt. Sie schüttelte die Sanduhr. Der Sand bewegte sich nicht.

»Hast du ihn festgeklebt?«

Keine Antwort.

Die Zeit verstrich. »Mensch Ingeborg, ich habe die Mikrofone gesehen, ich weiß, dass du mich hörst.«

Zunächst geschah nichts, dann mit einem Knacken aktivierten sich die Lautsprecher.

»Darum geht es nicht.« Die Stimme ihrer Großmutter rauschte über die Boxen in den Raum, bevor die Wände sie verschlangen.

»Ja, ich weiß, Leute einzusperren, ist ein Hobby von dir.«

»Die Tür ist offen. Die Lektion ist eine andere.«

»Ich werde hier gleich kirre.«

»Ja, ich bereite dich darauf vor.«

»Dass ich kirre werde ... du bist auf einem guten Weg.«

»Nein, dass das nicht passiert. Stell dir vor, die nächste Weltenreise bringt dich an einen solchen Ort.«

»Wo willst du mich denn hinschicken? In die Klapse?«

»Was sagt dir das Stundenglas?«

»Dass du den Sand austauschen solltest.«

Ein langes »Sandira ...« hallte durch den Lautsprecher, der endlich die ersehnten Geräusche in den Raum brachte. Dann wieder Stille. Schließlich: »Das musst du im übertragenen Sinne sehen.«

»Das sagte mein Lehrer auch. Ich kann auf jeden Fall mit einer Sanduhr, die nicht funktioniert, nicht wissen, wie lange ich hier drin bin.«

»Perfekt. Du begreifst es. In der nächsten Welt ist diese Erkenntnis von immenser Bedeutung. Wie stellst du dir einen Planeten ohne Zeit vor?«

»Keine Ahnung ...«

Eine Kaskade an Fragen schoss ihr durch den Kopf: eine zeitlose Welt ... war eine solche funktionstüchtig?

Existierte sie wie die ihre? Wie war sie entstanden? Gab es sie schon, als das Universum sich ausdehnte? Die Vorstellung war zu abstrakt. Schlimmer noch als eine Gedichtanalyse in der Schule, bei der man einer Stadt menschliche Gefühle andichtete oder bei der die Natur zu einem Lebewesen mutierte.

»Kompliziert. Möchtest du, dass ich Kopfschmerzen bekomme?«

»Genau. Ohne Zeit fehlt einer Welt vieles. Tagesabläufe, so manches physikalische Gesetz. Damit fehlen ihr Töne, Bewegungen, Tag und Nacht ...«

»Ich nehme an, es wird wie dieser Raum, nur noch schrecklicher?«

»Was schrecklich ist, ist eine Auslegungssache. Es fühlt sich gerade furchtbar an, dass ich mein Häkelbesteck verlegt habe, du hingegen findest es wahrscheinlich eher amüsant.«

Sandira lachte. »Ja, und nicht nur das. Rate mal, wen ich heute auf dein Sofa gelassen habe.«

»Sagte ich dir nicht, dass Mister Miez sein Fell verliert, wenn du ihn noch mal ...«

Das Lächeln auf Sandiras Gesicht wuchs. »Mittlerweile müsstest du mich kennen.«

»Wir schweifen vom Thema ab. Wie gesagt, in dieser Welt gibt es jene Gesetze nicht, von denen ich dir erzählte. Selbst die Materie und das Organische ist dort in seiner zeitlosen Existenz gefangen. Glaubst du, du bist imstande, einen solchen Planeten zu betreten, der so still, einsam und monoton ist, wie der Raum, in dem du dich befindest?«

»Habe ich eine Wahl?«

»Weltenoperateure haben nie eine Wahl. Sie müssen da sein, wenn sie gebraucht werden.«

Sandira stöhnte. Ein wenig hatte das Pathos ihrer Großmutter etwas von schlechten, amerikanischen Filmen.

»Brauchst du mehr Vorbereitungszeit?«

»Nein. Wo geht's hin?«

Die Schleuse zum Kellerlabor öffnete sich. Großmutter Ingeborg wartete vor ihr.

»Du hast besser durchgehalten, als ich dachte.« Sie klopfte Sandira auf die Schulter und führte sie zu den Gerätschaften im Labor.

»Ich zeig dir, wo's hingeht!« Sie holte vom Arbeitstisch eine merkwürdige Apparatur, die wie ein mobiles Blutdruckmessgerät aussah. Ihre Großmutter drückte ihr das Gerät in die Hand. Ihre Enkelin drehte es ratlos hin und her.

»Was soll ich mit dem Teil?«

»Ein merkwürdiges Ding, die Zeit«, fing Ingeborg an. »Man denkt kaum darüber nach, wie einzigartig sie ist.«

»Wie bitte?«

»Temporalität ist nicht universell, obwohl der Zeiger auf der Uhr überall auf der Erde im selben Takt tickt. Ist es nicht erstaunlich, dass man im Alter glaubt, die Zeit würde einem mit jedem Jahr schneller davoneilen? Als junger Mensch kam mir manches wie eine Ewigkeit vor, dabei verläuft sie stets gleich.

Doch wie verhält sich eine Welt ohne zeitliche Dimension?«

»Wie ist es möglich, dass es auf bestimmten Planeten keine Zeit gibt?«, bemerkte Sandira und runzelte die Stirn.

»Es existieren Himmelskörper, die blieben von der Zeit unberührt. Alles ging auf diesen ohne Zeit, ohne Alter und ohne Vergänglichkeit einen anderen Weg. Dort gelten für uns fremde Naturgesetze. Unsere Physik hingegen ist ein Zusammenspiel aus Bewegung und Zeit. Nimmt man es genau, ist es diesen Planeten verwehrt, sich zu entwickeln. Sie verharren in ihrer Zeitlosigkeit.«

»Wie soll denn so eine Welt erschaffen worden sein?«, fragte Sandira und schob nach: »Das müsste ja bedeuten, dass sie von Anbeginn existierte.«

Großmutter Ingeborg nickte auf ihre Feststellung.

»Das widerspricht all dem, was man uns in der Schule beigebracht hat.«

»Ach Kind, wenn du so viele Planeten wie ich bereist hättest, wüsstest du, dass das Wissen der Lehrer beschränkt ist. Andere Welten eröffnen denen, die sie betreten, einen neuen Horizont. Jene, die euch junge Menschen unterrichten, haben auch nur das Studium und die Lehrbücher gelesen. Mein Geologielehrer erzählte mir vom Leben in Peru, Costa Rica und Australien, keines der Länder hatte er bereist, sein Wissensschatz stammte aus Büchern. Du kannst dir vorstellen, dass mich die ein oder andere Überraschung erwartete, als ich das erste Mal nach Down Under reiste. Was willst du von solchen Leuten lernen? Es gibt Dinge auf Welten, die du nicht verstehst, es sei denn, du besuchst sie, und manche Planeten wirst du trotzdem nie begreifen. Sie folgen anderen physikalischen Gesetzmäßigkeiten. Wir erwarten, dass unsere Gesetze in der Natur und Physik überall gelten, ein Irrglaube, wie ich erkannte.«

»Wieso habe ich das Gefühl, dass diese Weltenwanderung kein Spaziergang sein wird.«

»Sagen wir, es wird ein anderer Spaziergang werden, die Betonung liegt auf anders.«

»Gibt es keinen menschenfreundlicheren Planeten, von dem du das holen kannst, was du brauchst?«

»Nein. Aber für Vorschläge bin ich offen.« Ingeborg deutete auf die Apparatur in Sandiras Händen. »Mit diesem Gerät bewegst du dich durch die nächste Welt. Mit ihm bist du in einem temporären Fluss der Zeit gehüllt, den du von hier mitbringst. Du wanderst mit zeitlicher Relativität über den Planeten. Er ist zeitlos, keine Uhren, kein Altern, keine Vergänglichkeit. Berührst du etwas, hüllst du es in deinen temporären Fluss. Du bringst diesen Dingen die Zeit.«

Sandira schluckte.

»Doch ...«, fuhr ihre Großmutter fort. »Eine Sache sollst du berühren und mir mitbringen. Hole mir eine Hand voll Sand. Fülle sie in die Sanduhr.«

Sie deutete auf ein leeres Stundenglas, das auf dem Tisch stand. Sandira steckte es in ihren Rucksack. »Vielleicht sollte ich dir vom Strand nächstes Mal eine Reihe Klimbim-Souvenirs mitbringen, das Sammeln von fremden Planeten nimmt bei dir überhand.«

»Hast du alles verstanden?«

Sandira zögerte. Ein Sammelsurium an offenen Fragen schwirrte in ihrem Kopf herum. *Was passiert, wenn ich etwas berühre? Welche Gefahren gibt es dort? Wie verhalte ich mich bei einem Geräteausfall? Und warum will die Alte den Sand von dieser Welt? Was macht ihn so besonders?* Alle lagen gleichzeitig auf ihrer Zungenspitze.

»Gut, dann werde ich das Portal öffnen.«

»Warte, Ingeborg. Ist es dort gefährlich?«

»Wenn du dich an die Regeln hältst, nicht ... Ich war auf dieser Welt.«

Schon stand ihre Großmutter an der Konsole, tippte auf ein paar Schaltern herum, woraufhin das Sternentor mit einem grellen Leuchten erschien.

Sandira ging Richtung Portal. Ohne zu wissen, was sie erwartete, zögerte sie. Es würde wohl kaum so harmlos wie in einer stillen, schalldichten Kammer sein.

Ingeborg machte eine aufmunternde, kreisende Handbewegung. Sandira verdrehte die Augen. *Immer diese Spontanaufbrüche.*

Sie atmete tief ein, ihr Puls preschte in neue Höhen. *Ein letztes Mal staubige Erdenluft einatmen, wer weiß, was kommt.* Wo blieb die Routine? Immerhin würde es ihr in dieser Welt erspart bleiben, dass Außerirdische sie hetzten und jagten. Sicher hatte ihre Großmutter diesen Planeten als Verschnaufpause für sie eingeplant. Etwas Leichtes für zwischendurch.

Mit dieser Gewissheit trat sie durch das Portal.

Dämmerlicht, überall. Es tränkte alles in einen monotonen, grauen Schimmer.

Eine Blase spannte sich um sie herum auf und hüllte sie in einen temporären Fluss der Zeit. Wenigstens funktionierte die Technik.

Sie blickte auf den Boden herab. Zwischen ihm und ihren Füßen lag eine dünne Schicht der Zeitenblase. Nicht auszudenken, was wäre, wenn sie mal in eine Welt ohne Erdboden geschickt würde. Aber das konnte noch kommen. Ingeborg hatte sicher die ein oder andere Überraschung in petto, um sie in den Wahnsinn zu treiben.

Lehmboden lag unter ihr. Sie machte einen Schritt nach vorne. Ihr Fuß glitt unmittelbar über die Oberfläche. Die schützende Kuppel hielt sie gefangen, kapselte sie ab. Wie ein Fremdkörper war sie in diese Welt eingetaucht, geschützt von einer dünnen Membran, wie ein eingeschleustes Bakterium in einem fremden Körper.

Ein weiterer Schritt in der Blase und sie schwebte gleitend über den lehmigen Boden. Ihr Blick fuhr nach oben. Der blasse Schimmer erleuchtete den Himmel, ohne Konturen zu zeichnen.

Der Horizont war ein Gemälde aus Schwarz und Grau. Es erinnerte sie an die Wand in der Kammer, mit der Ingeborg sie auf diese Welt einstimmte.

Eins fiel ihr direkt ins Auge. Überall um sie herum sah sie Partikel, geformt wie Blätter, die bunt leuchteten. Wie aufgewirbelter Staub hingen sie in der Luft. Sie war sich nicht sicher, ob sie lebten, geschweige denn, was sie waren. Sie wirkten organisch, ohne sich zu bewegen. Verharrten schwerelos in der Zeitlosigkeit. Still, schweigend, bis in alle Ewigkeit.

Ihre Finger kribbelten. Sie schrie die Partikel an, hoffte, der Schall ihrer Stimme würde sie zum Vibrieren bringen. Kein Laut drang durch die Blase nach außen. Nochmal öffnete sie den Mund. Kein Hall, weit und breit. Das Kribbeln der Finger steigerte sich ins Unerträgliche. Sie führte den Zeigefinger an die sie umgebende Membran. Er tauchte in die Oberfläche ein. Es war, als würde sie ihn ins Wasser tunken. Ein Ring aus Wellen breitete sich um ihn aus. Durchstach sie die Blase, brächte sie dem Partikel, den sie berührte, die Zeit. Wie es wohl war, ein Zeitbringer zu sein? Jemand, der mit einem Stupser einen Lebenszyklus startete. Sie zog den Finger zurück.

Zögern. Welche Auswirkungen hätte ihr Handeln? War es schlimmer, als einem Weltenbaum einen Teil seiner Wurzel zu entziehen? Einer würde kaum auffallen. Hier gab es Tausende, der Verlust eines Einzelnen bedeutete nichts.

Ihre Gedanken wanderten zum Sternentropfen. Nichts war unbedeutend, außer der Staub in ihrem Zimmer. Und dieser Partikel fiel in dieselbe Kategorie. Er spendete kein Leben, nährte keine Welt, er existierte in seiner Bedeutungslosigkeit vor sich hin. Mit dem Gerät ihrer Großmutter besaß sie die Möglichkeit, ihm Einzigartigkeit zu schenken.

Es gab nur einen Weg, dies zu bewirken.

Sanft ließ sie ihre Finger in die Blase eintauchen, elastisch spannte sich die Oberfläche, es erforderte Kraft, sie zu durchstechen. Fester und fester drückte sie. Die Membran wölbte sich, wie ein Luftballon, den man bis zum Zerplatzen aufpustete. Der Druck stieg. Ihr Fingernagel senkte sich wie eine spitze Nadel herab. Das Gummi zerfledderte an der Einstichstelle. Ihr Finger glitt aus der Blase, hinein in die unbekannte Welt. Sanft berührte sie den Partikel, der wie zähflüssige Luft an ihrer Fingerkuppe klebte, nicht mehr als ein hauchdünner Schleier.

In dem Moment regte sich der Körper. Und mit einem Rauschen, kaum vernehmbar, stürzte das leuchtende Blättchen zu Boden, seine Farbe verblasste. Es kräuselte sich, wie ein verdorrendes Blatt, das der Wind mit sich riss.

Sie hatte ihm die Vergänglichkeit der Erde gebracht. Was das bedeutete? Eine Existenz, die einen Wimpernschlag dauerte. Ob es die Veränderung gespürt hatte? Auf diese Frage gab es keine Antwort. Aus den Fugen hatte es die Welt nicht gerissen.

Die Erkenntnis, dass mit der Zeit sein Leben begonnen hatte, faszinierte sie. Sie zog den Finger zurück. Der Zeiger an ihrer Armbanduhr stand still. Ein Zufall. Sie zuckte mit den Schultern. Schwebend glitt sie vorwärts, indem sie in der Blase einen Schritt vor dem anderen setzte.

Im Himmel über ihr gab es Abstufungen von Grau. Ob dies Wolken waren, die mit der Abstinenz der Zeit stehen geblieben waren?

Nirgendwo Regen, Sonne oder Schnee – Nichts war in dieser Welt wie in der ihren. Wieder blieb ihr Blick an den Mini-Blättern hängen. Wie es wohl war, ohne zeitlichen Rahmen zu existieren? Sie schüttelte den Kopf. So wollte sie nicht ihr Dasein fristen. Auf keinen Fall, da marschierte sie lieber zurück zu den Wächterwesen. Hier war es so eintönig. Die Oberflächen dieser leuchtenden Partikel wirkten überall gleich. Kein Riss, keine Falte, keine Wunde.

Ohne die Entstehung gab es keinen Zerfall. Keinen Beginn, kein Altern und kein Werden. Keine Geburt und kein Sterben.

Nirgendwo machte sie einen Himmelskörper aus, der die Nacht einläutete oder den Tag beendete. Wandernde Sterne, die an diesem Ort vorbeizogen, suchte man vergeblich. Die Welt war, wie sie ist. Ohne Zeit fehlte ihr, was das Leben ausmachte. Es war nicht in Worte zu fassen. Zum Leben brauchte es die Zeit.

Sandira zog an einer Klippe vorbei, folgte einem Dünenweg und kam an einem langen Strand. Im Hintergrund sah sie, wie Wellen sich emportürmten und wie Skulpturen in den Horizont gemeißelt waren.

Sand, so weiß, wie ein gebleichtes Blatt Papier ruhte vor ihr. An einer Düne blieb sie stehen und zog das leere Stundenglas hervor. Sie beugte sich nach vorne. Mitten in der Bewegung hielt sie inne.

Vor sich sah sie sich selbst, und das doppelt.

Zu ihrer Linken saß sie gefangen in der Zeitblase im Schneidersitz und schüttelte den Kopf. »Ich kann das nicht tun. Ich kann das nicht tun«, murmelte diese Sandira.

Zu ihrer Rechten sah sie sich, wie sie dabei war, den Sand in die Sanduhr zu füllen. Als das letzte Sandkorn hineinrieselte, bildeten sich unter den Augen und auf der Stirn ihres Ebenbildes feine Furchen. Die altersfleckige Haut an ihren Händen trocknete aus und zerriss. Die Falten gruben sich tiefer in ihr Gesicht. Schlaff hingen ihre Wangen herab.

Alt und müde waren ihre Pupillen, ganz so, als hätten sie mehr gesehen, als man in einer Lebensspanne sehen sollte. Einige Zähne stürzten aus dem Mund und hinterließen klaffende Lücken.

Sandira wandte erschrocken ihren Blick ab. Ihr Puls raste, und das, obwohl sie unbeweglich dastand, und es nicht zustande brachte, umzukehren. Die Angst trieb durch ihren Körper wie Kaskaden, die aus ihrem künstlichen Verlauf ausbrachen. *Ingeborg, was passiert, wenn ich diesen Sand mitnehme? Erfasst mich das Alter? Werde ich hier sterben? Woher kommen die anderen Sandiras?*

Sie schaute zu ihrem Ebenbild. Dauerhaft jung verharrte es neben der Sanduhr kauernd, gefangen in einem Moment, der Ewigkeit war. Es hockte wie eine Statue vor ihr. Keine Bewegung. Kein Beben, das durch ihren Brustkorb zog. Gebannt in der Zeitlosigkeit. Weder lebendig noch tot.

Mit flatterndem Herzen wandte sie sich wieder der alten Frau zu. Diese lag leblos auf dem Boden. Ihr Gesicht fahl und eingefallen. Ihre Hände zu Klauen gekrümmt. Dann, mit einem Windhauch, zerfiel ihr Körper, und was sie einst war, wurde hinaus aufs Meer getragen. Mehr als der Tod ihres Selbst schockierte sie der Wind, der ihre Asche davontrug. Sie sah zum Himmel. Windstille. *Was geschieht hier?*

Alles zog sich im Jetzt und Hier der Zeitlosigkeit auf einen gefalteten Moment zusammen. Die hadernde Sandira verblasste. Ihre Körperkonturen hellten sich auf, ehe sie durchsichtig wurden, wie ein Schemen, der mit dem Hintergrund verschmolz.

Waren das Rückblenden? Vorausschauende Ereignisse? Oder spielte ihr Verstand ihr einen Streich. Was geschah, wenn sie den Sand der Zeit abfüllte? Welche Aufgabe erfüllte dieser?

Sorgt er für Zeitlosigkeit? Würde sie zu Staub werden? War das Zögern eine Alternative? Tatenlos existierend? Nein.

Ihr Herz bebte. Was würde passieren, wenn sie hier eine Hand voll Sand stähle? Großmutter Ingeborg sagte nicht umsonst, dass alles in einer Welt im Gleichgewicht zueinanderstand.

Konnte ihre Großmutter ihr nicht einmal die Infos geben, die sie brauchte.

Ein »Übrigens Sandira, du wirst dich doppelt und dreifach sehen. Das ist normal. Du verlierst nicht den Verstand und verreckst auch nicht« hätte genügt.

Viel zu leicht. Ich bin so eine blöde Kuh, dass ich mich jedes Mal von der Alten bequatschen lasse. Dabei kannte ihre Großmutter diese Welt. Sie hatte gesagt, dass sie hierher gereist war. Hatte sie keine Halluzinationen gekriegt? Vielleicht. In dem Raum, in dem sie ausgeharrt hatte, fehlte eine Simulation jener.

Sie drehte die Sanduhr. Auf der Erde würde das Fehlen einer Hand voll Sand ohne Konsequenzen bleiben. Sie machte sich zu viele Gedanken. Sie brachte nur dem, was sie berührte, die Zeit. Also leblosen Sandkörnern. Das Stundenglas vollzog einen weiteren Kreis zwischen ihren Fingern. Kilometerweit erstreckten sich die Dünen. *Die paar Körnchen.*

Sie brauchte eine Entscheidung. *Nehmen oder nicht nehmen, das ist hier die Frage. Oh man, jetzt wandle ich schon Shakespeare-Zitate um. Ich sollte schleunigst von dieser Welt verschwinden.*

Sie stellte die Sanduhr vor sich und löste den Verschluss.

Dann stieß sie ihre zitternden Finger durch die Barriere. Ihre Hand berührte den feinkörnigen Sand, der seit seiner Existenz unberührt gewesen war. Sie schöpfte ihn ins Stundenglas.

Hinter ihr rauschte das Meer. Sie hörte, wie sich Wellen auftürmten und in der Brandung brachen. Ein frischer Wind wehte über die Düne und fegte die Böschung hinunter. Ein Tropfen Wasser spritzte auf ihren Arm und tropfte hinab. Ein Gefühl, so normal in ihrer Welt. In dieser vollkommen fehl am Platz.

Sie packte das Stundenglas in die Tasche und rannte. Um sie herum erwachte der Planet zum Leben. Die Partikel blühten auf und wirbelten durch die Luft, bevor sie sich dem Zerfall hingaben. Leise rieselten sie auf den Boden wie Schneeflocken im Winter. Bei der Berührung mit der Oberfläche veränderte sich ihr Äußeres, sie verbanden sich zu einer buntschimmernden Flüssigkeit, die in Tümpeln zusammenfloss. Was vorher durch das Nichtvorhandensein der Zeit getrennt war, fand an diesem Ort zueinander.

Eins zu eins.

Aus den Weihern kletterten buntleuchtende Glühwürmchen, die in die Luft emporwirbelten. Sie hechteten in den Himmel und regneten schließlich zurück in die Pfützen.

Leben und Tod. Ein stetiges Wechselspiel. Beides lag auf einmal so nahe beieinander, in Gang gesetzt durch das Rad der Zeit.

Ungehindert rieselte der Sand durch das Stundenglas.

Das Portal öffnete sich vor ihr. Sie sprang hindurch.

Hinter ihr begann ein neuer Zyklus des Lebens.

Gartenstaub

Sandira stieß den Spaten in den Boden. Nach ein paar Spatenstichen lag ein Häuflein Erde zu ihrer Linken. Der Schweiß strömte ihr den Rücken hinab und sorgte dafür, dass ihr T-Shirt an ihrer Haut klebte.

Sie wischte sich mit dem Handrücken über die Stirn und fragte sich, ob diese Arbeit anstrengender war als ihre bisherigen Weltenreisen. Kaum, die Reise zum Weltenbaum war fordernder gewesen. *Das Spatenschwingen ist wesentlich entspannter. Niemand, der mich jagt, wenn ich eine Wurzel durchhacke. Auf ein Neues.*

Bald war das Loch so tief, dass sie problemlos hineinpasste.

»Noch eine Handbreit.« Großmutter Ingeborg stand neben ihr und hielt den Ableger des Weltenbaumes, den sie aus dem Frühbeet geholt hatte.

»Okay. Wird gemacht.«

Weitere Erdbrocken landeten auf der Wiese.

»So ist's gut«, sagte Ingeborg. »Jetzt hilf mir.«

Gemeinsam senkten sie die abgetrennte Wurzel des Weltenbaumes in das Loch hinab. Sandira platzierte sie so, dass die Seitenwurzeln auf dem Lehmboden auflagen.

Dann packte sie wieder den Spaten, mobilisierte ihre Kraft, um sie mit Erde zuzuschaufeln.

Ingeborg hielt sie auf. »Doch nicht mit reiner Gartenerde. Du brauchst den Sand der Zeit als Dünger.«

Reumütig sah Sandira die Wurzel an, die mit dem roten

Sekret befleckt war. Ihr war, als würde sie ein Grab zuschaufeln.

»Hat etwas von einer Beerdigung«, schnaufte sie.

»Auf einer Wiese, die man aushebt, wachsen nach kurzer Zeit erneut Pflanzen. Ebenso auf einer Grabstätte. Wo Leben vergeht, kehrt es zurück.«

»Nicht immer.«

»Nein, aber dort, wo man der Natur freien Lauf lässt.«

Die Oberfläche der Wurzel pulsierte an jenen Stellen, wo die Axt sie vom Mutterbaum getrennt hatte. Als Kind hatte sich Sandira den Arm aufgeschnitten, eine Narbe zeugte von dem Versehen. Sie hatte mit dem Küchenmesser rumgefuchtelt. Bei einem missratenen Hieb flitzte es ihr aus der Hand und streifte ihren Arm. Die offene Wunde schmerzte tagelang und pulsierte, als die Heilung einsetzte. Es war wie ein kribbelndes Pochen unter der Haut. Noch heute zog die Narbe ab und zu. Meist, wenn das Wetter umschlug oder sich ein Gewitter zusammenbraute. Die Wurzel knarzte und reckte ihre Ausläufer in die Erde.

Schützend riss sie ihren Arm vor das Gesicht und taumelte zurück.

Sie war wieder in der Halle. Roter Nebel verschleierte ihre Sicht. Das Dröhnen in ihren Ohren wurde immer stärker. Schneidend scharfes Metall bohrte sich in ihren Körper. Man brach ihre Wunden auf, zerrte und zog an ihnen.

Eine Hand legte sich auf ihre Schulter, sie wirbelte herum. Ihr Sichtfeld klärte sich.

»Hier ist der Sand.« Ihre Großmutter hielt ihr einen Eimer entgegen.

Sandira griff den Henkel. Ihre Augen weiteten sich. Punkte, abertausende wie Blätter geformt, tanzten um sie. Wie ein Wirbelwind sausten sie mit klagenden Lauten um sie. Sie trieben sie in eine Ecke, hefteten sich gewaltvoll an sie, verschmolzen mit ihr zu einer flüssigen Masse, die sich in der Schwerelosigkeit verlor.

»Sandira, hörst du mir zu!«

Langsam verwelkten die Blätter um sie herum und die Äste fielen im Garten herab. Die Rinde färbte sich pechschwarz und die Bäume krümmten sich, der Energie beraubt, die sie sprießen ließ.

»Sandira!«

Kurz bevor die Welt um sie herum zerfiel, packte ihre Großmutter sie.

»Oma?«

»Geht es dir gut?«

»Ja, doch.« Benommen rieb sie über ihre Augen.

Das sanfte Licht der Sonne lag auf der Welt um sie herum.

»Gut, dann nimm endlich den Sand der Zeit!«

Sie umklammerte den Eimer. Wie in Trance drehte sie sich um und ließ den Sand auf die ausgehobene Gartenerde rieseln. Sie kniete sich hin. Ihre Hände durchpflügten die Erde, mischten sie mit dem Sand der Zeit. Das Gemisch schöpfte sie vom Boden und warf es in das Loch. Mit jeder Handvoll hatte sie das Gefühl, weiteres totes Leben in das Grab zu füllen.

Sie strich den Erdboden glatt.

»Jetzt leg den Sternentropfen daneben.«

Sandira wandte sich diesem zu und hob ihn auf. Wie eine Maschine. Gesteuert. Mechanisch. Emotionslos bettete sie ihn auf das zugeschüttete Loch.

Es war, als stünde sie neben sich und sehe zu, was im Garten vor sich ging.

»Sehr schön, jetzt mach ich uns erst mal einen Tee.« Ingeborg spazierte ins Haus.

Sandira torkelte ihr hinterher, doch dann schaute sie zurück. Die Stätte wirkte wie ein vergessener Platz.

Kahl, grau, leblos.

In den Welten, wo die Wurzel und der Sternentropfen herkamen, blühte und gedieh alles. Sandira fand das Bild unpassend, beides an einem so trostlosen Fleck vorzufinden.

Ohne Zweifel, hier fehlte was.

Mit klopfendem Herzen lag sie im Bett. Der Traum entschwand langsam ihrer Erinnerung. Sie streckte sich. Ihre schweißnassen Hände streiften weiches Fell. Leuchtaugen blitzten ihr im ersten Licht des Morgens entgegen. Schnurrend rieb der Kater sein Köpfchen gegen ihren Arm und schleckte beruhigend ihre Finger.

»Warum träume ich so einen Murks, Mister Miez?« Sie drückte ihr Gesicht in das Kopfkissen.

Mister Miez richtete sich auf und schüttelte sich. Elanvoll streckte er seine Vordertatzen aus und bog den Rücken durch.

»Bleib liegen, ich stehe noch nicht auf.« Mit einem Hüpfer landete der Kater auf dem Holzboden und sprintete zum Schreibtisch. Mit einem Satz saß er vor der Glasscheibe und starrte hinaus. »Miau.«

»Du Menschenquäler. Was ist da draußen?« Benommen richtete sie sich auf und tappte zum Fenster. Sie scheuchte den Kater zur Seite und riss es auf. Mister Miez schlüpfte unter ihrem Arm hindurch auf die Fensterbank. Gekonnt balancierte er über das Brett und sah in den Garten herunter.

Draußen hörte sie die Vögel zwitschern und beugte sich vor. Um den Sternentropfen hüpften Spatzen, Meisen und Buntspechte herum. Sie rieb sich die Augen. Der kahle Platz aus lehmiger Erde war überwuchert von einer kräftigen, grünen Wiese.

Sie erinnerte sich augenblicklich, was der Sternentropfen in der fremden Welt alles ausgelöst hatte, wie er trostlosen Ruinen und Einöden das Leben schenkte. Die Einwohner verehrten ihn für seine Kraft.

Kurzentschlossen stürmte sie die Treppe runter und in den Garten hinein. Ihre nackten Füße streiften über das neu entstandene, taunasse Gras. Es kitzelte an ihren Fußsohlen, während der Wind ihr Nachthemd umspielte. Sie breitete ihre Arme aus und wirbelte herum. Tief inhalierte sie den Duft der Petunien.

In dem Moment kam Großmutter Ingeborg mit dem Vogel im Käfig heraus und stellte ihn neben dem Sternentropfen ab. Sie öffnete die Käfigtür, das Küken schaute neugierig nach draußen.

»Er muss noch fliegen lernen. Aber er hat wie du keine Angst vor großen Herausforderungen. Ich überlasse dir die Aufgabe.«

Sie überreichte ihrer Enkelin das Vöglein. Es hüpfte munter auf ihrer Handfläche. Sein Federkleid glänzte, als wäre es mit Öl eingerieben worden. Aufgeregt zwitscherte es und flatterte auf ihrem Finger. Wärme breitete sich in Sandiras Bauch aus.

Sie lächelte. »Na kleiner Piepmatz, bist du wieder fit?«

Mit der Rückseite ihres Zeigefingers streichelte sie sachte über die Rückenfedern. Ihre Reise hatte sein Leben gerettet. Gäbe es die Sternentropfen auf ihrer Welt, jede Krankheit könnte geheilt werden. Wäre der Preis geringer, jedes Krankenhaus bekäme einen geschenkt. Immerhin ermöglichte er Dinge, die für sie unvorstellbar gewesen waren. Sie streckte ihre Hand nach vorne. Das Küken sah in die Tiefe. Vor ihm der Abgrund.

»Hab keine Angst vor der Höhe.«

Der Vogel reckte seinen Körper. Die krallenbesetzten Füße gruben sich in ihren Finger. Er spreizte seine Flügel im Wind, flatterte mit der aufkommenden Brise, die um ihn herumwirbelte. Bald sprang er nach vorne und glitt einige Meter über den Boden. Er landete neben dem Sternentropfen. Licht durchtränkte sein Federkleid. Sandira hob ihn empor. Er wagte einen zweiten Sprung, flatterte mit den Flügeln und schaffte es, sich in der Luft zu halten.

»Komm, noch ein Stück weiter!«, feuerte sie ihn an »Weiter, weiter.«

Das Vögelchen kreiste einige Male, bevor es auf den Boden plumpste. »Das hast du gut gemacht.« Sie schloss es in ihre Hände und setzte es wieder in den Käfig. »Genug geübt für heute. Morgen gib's die nächste Flugstunde.« Sie reichte ihm das Futter an. Gierig verschlang er die abgekochten Maden.

Dann wandte sie sich ihrer Großmutter zu. »Ich überlasse dir das Küken, Ingeborg.«

Sie machte kehrt und schlenderte in den Wald.

Im Schein der Mittagssonne positionierte Sandira die Stöcke um den Sternentropfen herum. Ein luftiger Pavillon mit einem offenen Dach entstand. Diesen deckte sie mit Schilf. Damit die Säulen besser hielten, stützte sie sie mit Steinen. Sie polsterte den Boden unter dem Sternentropfen mit Moosbällchen und legte ein verwelktes Kleeblatt ab.

Sein Halm senkte sich in den weichen Erdboden. Einzelne Wurzeln schlugen aus. Langsam streckten sie sich nach vorne und durchpflügte das Erdreich. Das Blatt färbte sich saftig grün. Selbst der einsetzende Wind schaffte es nicht, es hinfortzuwehen. Zufrieden lächelte sie. Ein weiterer Funken Leben war zurückgekehrt.

»Ingeborg hat recht. Mit den Dingen von anderen Planeten ist es möglich, unseren zu erneuern.« Sie dachte an ihre Freunde und ihre Eltern. Mit der Erfindung, die die Alte in ihrem stillen Kellerlein versteckt hielt, konnte man unheilbar Kranke heilen und so viel Leid verhindern. Auch Ronjas Leben würde nicht vorzeitig enden. Und nicht nur das. Die Natur, vom Menschen aus ihrem Takt gebracht, würde wieder in geordnete Bahnen gelenkt werden. »Ich werde nicht zulassen, dass unsere Welt untergeht. Nicht, wenn es einen Weg gibt, es zu verhindern.«

Den Sternentropfen hinter sich lassend, schlenderte sie in die Küche und goss sich einen Tee auf. Im Keller hörte sie ihre Großmutter werkeln.

Die Tage vergingen. In diesen tüftelte Ingeborg an ihren Maschinen und berechnete mit den Supercomputern den Kurs in eine neue Welt.

Um den Sternentropfen herum erblühte das Leben. Der Schrein, den Sandira errichtet hatte, war mit dem Boden verwachsen. Moos wucherte um ihn und Flechten bedeckten die Äste, die die Säulen eines Pavillons bildeten. Sie lehnte sich gegen den Stamm des neu gewachsenen Weltenbaumes. Die goldenen Blätter der Baumkrone raschelten. Sie strich über die Baumrinde. Wohlige Wärme breitete sich in ihr aus. Die gestohlene Wurzel war zu einem Baum herangewachsen.

Vor wenigen Tagen war er nur ein Sprössling gewesen, der sich seinen Weg aus dem Erdreich bahnte.

Als Sandira an diesem Morgen den Schrein besuchte, sah sie, wie ein Rehkitz am Sternentropfen haltmachte und in seinem hellen Schein rastete.

Nicht lange dauerte es, bis Mister Miez vorbeikam und stundenlang um den Schrein herumtollte. Sandira lachte. Selbst die Mäuse, die im Gras raschelten, ignorierte er. Ihr war, als hätten sie ein stilles Abkommen geschlossen, das im Licht des Sternentropfens besiegelt wurde und für Harmonie und Frieden sorgte.

Ein Vogelkäfig lag zu ihren Füßen. Sie beugte sich herab und öffnete die Tür, damit der kleine Goldregenpfeifer ihre Hand erklimmen konnte. Kräftig flatterte der Piepmatz auf ihrem Finger. Nach einer Weile erhob er sich in die Lüfte. Hektische Schwingenschläge hielten ihn eine Armlänge über dem Boden, bis eine Windböe ihn erfasste und ihn über die Wiese trug. Er wirbelte herum und flog zu einem Baum. Mit einem Flügelschlag landete er auf einem Ast und schaute hinab.

Sandira streckte ihre Hände aus, bereit, ihn aufzufangen. Der Vogel zupfte an seinem Federkleid und sprang.

Mühelos glitt er zu einem Ast an einem gegenüberliegenden Obstbaum. Erleichtert atmete sie aus. Ein letzter Blick auf die Fluglehrerin, dann schwebte er in die Baumkronen und verschwand.

Ein Lächeln zog sich über ihr Gesicht. Nur der Sternentropfen machte diesen Moment möglich. Ohne ihn hätte der Piepmatz nie erfahren, wie es ist, zu fliegen. Sie grübelte eine ganze Weile. Vielleicht müssen die Menschen auch erst lernen, wie es ist, die Natur zu bewahren.

»Was auch immer Oma vorhat ...«, dachte sie sich, »es wird der Erde helfen.«

Seit Tagen hatte sie im Keller herumgetüftelt. Sandira wusste daher, dass eine Weltenreise nur noch eine Frage der Zeit war. *Was soll ich wohl als Nächstes holen?*

Ihre Großmutter hatte sich zu weiteren Reisen bedeckt gehalten. Das war natürlich nichts Ungewöhnliches, doch so lange hatte sie sich noch nie in Schweigen gehüllt. Ansonsten tröpfelten die Neuigkeiten langsam aus ihr heraus.

Unerträglich langsam.

Leider gaben auch die Bücher kaum Aufschluss darüber, was Ingeborg noch benötigte, um ihren Plan, die Welt zu heilen, in die Tat umzusetzen.

Am Abend brach Ingeborg ihr Schweigen.

»Okay, wiederholen wir. Was macht dieser Graph?« Großmutter Ingeborg und Sandira standen vor einem

Bildschirm im Keller. Graphen und Zahlencodes ratterten auf und ab.

»Das ist der Kurvenverlauf. Er ist so etwas wie eine Route. Sie zeigt mir, wohin das Portal führt.«

»Okay, worauf ist sie eingestellt?«

»Auf Acea84a ... steht dort.«

»Ja, das ist der Code des Planeten, er hat noch keinen Namen. Was sagen dir das Massenspektrometer und die Oberflächenanalyse?«

Sandira sah auf den Bildschirm und hob die Augenbraue. »Sauerstoff. Eine Atmosphäre. Flüssiges Wasser. Photosynthese. Da gibt es Leben.«

»Richtig. Dies ist dein nächstes Reiseziel, aber komm, ich zeig dir was.«

Vor einem Raumanzug, der an einer Verankerung befestigt war, blieben sie stehen.

»Wie gehst du vor, wenn du auf Welten bist, die für dich lebensfeindlich sind?«

Sandira lachte. »Sie nicht betreten.«

»Nimm das bitte ernst.«

»Ich meine das ernst, oder willst du mich in den da reinstecken?«

»Das ist ein aus Aerographit bestehender Raumanzug. Die Weltenoperateure ließen sich ein wenig von der Raumfahrt inspirieren, obwohl ich sagen muss, dass diese einiges von uns gelernt und übernommen hat. Wie du bemerkt hast, sind viele Welten, wie die Letzte, anders als unsere. Doch Zeitlosigkeit ist dabei das kleinste Übel. Es gibt lebensfeindliche Planeten, wo du dich schützen musst. Ein Raumanzug mit robusten Legierungen ist auf solchen für den Missionserfolg unabdingbar. Du wirst lernen, in diesem Anzug zu manövrieren. Die gepolsterte Kammer mit dem Sicherheitsnetz dort hinten ist für diesen Zweck ausgestattet. In ihr ist ein Windkanal, mit dem du in der Schwerelosigkeit üben kannst ...«

»Gut, wann essen wir zu Mittag?«

»Nachdem du geübt hast.«

»Du bist so vorhersehbar.«

Minuten später steckte sie in dem Raumanzug und stieg in den Windkanal. Dieser war mit dicken Matten gepolstert und mit einem überdimensionierten Ventilator versehen.

»Sicher, dass das funktioniert.«

»Ich habe ihn vor deiner Ankunft getestet. Bist du so weit?«

»Eine Frage. Warum häkelst du, wenn du scheinbar eine Achterbahn bevorzugen würdest?«

»Man braucht seinen Ausgleich.«

»Habe ich dir schon gesagt, dass ich Überraschungen hasse?«

»Nicht, dass ich mich entsinne.«

»Dann weißt du es jetzt.«

»Was ist aus deiner Abenteuerlust geworden?«

Sandira packte sich an den Kopf. »Du bist unverbesserlich. Sagst du mir wenigstens, was mich in der Welt erwartet, für die ich den Raumanzug benötige?«

»Ich entnehme daraus, es kann losgehen?«

Träge rotierte der Ventilator vor ihr. Wusch, wusch. Mit jeder Umdrehung gewann er an Geschwindigkeit. Die wirbelnde Luft drückte gegen die schützende Hülle, die sie umschloss. Sie stemmte ihre Füße in den Boden.

»Moment ...« Der Wind dröhnte in ihren Ohren und verschluckte ihre Worte.

Er peitschte wie eine wild gewordene Dampflok durch den Raum und drängte sie stetig zurück. Unter ihr öffnete sich eine Klappe.

»Whoaa.«

Ein zweiter Ventilator katapultierte sie nach oben. Sie streckte die Arme und Beine zur Seite aus. Adrenalin stieg ihr in den Kopf, mehr als bei jeder Achterbahnfahrt. Bald glitten weitere Schächte auf, erst von links, dann von rechts. Windböen wurden durch den Kanal getrieben.

Getragen vom Wind schaukelte sie. Sie fühlte sich wie ein Segelflugzeug, das auf dem Meer taumelte. Verpassten die Ventilatoren ihr eine Breitseite, schwenkte ihr Körper elanvoll in die entgegengesetzte Richtung. Kaum hatte sie sich gefangen, folgte ein weiterer Windstoß von der anderen Seite, der sie quer durch den Raum schickte. Es dauerte einige Minuten, bis sie die Schwerelosigkeit genoss. Unbeholfen rollte sie sich um die eigene Achse und stabilisierte ihren Flug. Sie setzte zu einem Salto an. Ihr Magen kribbelte. Wie in Zeitlupe drehte sie sich. Über ihr leuchtete eine Sternenkarte an der Decke. Das Gefühl euphorischer Freude strömte durch ihren Körper. Sie schwebte in ihrer fröhlichen Glückseligkeit, ehe abrupt die Ventilatoren stoppten und sie auf das untere Ventilatorgitter aufschlug. Mit einem klirrenden Geräusch glitt die Metalltür auf.

»Und hat es Spaß gemacht?«

»Auf jeden Fall. Es ist ja ziemlich irre, was du hier in deinem Keller alles hast. Aber du könntest mich vorwarnen, wenn es an der Zeit ist, zu landen.«

Sie rieb sich über den Po.

»Ich nehme das als Kompliment.«

»Eine Frage hätte ich, Oma. Warum machst du das alles?«

»Ist das nicht offensichtlich?«

»Du möchtest deine Familie schützen und die Welt, in der wir leben?«

»Das stimmt. Es ist das Leben auf diesem Planeten, das ich schütze. Diese Welt ist, wie die anderen da draußen, einmalig. Es ist unerträglich, ihre Zerstörung mitzuerleben. Ich werde alles in meiner Macht stehende tun, um ihr die Zeit zur Heilung zu verschaffen.«

Sie schlenderte zurück ins Labor und blieb vor dem Bohrroboter stehen, der über ihr an monströsen Metallhaken baumelte.

»Verrätst du mir endlich, was das ist?« Sandira hatte sich den Raumfahrerhelm vom Kopf gezogen und stakste zu ihrer Großmutter.

»Das ist der OP-Roboter, den wir für die Erdenoperation verwenden. Du hast seine Fertigungsskizzen bereits gesehen. Die genaue Funktionsweise ist in den Büchern erklärt.«

»Und was fehlt, um ihn zu starten? Ich meine, wozu brauchen wir die Sachen, die ich geholt habe?«

»Sie sorgen dafür, dass die Transplantation erfolgreich

verläuft. Ich habe den Roboter in den letzten Tagen kalibriert und in einer Simulation den schnellsten Kurs zum Erdkern berechnet. Sobald wir das Transplantat haben, werden wir ihn einsetzen.«

»Was ist das Transplantat?«

»Alles zu seiner Zeit, du wirst noch durch einige Welten wandern, bevor du es holst.«

»Aber ...«

»Nichts aber. Ich zeige dir nun etwas Wichtiges.«

Sie packte das kleinste Gerät, das auf dem Tisch lag.

»Ich werde dich kurz scannen.«

Die Apparatur piepste und ein Lichtstrahl zog durch Sandiras Schädeldecke.

»Was war das?«

»Das war ein Scan deiner Gehirnwellen. Ich brauche ihn, um weiterzuarbeiten.«

»Was ist das für ein Gerät?«

»Das ist ein Seelentransformator, Marke Eigenbau, ich hab ihn entwickelt. Patent steht noch aus!«

»Wofür braucht man den?«

Großmutter Ingeborg legte das Gerät ab und scheuchte sie weiter. »Warte ... reden wir zunächst über die nächste Welt!«

Wassergrab

Sandira stand in einem Atrium, das den Charme von Bauten aus der Antike verströmte. Ein Torbogen aus beigem Gestein, in den Zeichen eingeritzt waren, die sie an die Hieroglyphen aus dem Alten Ägypten erinnerten, wölbte sich empor. Vor ihr erstreckten sich mehrere durch Mauern getrennte Wasserbecken. Das Wasser in ihnen spiegelte den blassblauen Himmel. Auf der Wasseroberfläche kräuselten sich sanfte Wellen, die hier und dort über die Ränder der Becken schwappten und die das Fundament weiterer Torbögen umspülten.

Weiches Fell streifte Sandiras Wade. Sie zuckte zusammen und schaute hinab.

»Miau.«

»Oh nein, Mister Miez, was machst du denn hier?«

Der Kater rieb sein Köpfchen an ihrem Bein und schnurrte wie ein Motor.

»Ich glaube kaum, dass dir die heutige Aufgabe gefällt, oder gehst du gerne baden?«

Sie trat einen Schritt näher an den Beckenrand. Es kam ihr vor, als hätte sie ein Themenschwimmbad betreten. Es fehlte lediglich die schnatternde, überschwängliche Menschenmenge. Sie lauschte. Bis auf die Wellen, die über den Rand schwappten und leise rauschten, vernahm sie keinen Ton.

»Miau.«

»Sei eine gute Katze und renn nicht rum. Ich muss dich wieder mit nach Hause nehmen oder hast du hier Futter gesehen?«

Mister Miez schaute sie erwartungsvoll an.

»Ja, ja, ich beeil mich.«

Sie beugte sich ein wenig nach vorne. Am Grund des Beckens entdeckte sie, wonach sie suchte. Dort unten lagen hunderte Kristalle, die in allen Farben des Regenbogens glitzerten. Sie waren nur einen kurzen Tauchgang entfernt.

Sandira ließ ihren Blick durch den Raum wandern. Nichts. Hier schien es keine Wächter zu geben. Der Ort war verlassen, seine Bewohner vor langer Zeit verschwunden. Sie würde in Ruhe hinabtauchen und sich einen der Kristalle holen. Nur einen, denn vielleicht brauchten noch andere diese Kristalle.

Doch was sollte sie in dieser Zeit mit Mister Miez machen?

Sie konnte ihn schlecht durch diese Welt stromern lassen. Wer wusste schon, in welche Schwierigkeiten er sich brachte.

Sie kaute auf ihrer Unterlippe. Hier gab es nichts, um Mister Miez einzusperren.

»Du bleibst hier. Verstanden?«

»Miau.«

»Ich hoffe mal, das heißt ja.«

Sie strich über ihre lederne Umhängetasche. Sollte sie ihre Klamotten anlassen?

Unsicher schaute sie sich um. Was wäre, wenn sie nicht so allein war, wie sie glaubte und jemand ihre Kleidung stahl? Sie hatte keine Lust, in Unterwäsche dazustehen. *Ach, was soll's.* Ihr T-Shirt und ihre Shorts würden sie kaum am Schwimmen hindern. Im Baggersee war sie öfters damit geschwommen. Ein Sprung in den Pool, einen der Kristalle holen und wieder auftauchen. Das hörte sich machbar an. Es war ja nicht so, dass sie stundenlang in dem Becken herumschwamm. Und selbst wenn, sie hatte den goldenen Totenkopf geschafft. Ein Tauchgang war dagegen nichts.

Sie streifte ihre Schuhe ab und tippte mit ihren Zehenspitzen ins Wasser. Ein Kribbeln legte sich um ihre Fußspitze, ganz so, als hätte sie ihren Fuß ins Sprudelwasser getaucht. Kühl umspülte es ihre bloße Haut und bildete einen Kontrast zu der heißen Luft, die das Atrium füllte.

Sie steckte ihren Fuß ein wenig tiefer hinein. Das Kribbeln verstärkte sich.

Fasziniert tauchte sie ihren Unterschenkel ein.

Sie runzelte die Stirn. Er wurde zur Seite gedrückt, so wie in einem der Strömungskanäle im Schwimmbad, die einen davontrieben. Etwas schwächer und doch gab es unverkennbar Strömungen dort unten. Als sie ihr Bein aus dem Wasser zog, war dieses über und über mit Luftbläschen überzogen.

Sie lächelte. Ihr gefiel der Ort und sie wünschte sich, länger dortzubleiben. Es wäre der perfekte Ort für eine Poolparty mit ihren Freuden. Ein paar gekühlte Getränke und Snacks und der Tag wäre ein voller Erfolg.

Sie blinzelte Mister Miez verschwörerisch zu, holte einige Male Luft und sprang mit den Füßen voran in das glasklare Wasser.

Für einen Moment umfing sie Schwerelosigkeit. Sie sank hinab. Blasen stiegen rund um ihren Körper in die Höhe. Ihre Arme durchkämmten das kühle Nass. Mit kräftigen Zügen drückte sie sich in Richtung Boden. Sie paddelte mit den Beinen, um gegen die Strömung anzukämpfen, die sie zur Oberfläche trieb. Ihre Tasche pendelte an ihrer Seite und ihr Riemen rieb schmerzhaft über ihre Schulter. Mit einigen kraftvollen Armzügen tauchte sie tiefer hinab. Die Strömung zerrte stärker an ihr. Sie biss die Zähne zusammen und kämpfte gegen den Drang an, Luft zu holen. Warum lauerten in jeder Welt Gefahren? Sie schnaubte und weitere Wasserblasen stiegen in die Höhe. *Blöde Idee.* Und Großmutter Ingeborg sollte ihr bloß nicht erzählen, sie hätte nichts von den Stromschnellen gewusst.

Sandiras Blick vollzog einen kurzen Schwenker durchs Becken. Ein Gitter war in den Boden eingelassen, mehrere in den Wänden.

Filter. Ich halte mich besser von ihnen fern. In ihren Erinnerungen poppte ein Bild aus den Tagesnachrichten auf. Dort war ein ähnliches Metallkonstrukt zu sehen. Ein Kind hatte, als es von diesem angesaugt wurde, sein Leben verloren. Sandira schob den Gedanken beiseite. Das war nicht dasselbe. Sie legte mehr Kraft in ihre Schwimmzüge.

Umso schneller ich hier weg bin, desto besser.

Einer der Kristalle war wenige Handbreiten von ihr entfernt. Sein violettes Licht spiegelte sich im Wasser. Ein bezauberndes Lichtspiel, welches sie gerne länger beobachtet hätte. Wäre da nicht das Problem mit dem Sauerstoff.

Ein leises Fiepen in ihren Ohren erinnerte sie daran, dass es bald Zeit war, aufzutauchen. Ihr Herz holperte, rascher schlagend. Sie zwang sich zur Ruhe. Eines hatte sie gelernt. Panik brachte einen unter Wasser nur in Schwierigkeiten. Ein Schwimmzug, dicht gefolgt von einem zweiten.

Sie griff nach dem Kristall. Federleicht ließ er sich vom Boden heben. Ihre Hand öffnete sich einen Spalt weit. Wie in Zeitlupe glitt er über ihre Handfläche und wäre beinahe von der Strömung davongetragen worden. Im letzten Augenblick schnappte sie ihn und schloss ihn sicher unter ihren Fingern ein.

Sie drückte ihre Hand fest gegen die Brust.

Mit ihren Füßen stieß sie sich kräftig vom Boden ab. Das Sonnenlicht brach sich an der Oberfläche, beinahe berührte sie diese. Ihre Lungen bereiteten sich vor, die süße Luft einzuatmen. Was Mister Miez wohl zu ihrem Schatz sagen würde?

Ein Wasserschwall riss sie herum und wirbelte sie durchs Becken. Oben und unten verschwammen. Ihre Arme durchwühlten das Wasser. Sie stemmten sich gegen die Strömung. Ihre Lungen brannten, schrien nach frischem Sauerstoff. Der entflohene Atem pustete ihre Wangen auf, versuchte, durch ihre fest zusammengepressten Lippen zu entkommen. Sie drängte ihn zurück. Ihre weit aufgerissenen Augen suchten das Licht, das durch die Wasseroberfläche schimmerte. Blau, grün, rot, violett schoss das Wasser an ihr vorbei.

Ein zweites Fiepen in ihren Ohren. Ihr Herz raste. Sie strampelte mit den Beinen, unterstützt von kräftigen Armschlägen. Sie musste an die Oberfläche. Sie musste. Ihre Muskeln brannten, ihre Bewegungen wurden schwächer. Alles war ein beiger, schnell vorbeiziehender Schleier, in dem bunte Punkte aufleuchteten. Dort war wieder die Luft, die an ihrem Gaumen kitzelte, die ihren Mund aufdrückte. Luftblasen taumelten in den dahinrauschenden Fluten, begleiteten sie ein Stück weit, bevor sie sich verloren. Sie presste die Lippen zusammen. So leicht würde sie nicht aufgeben.

Das Rauschen des Wassers dröhnte in ihren Ohren.

Sie spannte alle Muskeln an, bereitete sich darauf vor, die Strömung mit einem kräftigen Schwimmzug hinter sich zu lassen, den Strom aus tödlichem Nass zu durchbrechen.

Jetzt! Mit geballter Kraft schoss sie voran. Es half nichts.

Ihre Augen waren weit aufgerissen. Ein Fiepen in ihren Ohren.

Metall blitzte auf.

Ein Gitter. Sie raste auf es zu. Sie strampelte kräftig. Ein Luftschwall ergoss sich aus ihrem Mund. Sie schmeckte das kühle Wasser auf ihrer Zunge, schluckte, bevor sie die Lippen verschloss. Sie zitterte. Kraftlos pendelten ihre Arme an ihrer Seite. Ihre Beine trampelten träge. Ihr Herzschlag ein wildes Trommeln. Noch immer suchte ihr Verstand einen Ausweg, nach einem blassen Lichtschimmer an der Oberfläche, während ihr Körper vom Strom mitgerissen wurde.

Eine Hand legte sich um ihre Hüfte, zog sie mit sich. Hindurch durch das prickelnde Wasser. Sie spürte die Wärme des anderen. Die kräftigen Muskeln, die sich anspannten, um sie ein Stück weiter nach vorne zu katapultieren. Ihr Kopf durchstieß die Wasseroberfläche, ein sanfter Windhauch durchkämmte ihre Haare. Rauer Stein schabte an ihren Händen und Knien. Zitternd holte sie Luft. Der Griff um ihre Hüfte löste sich. Sie krabbelte vom Wasser fort, das über ihre Fußsohlen schwappte. Keuchend atmete sie ein. Ihre Lungen füllten sich und der Sauerstoff strömte durch ihren Körper. Ihr Blick klärte sich, wanderte, bis er an einem blaugrünen Fuß hängen blieb. Die Zehen waren weit auseinandergespreizt. Zwischen ihnen spannten sich halbtransparente Schwimmhäute.

Sie schloss die Augen. Ein Beben durchdrang ihre Gliedmaßen. Ihre Muskeln zuckten. In ihrem Kopf blitzte der Gedanke von Flucht auf. Er verpuffte. Nicht imstande zu rennen, verharrte sie. Die Schritte bewegten sich um sie herum. Schließlich hielten sie inne. Kühle, raue Finger legten sich um ihr Kinn und hoben es an.

Sie riss die Augen auf. Zwei pechschwarze Pupillen schauten auf sie hinab. Immer wieder schob sich eine durchsichtige Haut über die Iris. Ein kahler Schädel ohne Haar, beschuppt, und mit einem blaugrünen Teint beugte sich ihr entgegen. Ein dicklippiger Mund, mit dreieckigen Zähnen besetzt, die ein menschenvertrautes Lächeln bildeten. Seitlich vom Kopf fächelten Kiemen hin und her, die aussahen, wie die eines übergroßen Molches. *Wie gerne habe ich die Bergmolche im Tümpel im Wald beobachtet. Was denke ich da?*

Sie blinzelte. *Was ist dieses Wesen?*

Die Kreatur setzte sich vor ihr auf den Boden, tippte ihr an die Stirn.

Aus dem Augenwinkel sah sie, wie ein kleines Fellknäuel angeschossen kam, die Haare aufgestellt und den Schwanz auf das Dreifache aufgebläht. Kurz bevor es das Wasserwesen erreichte, bremste es ab. Sein Rücken drückte sich zu einem runden Buckel empor und ein Fauchen drang aus seiner Kehle.

Das Wesen streckte Mister Miez die Hand entgegen. Wo eben noch glatte, schuppige Fingerkuppen gewesen waren, ragten nun messerscharfe Klauen hervor.

»Nein.« Sandira warf sich schützend über den Kater. Ihre Arme umschlossen das aufgebracht strampelnde Fellknäuel.

Sie wandte ihren Blick der Kreatur zu. Diese hatte mitten in der Bewegung innegehalten und betrachtete sie und Mister Miez.

»Es ist eine Weile her, dass jemand aus einer fremden Welt zu uns kam«, sprach das Wesen. »Ich erinnere mich an eine Zeit, als die Strömungen andere Kurse einschlugen und die Wellen geruhsamer plätscherten, nicht so stürmisch wie heute. Vor einigen Gezeitenwechseln, da gab es zahlreiche Kristalle wie jenen, den du in der Hand hältst. Sie glitzerten eine Handbreit unter der Wasseroberfläche. Man brauchte bloß seine Finger ins Wasser stecken, um einen zu ergreifen. Es fiel nicht auf, wenn einer fehlte. Mein Volk nutzte sie, um Heilstätten zu errichten, und Orte der Erholung. Verlor ein Heilstein an Kraft, brachten wir ihn zurück in die Gewässer, aus denen er stammte, damit er erneut erstarkte. Jeder von ihnen ruhte an einem festen Platz, wir hüteten sie. In jener Zeit gab es mehr von meinesgleichen. Alles hatte Beständigkeit, wie die Gezeiten, ein stetiges Auf und Ab, immer wiederkehrend.«

»Ich verstehe nicht«, stotterte Sandira.

»Es folgte eine Phase, in der die Portale wie aus dem Nichts kamen und Weltenwanderer uns besuchten. Sie änderten unser Leben nachhaltig. Die Ersten befanden sich auf der Durchreise, von der Neugierde getrieben. Sie waren begierig darauf zu sehen, was es in ihrer Welt nicht gab. Nicht lange und die Neugier wandelte sich zu Verlangen. Sie begehrten, was es auf ihren Planeten nicht gab. Die Kristalle schwanden und mit ihnen das Volk, das sie umgab. Einige Weltenwanderer versuchten mit ihrer Hilfe, ihre Heimat zu retten, die durch Ausbeutung zerfiel. Ich fühle, dass dich ein ähnlicher Grund hierherführt. Eine Welt, zu Grabe getragen, durch jene, die sie bevölkern. Durch jene, die die unerschöpfliche Güte der Natur nicht schätzen. Sie reißen die Ressourcen an sich, bis sie erschöpft sind. Sie vergessen, dass alles ein Gleichgewicht braucht, wie das Zusammenspiel von Ebbe und Flut. Ein Geben und Nehmen. Wesen wie du entreißen ihrer Welt mehr, als sie zu schenken bereit ist. Und so verwandelt sich dein einst lebender, blühender Planet in einen Sterbenden. Und anstelle mit ihm zu sterben, raubst du das, was du zu seiner Rettung brauchst, von anderen.«

Sandira erinnerte sich an die Schlucht, durch die sie bei ihrer Flucht von ihrer Großmutter gegangen war, an den weggeworfenen Müll und die leckenden Fässer. Die blaue Kugel in den Weiten des Universums, die sie ihr zu Hause nannte, lag im Sterben.

»Ich habe nie gewollt, dass es so kommt!«

Das Wesen setzte seine Worte unbeirrt fort. »Und doch in Kauf genommen, wie viele vor dir. Die Weltenwanderer denken, ein, zwei Steine zu entwenden, schadet nicht. Sie vergessen, wenn sie über Welten herfallen, dass diese das gleiche Schicksal ereilen wie ihre eigene. Es gibt Planeten, die für die Fehler, die auf anderen begangen wurden, zugrunde gingen. Viele haben sich durch das unbedachte Einwirken derer, die in sie eindrangen, unwiderruflich verändert.«

Die zeitlose Welt rückte in Sandiras Erinnerungen, jene, die durch das Bringen der Zeit aus den Fugen geraten war. Ihr Herz bebte. Zweifel, die sie weit von sich weggeschoben hatte, rieselten zurück in ihr Bewusstsein. Still verharrte sie vor dem Wesen.

»Dir ist Ähnliches widerfahren. Ich sehe es in deinem Gesicht. Die Hoffnung, die von Scham verschleiert wird, sobald man dir die Wahrheit vor Augen führt. Ich habe es oft gesehen. Die meisten meinesgleichen entfernten sich von den Kristallen, weil sie die Ignoranz der Weltenwanderer nicht mehr ertrugen.«

Sandira zögerte, bevor eine Frage über ihre Lippen huschte. »Wohin sind sie gegangen?«

»Dahin, wo die Gezeiten beständig auf und ab schwingen, so lange jedenfalls, bis auch dort ein Weltenwanderer den Rhythmus stört.«

»Werden sie zurückkommen?«

»Erst wenn einer kommt, der diese Welt als das betrachtet, was sie ist. Und nicht als ein Feld, auf dem man sich bedient.«

Sie senkte ihren Blick. Die Oberfläche des Kristalls schmiegte sich warm an ihre Handfläche. Kraftstrotzend pulsierte er. Ein sanftes Kribbeln zog sich durch ihren Arm. Wohlige Ruhe umfing sie. Ihr war, als hielt sie das Heilmittel für ihre Heimat in den Händen.

Mit ihren Gedanken wichen ihre Zweifel. Denn welche Alternative blieb ihr? Sie war nicht bereit, ihre Liebsten den Tod zu überlassen. Wer war sie, zu bestimmen, dass der Tod für ihre Welt das einzig Richtige war.

»Aber was ist mit der Erde? Hat sie es nicht verdient, zu leben?«

»Jeder Planet hat seinen eigenen Zyklus, wie Wasser, das dem stetigen Fluss des Kommens und Gehens folgt. Endet dieser, so vergeht der Lebensfunke. Es ist der Lauf der Dinge. Wo Welten geboren werden, da enden sie.«

Sandira strich über Mister Miez' Bäuchlein. Sie dachte an ihren blauen Planeten.

War es bei ihm nicht anders?

Er war krank und sein Untergang käme, wenn sie nichts unternahm, früher als vorgesehen. Zudem waren es nicht nur die Menschen, die vergehen würden.

»Was ist mit den Tieren und Pflanzen? Sie zerstören den Lebensraum meiner Heimat nicht. Ist es gerecht, dass sie sterben?«

Das Wesen beachtete ihren Einwand nicht, es fuhr mit seinen Worten fort: »Lebensformen wie du haben den natürlichen Lebensrhythmus vernichtet. Ihr habt es in Kauf genommen, alles um euch herum mit ins Verderben zu reißen. Viele deinesgleichen glauben, den Rhythmus zu erneuern, indem sie andere Welten berauben und deren Leben verkürzen. Für jene, die diesem Ziel nachgehen, gibt es meist kein Zurück. Nur wenige haben diesen Kurs abgebrochen.«

»Kennt es eine Alternative?«, dachte Sandira. Hoffnung keimte in ihr auf. Wusste das Wesen mehr?

»Und was ist mit ihnen passiert?«

»Sie haben das Unvermeidbare geschehen lassen.«

»Sie haben ihre Welt sterben lassen?«

Das Wesen wandte sich wortlos von ihr ab und schlenderte zwischen den Torbögen davon.

Sandira war mit Mister Miez allein. Dieser hockte auf ihren Armen. Sie setzte sich an den Beckenrand. Das Wasser vor ihr ein Spiegelbild des Himmels über ihr.

Der Kater stupste ihr Kinn an.

»Du bist eine mutige Katze oder hattest du nur Appetit auf Fisch?«

Große Augen blickten ihr entgegen. »Ja, ich weiß, wir sollten nach Hause gehen, aber wie würdest du dich entscheiden?«

»Und hast du die Kristalle gesehen?«, fragte ihre Großmutter, als Sandira durch das Portal trat.

»Ja, aber es sind nicht mehr viele.«

»Als ich das erste Mal diese Welt betrat ...«, erzählte Ingeborg, »... waren zahlreiche Kristalle vorhanden. Die ganze Wasseroberfläche schimmerte in ihrem Licht.«

Sandira strich sich übers Haar. Wusste ihre Oma, dass es andere Weltenwanderer gab?

»Die Steine liegen tief im Wasser. Ich tauchte zu ihnen hinab, es war gefährlich.«

Sie sah, wie ihr Gegenüber sich die Brille richtete, und wartete eine Antwort ab.

Es kam keine.

»Mein Leben hatte ich einen Einwohner zu verdanken. Er erzählte, dass ich nicht der Einzige bin, der zu den Wasserbecken reist. Es scheint, dass nicht nur unsere Welt im Sterben liegt.«

»Bei weitem nutzen nicht alle Weltenwanderer die Kristalle, um ihre Planeten zu erhalten. Viele verwenden die Güter für selbstsüchtigere Zwecke.«

»Sind wir besser? Diese Welten, von denen wir nehmen, könnten untergehen.«

»Und selbst wenn ...« Großmutter Ingeborg runzelte die Stirn. »Was nützt es dir, einen fremden Planeten am Leben zu halten, während deiner vergeht, und du alles, was du liebst, dadurch verlierst?«

Das zweifelnde Gefühl in Sandiras Magengegend kehrte zurück.

»Ich ...«, zögerte sie, doch dann brach sie ab.

»Ja?«

»Ich bin mir nicht sicher, ob man eine Welt über eine andere stellen darf.«

»Papperlapapp, Welten kommen und gehen. Es wird immer jemanden geben, der das Wissen hat, um ihren Reichtum an sich zu reißen.«

»Warum entscheiden wir das? Was gibt uns das Recht?«

»Wer soll es denn bestimmen? Katzen, Hunde? Die Maus wird auch nicht gefragt, ob sie gefressen werden will. Für sie geht damit ebenfalls eine Welt zu Ende. Hast du den Kristall?«

Sandira zögerte. Die Diskussion mit Ingeborg war zwecklos. Ein Fels, härter als ein Diamant, gegen den eine Welle brach, stürzte niemals ein. Und insgeheim wusste sie, dass ihre Großmutter ihre Entscheidung getroffen hatte.

»Hast du den Kristall auf der Welt gelassen?«

Sandira schluckte schwer. Wortlos holte sie den Heilstein aus der Tasche und gab ihn ihrer Großmutter.

Mit hängendem Kopf schlurfte sie auf ihr Zimmer. Mister Miez begleitete sie.

Die Melodie der Stille

Mister Miez leckte Sandiras Hand. »Also, du fragst auch keine Mäuse, ob du sie fressen darfst?« Der Kater legte den Kopf schräg und sah sie mit großen Augen an. »Miau.« Sie hämmerte ihre Faust auf den Dielenboden.

»Verdammt.«

»Warum ärgerst du dich?« Ingeborg stand im Türrahmen und betrachtete ihre Enkelin, die auf dem Boden lag.

»Nicht wichtig.«

Die alte Dame hob eine Augenbraue und wartete.

»Warum bist du hier?«

»Ich habe den Kristall analysiert. Er enthält genug Energie für die Mission, du hast eine gute Wahl getroffen.«

»Uuh ...« Sandira drehte sich auf den Rücken und legte ihre Hände auf die Stirn. »Tun wir das Richtige?«

»Richtig und falsch liegen eng beieinander. Die Frage ist, ob wenige Leben mehr wert sind als ein ganzer Planet. Selbst die Philosophen haben darauf keine abschließende Antwort gefunden. Es hängt von der Sichtweise ab.«

»Einen Sternentropfen, eine Wurzel, den Sand der Zeit, einen energiegeladenen Kristall und wer weiß, was du sonst noch alles brauchst. Glaubst du nicht, dass diese Dinge in ihrer Welt besser aufgehoben wären?«

»Da, wo wir sie herhaben, sind sie nur ein winziger Teil, der nicht mehr benötigt wird, um das Überleben dort zu sichern. Unsere Heimat erhält durch sie eine zweite Chance. Sie haben

147

einen größeren Nutzen als an ihrem Ursprungsort. Überlege dir einfach, ob es besser ist, einen Menschen zu opfern, um hundert andere zu retten.«

»Hast du eine Antwort gefunden?«

Ingborg sah Sandira lange an. »Nein, doch ich habe mich für eine Richtung entschieden, welcher ich folge ...«

»Wie immer sehr hilfreich.«

»Auf manche Fragen gibt es keine einfachen Antworten.«

»Ich merke es.«

»Ruhe dich aus und gebe dir selber Zeit. Du wirst erkennen, dass wir einen Weg der Hoffnung beschreiten.«

»Hoffnung? Ist es denn nicht sicher, dass wir die Erde heilen?«

»Bei jeder Operation gibt es Risiken. Ich habe diese so weit minimiert, wie es mir möglich war.«

Sandira rollte sich zurück auf den Bauch und schaute zu ihrer Großmutter auf.

»Das heißt, es könnte alles umsonst gewesen sein?«

»Unwahrscheinlich.«

»Oh man.«

»Wir brauchen nur noch die Melodie der Stille.«

»Was soll das sein?«

»Die Essenz einer Welt.«

»Kommt diese dadurch zu schaden?«

»Nicht, dass ich wüsste.«

Sandira presste die Lippen zusammen.

»Allerdings kenne ich auch keinen Fall, in dem jemand versucht hat, einen Teil zu entnehmen.«

»Ich bin also wieder das Versuchskaninchen.«

»Du bist eine Forscherin, die Pionierforschung betreibt.«

»Also ein Versuchskaninchen.«

»Ich bereite unser Abendessen vor. Spiel mit Mister Miez.«

Ihre Großmutter schloss die Tür hinter sich.

»Mister Miez, ich habe Dinge in diese Welt gebracht, die nicht hierhergehören. Da, wo ich sie herhabe, sind sie etwas Besonderes. Hier auch. Rechtfertigt das, dass ich sie mitgenommen habe?«

Der Kater tretelte auf den Türvorleger herum und legte sein Köpfchen schräg.

»Du verstehst nicht, was ich meine? Jetzt bringen die Zweifel sowieso nichts mehr. Ich hätte vorher darüber nachdenken sollen.«

»Miau.«

»Ist das dein Ernst, Mister Miez?«

»Miau.«

»Na, vielen Dank. Und was soll ich machen? Alles hinwerfen?«

Die Samtpfote trottete zu ihr und kuschelte sich an ihre Seite.

»Ich kann es nicht hinter mir lassen.« Sie kraulte ihn unter dem Kinn. »Die Reisen wären bedeutungslos und wir brauchen nur noch die Melodie der Stille, um die Erde zu heilen. Ich werde mit meinen Freunden und meiner Familie ein normales Leben leben. So wie ich es vor dem Sommer geplant habe.«

Sie schüttelte den Kopf. Die Welt – so wie zuvor zu sehen – war unmöglich. Zurück in der Stadt würde sie sich weiter für die Umwelt engagieren. Auf eine zweite Welten-OP verzichtete sie gerne. Aber dafür brauchte es einen gesunden Planeten.

»Woher kommt das schlechte Gewissen, Mister Miez? Es gibt keinen anderen Weg, die Welt zu retten.«

Sie klopfte sich gegen die Stirn. Egal, wie sehr sie sich den Kopf darüber zerbrach, es änderte nichts. Sie drehte sich im Kreis.

»Was plant sie mit dem Gehirnscan? Braucht sie ihn für meine Reise in die nächste Welt?«

Mister Miez stellte die Ohren auf und schüttelte sich.

»Soll das ein Nein sein.«

»Miau.«

»Woher willst du wissen, wozu sie den Scan nutzt?«

Der Kater strich sich mit der Pfote über das Ohr.

»Also?«

Mit kleinen Schritten tippelte der Kater zur Zimmertür und kratzte an ihr.

»Du willst es mir zeigen?«

»Miau.«

»Na dann, mal los.«

Sie öffnete die Tür und Mister Miez stürmte die Treppe runter.

»Was ist denn in dich gefahren?«

Als sie am Fuß der Treppe ankam, baumelte das Fellknäuel an der Türklinke zum Keller.

»Dort runter?«

Mister Miez ließ den Türgriff los, landete auf dem Boden und starrte die Türe an.

»Dann mal los.«

Quietschend öffnete sich die Kellertür.

»Sandira, bist du das?«

»Seit wann hat die Alte so gute Ohren?«, flüsterte sie Mister Miez zu.

Dieser war zu einer Säule erstarrt.

»Ja.«

»Hilf mir bitte, den Tisch zu decken.«

»Komme«, seufzte Sandira und sah den Kater an. »Unser Ausflug muss warten, Mister Miez.«

Sie machte einen Schritt Richtung Küche.

Krallen bohrten sich in ihre Schuhe. »Miau.«

»Was soll das, Mister Miez?«

Der Kater zerrte an ihrem Fuß.

»Das reicht, Miez! Du hast sie nicht mehr alle.«

»Miau.«

»Lass los!«

Sie schüttelte ihren Fuß, bevor sie sich nach unten beugte und die spitzen Krallen aus dem Schuh löste.

»Wir schauen uns den Scan später an. Nun gibt es Essen. Komm mit.«

»Es ist notwendig, den Zeitplan anzupassen. Bist du bereit, nach dem Abendessen aufzubrechen?«

»Letzte Mission?«

Ein Schatten legte sich über Ingeborgs Gesicht. »Letzte Mission.«

Mister Miez blickte von seinem Liegeplatz auf und betrachtete ihre Oma eindringlich.

»Miau.«

»Was hat deine Katze? Sie ist heute strange.«

»Er hat seine fünf Minuten. Keine Sorge, das vergeht.«

»Nehme ich diesmal den Raumanzug?«

»Exakt. Die Trainingsstunden sollen nicht umsonst gewesen sein. In der Welt, in die du reist, existieren Oberflächen nicht.«

»Nicht gerade einladend.«

»Es wird eine vollkommen neue Erfahrung für dich. Ich denke, die Einzigartigste, die du bisher hattest.«

»Klasse.«

»Lass das Geschirr stehen. Ich kümmere mich später drum.«

»Darf ich mir nach dieser Reise einen Planeten aussuchen, den ich in Ruhe erkunden kann.«

»Du hast noch nicht genug vom Weltenwandern?«

»Ich habe die Schnauze voll davon, andere Planeten zu bestehlen, aber nicht von deren Erkundung.«

»Wenn das so ist. Du bist immer herzlich willkommen, bei mir auf Weltenreise zu gehen.«

Wenige Minuten später zwängte sie sich in den klobigen Raumanzug. So faszinierend die Schwerelosigkeit war, so ätzend war das Anlegen des Anzugs. Selbst nach all den Übungsstunden brauchte sie die Hilfe ihrer Großmutter, um ihn anzulegen.

Ingeborg hielt die Teile in der Luft, während Sandira hineinschlüpfte. Zuerst in die Armgelenke, die an einem Verbindungsring am Körpersegment befestigt wurden. Anschließend glitt sie mit ihren Beinen in die Beinsegmente. Ingeborg zog fachmännisch die Schrauben am Ventil nach, sodass sich die Gelenke nicht mehr vom Körpersegment lösen konnten. Fehlte nur noch der Helm. Die alte Dame stemmte ihn in die Höhe. Ihre Kraft erstaunte Sandira immer wieder und sie hoffte, im Alter genauso fit zu sein. Sie packte den Helm, als er über ihrem Kopf schwebte, und setzte ihn auf. Schnallen klappten um und es wurde noch mal geprüft, ob Sandira hermetisch von der Außenwelt abgeschottet war.

Jede ihrer Bewegung war schwerfällig und langsam. Das Gewicht des Raumanzuges drückte auf ihre Schultern und Hüften. Sie schätzte, dass sie das Dreifache wog, und mit einem Male war ihr, als trüge sie eine Ritterrüstung. Ein plumpes Monster, gefangen in einer dicken, schützenden Haut. Sie stampfte zur Stelle, wo sich das Portal öffnete.

Ingeborg begutachtete jeden ihrer Schritte. Schon sprudelten die ersten belehrenden Worte aus ihr heraus:»Diese Welt ist anders als all die vorherigen. Gehe vorsichtig mit dem Raumanzug um. Er ist für dich wie eine schützende Haut, lebenswichtig. Sobald du die Melodie der Stille ausfindig gemacht hast, schwebst du auf direktem Weg zu ihr. Du entnimmst sie mit dieser Spritze. Vergiss es nicht. Egal wie unangenehm es ist. Es ist essenziell, die Spritze zu benutzen. Anschließend kommst du zurück. Kein Umschauen, kein Zögern. Kennst du alle Bedienungsfunktionen des Anzuges?«

»Wie sollte ich sie vergessen, du hast sie mir gefühlt tausendmal gezeigt.«

»Ich verlasse mich darauf. Dein Leben hängt davon ab.«

»Du weißt, dass es nicht hilfreich ist, mir Angst einzujagen?«

»Furcht schärft die Aufmerksamkeit. Es ist nicht verkehrt, sie zu haben.«

»Dann, vielen Dank.« Sandira verdrehte die Augen. »Sagst du mir wenigstens vorab, was es mit der Melodie auf sich hat? Die Melodie der Stille klingt nicht gerade logisch.«

»Schön, dass du mal aufpasst.«

»Ich meine, in einer stillen Welt, ohne Ton, soll ich eine Melodie finden. Hallo, wie geht das?«

»Töne sind nicht alles. Musik kann auch anders transportiert werden. Halte nach ihr Ausschau. Du bedienst die Konsole am Anzug, so wie ich es dir gezeigt habe. Nichts weiter. Du wirst merken, wenn der Raumanzug sie erfasst hat.«

»Wofür brauchst du sie?«

»Bei einer Weltenoperation dringst du tief in die Welt ein. Wir Menschen haben Ultraschallwellen, um das Innere eines Körpers zu untersuchen. Diese schaffen es nicht in die unteren Schichten der Erde. Wie bei einem Ultraschall wird die Melodie der Stille unsere Augen sein.«

Im Portal erschien die Welt. Eine runde, milchige Sphäre, die in den Weiten des Universums schwebte. In ihr fand Sandira nur das Grenzenlose, es gab kein Land, kein Wasser und keine Objekte. Einzig ein weißer Schleier lag über allem. Die Weltenoberfläche wirkte wie der transparente Schirm einer Qualle. Der Sternenhimmel schimmerte durch den Himmelskörper hindurch. Flirrende Schlieren zogen sich durch sie. Alles, was diese Welt hatte, war nichts, und gleichzeitig war dieses Nichts alles, was diese Welt ausmachte.

Sandira schaute verunsichert zu ihrer Großmutter herüber.

Mit einer kreisenden Handbewegung deutete ihre Oma an, dass sie aufbrechen sollte.

»Das ist nicht dein Ernst?«

»Mein voller Ernst. Denke daran, die Spritze zu benutzen, wenn du die Melodie gefunden hast.«

»Nicht zu fassen, du gehst nicht einmal auf meine Bedenken ein.«

»Nein, sie bringen uns nicht weiter.«

Sandira schnaubte. Sorgte sich ihre Großmutter nicht um sie? Die Gesichter ihrer Freunde und ihrer Familie, die schönen Erlebnisse, die sie mit ihnen geteilt hatte, zogen vor ihrem geistigen Auge vorbei. Sie würde es sich nie verzeihen, wenn sie tatenlos zusah, wie sie ins Verderben stürzten. Was bedeutete ihr Leben im Vergleich zu Millionen anderer?

Wären da nicht diese blöden Zweifel. Sie fühlte sich, wie das Werkzeug einer Chirurgin. Solide, wenn es seinen Dienst verrichtete. Biegsam, strapazierfähig und wiederverwertbar. Doch brach es entzwei, entsorgte es der Chirurg, ohne mit der Wimper zu zucken.

»Oma, machst du dir keine Sorgen?«

»Um was?«

»Um mich.«

»Das schaffst du schon. Du bist ein kluges Mädchen und kannst auf dich aufpassen.« Ihre Stimme klang zuversichtlich. »Du bist willensstark und hast bisher jede Aufgabe gemeistert. Warum sollte jetzt was schiefgehen?«

»War das ein Kompliment?«

»Mach dich auf den Weg, bevor ich meine Worte bereue.«

»Ich hab eine Frage. Können die Bestandteile Ronja helfen?«
Ingeborg zögerte, dann lächelte sie kurz. »Ja.«
»Na dann …«
Sandira begab sich zum Portal und trat hindurch.

Stille. Ruhe. Gemächlichkeit.
Langsam tauchte Sandira durch das lichterfüllte Nichts in
die transparente Welt. Ein Beben zog durch ihre Adern, ihr
Körper pulsierte. Ein kurzes Puffen, als auf ihrem Rücken die
Triebwerke des Anzugs zündeten. Ihre Glieder schmiegten sich
in den Raumanzug. Die harte, stählerne Haut, die vormals so
ungelenk und staksig war, verschmolz nahtlos mit ihren Bewegungen in der Schwerelosigkeit. Wie bei einem Taucheranzug,
mit dem man an der Oberfläche unbeholfen hin und her wat-
schelte und unter Wasser elanvoll und geschmeidig dahinglitt.
Ihre Bewegungen waren wie bei ihrem ersten Tauchkurs, unge-
wohnt und federleicht. Ein kurzer Stoß katapultierte sie nach
vorne. Die Kraft des Antriebes drückte sie in den Raumanzug.
Das Material schloss sich enger um ihren Körper, wie eine zweite
Haut haftete es an ihr. Das Pochen ihres Herzens vibrierte in
der stählernen Panzerung. Das Kribbeln in ihrem Bauch baute
sich auf, wie bei einer Achterbahnfahrt, wenn der Wagen eine
steile Talfahrt mit mehreren Loopings vollzog. Sie lachte und
kreischte, ohne das ein Ton entstand, als sich das Adrenalin in
ihr hochschaukelte. Sie drückte verschiedene Knöpfe an ihrem
Handgelenk, um die Zündungen zu dämpfen.
Die Stille kehrte ein und sie glitt weiter.
Ihr Blick fuhr herum, sah, wie der Sternenhimmel durch die
transparente Schwerelosigkeit hindurchschien. Schemen huschten an ihr vorbei. Wie Gespenster schwebten sie in alle Himmelsrichtungen und verschmolzen mit der Welt. Wieder und
wieder stießen sie aus der Oberfläche hervor und umkreisten
den Anzug, ehe sie lautlos und fließend im Nichts verschwan-
den. Reglos verharrte Sandira. Ein stiller Beobachter auf frem-
dem Terrain. Die Schemen umtanzten ihren Körper, scheuten
die Berührung mit dem Unbekannten. Zentimeterweise wagte
Sandira sich weiter. Die Wesen wichen vor ihr zurück. Ihre For-

men wandelten sich bei jeder Bewegung. Verlor man einen aus dem Blick, erkannte man ihn nicht mehr. Körperlichkeit und Aussehen bestanden aus einer stetigen Veränderung.

Sandira bestaunte die um sie aufblitzenden Lebewesen.

»Könnt ihr mich hören?« Die Stille verschlang ihre Worte, ehe diese ihre Kehle verließen. Sprechen funktionierte nicht. Plan B, berühren. Ihre Hand glitt durch das Wesens hindurch. Es war, als würde sie durch Nebelschwaden greifen. Unbeirrt schwebte der Schemen weiter. *Ich weiß nicht. Lebt ihr oder seid ihr bessere Wolken?*

Zumindest erwartete sie keine Überraschungen à la wir fressen dich gleich. Zeit, sich ihrem Hauptproblem zu widmen: der Melodie der Stille. Bisher zeigte der Raumanzug keine Regung. Nichts, dass ihr den Weg wies, wie ihre Großmutter es vorhersagte.

»Du hast mir nicht wieder eines deiner Schrottteile mitgegeben, Ingeborg, oder?«

Sie strich über das Display an ihrem Handgelenk. Die Anzeigen waren unverändert.

Mit einem Tippen auf den Mini-Bildschirm drückten die Triebwerke sie näher zum Zentrum des Planeten.

Sie horchte in die Stille hinein. Die Lautlosigkeit dröhnte in ihren Ohren. Sie übertraf selbst ihr Erlebnis in der zeitlosen Welt. Dort, wo keine Veränderung vorkam, akzeptierte ihr Verstand die Abnormalität. Doch hier, wo es Bewegung gab, verlangte er nach Geräuschen, die es nicht gab. Wesen schälten sich aus dem Nichts. Einige von ihnen flossen ineinander, vereinten sich, nur um sich wenige Momente später wieder zu trennen und mit der Welt zu verschmelzen.

Suchend glitt sie weiter. Die Melodie der Stille blieb ihr fern. Sie streckte die Hände aus. An den Fingern des Raumanzuges saßen die sensibelsten Sensoren, die es auf der Erde gab. Sie waren einzig dazu konzipiert, um Schallwellen im nicht hörbaren Frequenzbereich aufzuspüren. Sie flog durch die Schwerelosigkeit, die Arme wie Fühler ausgestreckt.

Ein Ziepen in ihren Fingerspitzen und sie schwenkte zur Seite. Das Gefühl verblasste.

»Irgendwo ...«

Sie schloss ihre Augenlider. Die Stille hüllte sie ein. Konzentriert tastete sie durch den luftleeren Raum auf der Suche nach der leichtesten Veränderung. Ihre Finger prickelten, folgten einem unsichtbaren Muster. Sie ließ sich mit dem Anzug gemächlich nach links fallen.

Ein Vibrieren zog durch ihren Raumanzug. Stärker werdend zog es sie zu sich hin. Ihre Haut pulsierte, schwang im Takt der lautlosen Melodie, während ihr Herz in seinem eigenen Rhythmus tanzte.

Ihr war, als würde ihre schützende Hülle mehr und mehr schwinden und sich ihr Körper mit der Schwerelosigkeit vereinen. Die Luft flimmerte und das Glas vor ihren Augen löste sich auf.

Wellenartige Muster zogen rhythmisch durch sie. Ein Strom aus Vibrationen kribbelte ihren Bauch entlang. Von diesem getragen, glitt sie tiefer in die Welt hinein. Alles, was sie ausmachte, waren hüpfende Schwingungen und ein sanftes Pochen. Sie durchdrangen sie bis zur letzten Zelle.

In ihr pulsierte behäbig ihr Herz und vereinte sich zögerlich mit der Melodie der Stille. Wie ein Wassertropfen, gefallen ins Meer, verschwamm ihr Sein mit dem des Planeten. Wie Wellen wogte das stumme Lied in ihr. Es glich dem wogenden Zusammenspiel aus Ebbe und Flut. In einem rhythmischen Auf und Ab glitt sie weiter.

Getragen von einer Woge glitt sie tiefer in die Welt hinein. Sie gab sich dem pulsierenden Rhythmus hin.

Neben ihrem Herzschlag vernahm sie einen zweiten. Dumpf schlug er mit ihrem Herzen im Takt.

Sie öffnete die Augen. Ein Kokon aus Licht hüllte sie ein, umgeben von transparenten Schwaden, aus denen sich die Welt zusammensetzte. Ihr Anzug zerfaserte im bläulichen Schein und verschmolz mit diesem. Die Vibration, die in ihr auf und ab scholl, war wie ein Herzschlag. Das Lied des Planeten. Es erzählte von dem, was diese Welt gesehen hatte, von den Millionen von Jahren im Weltall, von den Besuchern, die kamen und gingen. Sie war im Ursprung der Melodie der Stille eingekehrt.

156

Tief atmete sie ein, aus ihrem Gurt zog sie eine Spritze mit einer langen Nadel. Letztere stach sie in die Leere. Die Kanüle durchbohrte das schimmernde Blau. Es war so viel von ihm da. Eine unsichtbare Kraft ließ die Hohlnadel in ihre Haut gleiten.

»Halte ein«, säuselte ihr Innerstes. Ein stumpfer Widerhall ihrer selbst.

Spitz stach die Nadel in ihre pulsierenden Adern.

Sie war die Welt, die sie umgab. Einer von tausenden Gedanken, von Hoffnungen und Sorgen, die die Ewigkeit sahen, ohne über sie zu urteilen. Sie lauschte und vernahm den Schlag von hunderten Herzen, die zu einem geworden waren. Zu einem Wesen.

Sie packte die Spritze fester. Die Anweisungen ihrer Großmutter poppten in ihrer Erinnerung auf. Die Melodie der Stille brauchte zum Transport die Spritze. Einen Behälter, der sie umgab und sie vom Rest des Planeten abnabelte.

Tiefer bohrte sich die Nadel in sie. Keuchend trieb Sandira sie tiefer hinein. Tränen quollen aus ihren Augen.

Der Takt der Melodie, der wellenartig ihre verblassende Körperlichkeit durchströmte, holperte. Ein dumpfes Pochen folgte auf einen hektischen Schlag. Mit ihm weiteten sich ihre Pupillen, ihre Hände zuckten, ihr Körper krampfte. Stoßweise atmete sie, Tränen sprudelten ihre Wangen hinab. Die Nadel setzte an ihrer Schläfe an, durchbrach die dünne Haut und durchtrennte die hauchdünne Hülle ihrer Arterie. Adrenalin schoss in ihren Kopf. Ein panisches Rauschen zog sich durch ihre Ohren. Eine Unterbrechung des Einklangs, den die Melodie ersehnte. Schatten zogen vor ihren Augen vorbei und verschleierten ihre Sicht. Schwankend taumelte sie in der Schwerelosigkeit. Ihr Kopf sackte zur Seite. Die Spritze entglitt ihren schlaffen Fingern.

Sie kauerte sich zusammen, darauf hoffend, dass sich ihre Krämpfe lösten und ihr Augenlicht zurückkehrte. Ihre Augenlider senkten sich herab, wie ein Anker in der stillen See. Erschöpft, wie die Welt durch ihr unharmonisches Schlagen, fiel sie in einen tiefen Schlaf.

Die Spritze verlor sich im Nichts des Planeten.

Wie eine Decke, die über sie gelegt wurde, umfing das Licht

sie. Lose Haarsträhnen fielen von ihrer Stirn, als hätten unsichtbare Finger sie hinfort gestrichen. Ein Kuss, flüchtig wie ein aufkommender Frühlingswind, streifte ihre Wange. *Mama?* Wohlige Wärme hüllte sie ein und wog sie behutsam, beruhigte sie. Sie war wieder ein Baby in der Wiege vor dem Kamin, der die Kälte des Winters vertrieb. Der Rhythmus der Melodie hallte beständig im Dunkeln des Universums.

In ihr und um sie herum war nichts, außer Geborgenheit und Stille.

Ein stetiges, wellenartiges Schlagen durchfuhr sie und die Welt. Es ließ sie zum ersten Mal seit langem zur Ruhe kommen. Ihre Gedanken ans Weltenretten, getränkt durch den aufkommenden Zweifel, sie verhallten im leeren Raum. Es war, als wäre sie an einem Zeitpunkt eingekehrt, bevor sie begann, zu existieren. Ein durchsichtiges Band schlängelte sich um sie. Es verband sie wie die Nabelschnur im Mutterleib mit der Welt. Sie rollte sich zusammen, ihre Knie eng an die Brust gepresst. Ihre Hände dicht an das Köpfchen gedrängt.

In dieser Position verharrte sie und ließ sich von der Melodie der Stille einlullen. Das blaue Licht sickerte in sie hinein, bis es ihren transparenten Körper ausfüllte.

Gemächlich trieb sie in die Höhe. Ihre Augenlider flatterten, ein Pulsschlag, kräftiger als die sie umgebenden, zog durch ihre Gliedmaßen. Ein Zweiter pumpte rotes Blut durch ihre Adern. Sie blinzelte und sah, wie eine Schnur, in der weiße Kristalle flirrten, sie mit dem Kern der Welt verband.

Dort, wo die Nabelschnur in ihre Brust eindrang, schimmerte das blaue Licht unter ihrer Haut. Ihre Augen fixierten es. Das Band vibrierte und mit ihm schwang der Schimmer im Rhythmus eines Planeten, der keine körperlichen Grenzen kannte. Für eine kurze Zeit war auch sie ein Teil von einem Ganzen. Ihre Gedanken gehörten nicht ihr. Ihre Wünsche und Hoffnungen teilte sie, ohne sie auszusprechen. Die Welt, ein Lebewesen, welches sie nicht begriff, verstand. Sandira legte eine Hand um die Schnur, die Vibration klang ab. Der blaue Schimmer sank weiter in ihren Brustkorb und umschloss schützend ihr Herz. Die Zeit war gekommen, sich von der Welt zu trennen und das

Geschenk, das diese ihr mitgab, ihrer Großmutter zu überreichen.

Sie schwebte im All. Die transparente Oberfläche unter ihr ließ erahnen, wo der Ursprung der Welt ruhte. Ihre Hand lag dort, wo die Melodie des Planeten behütet war.

Das Band fiel von ihrer Brust ab und segelte hinab. Der Raumanzug materialisierte sich um sie herum. Das Visier verschloss sich. Sie atmete ein. Rasselnd blähten sich ihre Lungen mit Luft auf und zum ersten Mal wusste sie, was Babys dazu trieb, nach ihrer Geburt zu schreien und die Kraft, die im Atmen lag, zu erfahren.

Ihre Finger huschten über das Display.

Benommen brach sie auf, um in das Labor im Keller zurückzukehren.

Mit einem Teil einer fremden Welt im Herzen durchschritt sie das Portal. Es schloss sich hinter ihr und abrupt, wie mit einem scharfen Messer abgetrennt, verlor sie die Verbindung zu den Herzschlägen, die mit ihrem im Einklang schlugen. Der Keller drehte sich vor ihren Augen. Schwankend hielt sie auf das verschwommene Abbild ihrer Großmutter zu und fasste an die Kante des Labortisches. Schwer atmend klammerte sie sich an diese und wartete, bis sich ihre Sicht klärte. Die Melodie der Stille ruhte in ihrem Herzen. Ein Geschenk, freiwillig gegeben von einer Welt, die begriff, dass die Existenz eines anderen Planeten von ihrem Wohlwollen abhing.

Großmutter Ingeborgs Blick legte sich auf den bläulichen Schein, der unter dem T-Shirt ihrer Enkelin flackerte.

»Geht es dir gut?«

»Ja, mir ist nur ein bisschen schwindelig.«

»Leg dich kurz hin.« Sie deutete auf eine Liege unter der Kellertreppe.

Sandira nickte. Sich an der Kante des Labortisches festhaltend schlürfte sie durch den Keller. Die wenigen Schritte bis zu ihrer Ruhestätte geleitete ihre Großmutter sie. Erschöpft sank sie auf die Polster. Ihre Umgebung verschwamm zu einem grauen Schleier, in dem Lichtpunkte flackerten.

»Du trägst die Melodie der Stille in dir, anstatt sie mir in der Spritze zu bringen.«

Wimmernd presste sie sich gegen die Liege. Ihr war kalt. Sie zitterte.

»Die Welt gab sie mir, es gab keinen Grund, sie ihr gewaltsam zu entreißen.«

»Es wäre einfacher, wenn du einmal auf mich hören würdest.«

Ein leises, metallisches Klackern. Fixiergurte spannten sich über Sandiras Oberkörper und ihre Arme. Weitere schlossen sich um ihre Oberschenkel und Fußgelenke.

»Ich wollte nicht, dass es dazu kommt. Doch mit deinem unvernünftigen Verhalten lässt du mir keine Wahl.«

»Was? Ingeborg? Warum?«

Matt wand sie sich in ihren Fesseln, ohne diesen zu entkommen.

»Halt still. Es wird nicht lange dauern.«

An der Decke über ihr baumelte ein metallischer Ring, der ihr langsam entgegenfuhr.

Mechanisch. Chirurgisch.

»Was hast du vor?«

»Ich werde die Melodie aus dir extrahieren.«

Sandira atmete schwer. Die Augen weit aufgerissen starrte sie reglos empor. Näher und näher kam das Konstrukt. Häppchenweise sog sie die Luft in ihre Lungen, Tränen sammelten sich in ihren Augenwinkeln. Ihr Atem raste.

»Warum? Gibt es keine andere Möglichkeit?«

»Die gab es. Oder glaubst du, ich hätte dir die Spritze zum Spaß mitgegeben? Du hast deine Entscheidung getroffen.«

»Ich habe mich nicht entschieden. Die Welt gab mir, was ich mir wünschte! Sie berührte mein Herz, teilte meine Gedanken!«

»Unbelehrbar, das Fräulein.«

Ihre Großmutter zog an einem Hebel. Blitze zischten um den Ring herum und trafen sich gewaltvoll im Zentrum. Sie bildeten einen leuchtenden Energieball, der über sie hinwegschwebte. Die Härchen auf ihren Unterarmen stellten sich auf.

Der Rhythmus ihres Herzens, ein unbeständiger Trommelschlag.

Der in ihr schlummernde Teil der anderen Welt bebte und drohte, sie zu zerreißen.

Sie schrie.

Der blau schimmernde Weltenursprung durchbrach ihre Knochen und ihre Haut, verzerrt schwebte er über ihr.

Der metallische Geschmack von Blut breitete sich in ihrem Mund aus. Sie hustete und rote Pünktchen benetzten ihr Kinn.

Wimmernd versuchte sie, ihre Hand zu heben, um die Melodie der Stille erneut zu berühren, doch die Gurte ketteten sie an die Liege. Der elektrische Ring hielt den Weltenursprung in sich gefangen. Durch diesen zog sich ein qualvolles, hektisches Pulsieren. Blut tropfte aus ihren Mundwinkeln.

Großmutter Ingeborg schüttelte den Kopf. »Ich flicke dich zusammen.« Ihre kühle Hand legte sie flüchtig auf Sandiras Stirn. »Ich bin gleich wieder da.«

Der Klang der sich entfernenden Schritte ließ die Tränen aus ihren Augen quellen. Sie blickte auf ihre Brust. Das T-Shirt war dort, wo die Melodie der Stille es durchdrungen hatte, zerrissen, die Haut darunter blauviolett verfärbt. Ihr Kopf sank zurück auf das mit Kunstleder bezogene Kissen. Der grelle Lichtschein des Sternentropfens schob sich in ihr Blickfeld. Zwei Hände platzierten ihn auf ihrem Oberkörper. Wärme zog durch ihren Körper und verdrängte die Kälte.

Die Gurte um sie lockerten sich. Kaum war der Letzte gelöst, drückte sie sich auf die Ellenbogen hoch.

»Vorsichtig, deine Wunden sind noch nicht verheilt. Bleib liegen, bis der Sternentropfen seine Wirkung entfaltet.« Ingeborg tätschelte Sandiras Kopf.

Sandira runzelte die Stirn. Sie musste hier weg. Diese Irre hatte ihr, ohne zu zögern, einen Teil ihres Herzens entrissen.

Still legte sie sich hin und wartete, bis ihre Großmutter sich ihren Bildschirmen zuwandte. Sie rollte sich auf die Seite und umarmte den Sternentropfen. Ein Schluchzen entkam ihren Lippen. Ohne ein Wort zu sagen, griff sich Ingeborg eine Decke und breitete sie über ihrer Enkelin aus. Diese zuckte vor der Berührung zurück.

»Du bist zu zart. Die Zeit stählt dich.«

Sandira wartete darauf, dass der Schmerz in ihrem Brustkorb abklang. Mit halb geschlossenen Augen suchte sie den Raum ab. Ihre Großmutter schraubte am Roboter. Wie kam sie am besten hier raus?

Sie bezweifelte, dass sie es die Treppe hinauf und bis ins nächste Dorf schaffte. 20 Kilometer. Nein, das war zu weit. Ihr Blick blieb an den Bildschirmen hängen. Ja, das war ihr Ausweg. Sie stemmte sich hoch. *Jetzt.* Adrenalin durchflutete sie.

Sie eilte an Ingeborg vorbei und stürmte auf einen Computer zu. Flink tippte sie eine Reihe von Koordinaten ins Navigationssystem ein.

Ihre Großmutter wirbelte herum.

»Sandira! Du weißt nicht, was du da eintippst. Dort draußen ist zum Großteil nichts.«

»Und wenn schon.«

Das Portal öffnete sich mit einem schallenden Surren, als der Computer das neue Ziel einstellte. Sie sprintete los.

»Jugendliche.« Ingeborg stampfte zum Computer, observierte die Koordinaten und überprüfte die gewählte Route. Mit einem Lächeln sah sie ihrer Enkelin hinterher, die in das Portal sprang.

Weltenende

Ein Schluchzen durchdrang die Säulengänge. Sandira kauerte vor dem Portal. Das Plätschern von Wasser füllte den Raum, während Tränen sich ihren Weg über ihr Gesicht suchten.

Ihr Herz schlug hektisch und unregelmäßig. Die Melodie der Stille war ein Teil von ihr gewesen. Der Schlag ihres Lebens, einst durch Harmonie und Rhythmus geprägt, war aus dem Takt geraten.

Da wo Ruhe war, herrschte nun Chaos. Der Weltenursprung war unwiderruflich von ihr getrennt. Gefangen zwischen elektrischen Blitzen.

Kannte ihre Großmutter nur Gewalt, um an ihre Ziele zu gelangen?

Sie schüttelte den Kopf. Die Welt hatte ihr die Melodie der Stille freiwillig gegeben, sicher gab es einen Weg, sie weiterzugeben.

Das Gefühl von Schwäche drückte auf ihren Brustkorb und drohte, sie zu ersticken. Wie eine schwerfällige Platte legte sie sich über sie. Ihre Füße fühlten sich an, als würden an ihnen Zementsäcke haften.

Stille. Nur das Plätschern des Wassers zog durch den Raum. Es rauschte in ihren Ohren. In Gedanken kehrte sie an einen einsamen Strand zurück. Sie saß in einem abgelegenen Strandkorb. Eine Düne türmte sich vor ihr auf, hinter der das Meer toste. Sie hörte, wie die Wellen sich auftürmten und an der Küste brachen. Die Hütte an der Nordsee blitzte zwischen Gräsern und Sand hervor. Mutter und Vater. Sie erhob sich und schritt zum Ferienhaus. Sie öffnete die Tür. Die Räume lagen verlassen da und eine Staubschicht färbte die Möbel grau. Sie waren nicht da. Sie war allein. Einsamkeit fraß sich in ihr Herz. So allein.

Augen auf, Augen zu. Sie kehrte in das Atrium zurück. Ihr Blick streifte die Säulen, die um sie herum aufragten, und erfasste das azurblaue Wasserbecken. Ihre Stimme durchbrach die Stille. »Ist hier jemand?«

Keine Antwort. Nur das Auf und Ab der Wellen, die am Beckenrand brachen.

Sie stand auf und streifte durchs Atrium. Sie hielt Ausschau nach dem Aufblitzen blau-grüner, schuppiger Haut.

»Wo bist du?« Erschöpft stakste sie zu den äußeren Säulen, in der Hoffnung, das Wesen wiederzufinden.

Nichts. Es war fort. Es hatte diesem Ort den Rücken gekehrt, wie seine Artgenossen vor ihm. Sandiras Augen weiteten sich und sie rannte zurück zu den Wasserbecken. Die Wasseroberfläche, ein blau gewellter Spiegel. Sie ließ sich auf die Knie fallen. Das Wellentaumeln brach das Azurblau und gewährte ihr einen Einblick in die Unterwasserwelt. »Wo sind sie hin?«

Sie streckte ihre Hand bis zum Ellbogen ins Wasser. Das Prickeln war fort, genauso wie die in allen Farben des Regenbogens schimmernden Kristalle.

Ein weicher Körper schmiegte sich an ihre Füße. Sie fuhr herum. Zottelige Haare und eine Tatze, die sie berührten.

»Mister Miez!«

»Miau.« Der Kater hockte sich an den Beckenrand und schaute auf das Wasser hinaus.

»Du kannst deine Pfoten auch nicht von dem Portal lassen, oder?«

»Miau.«

»Wenigstens bin ich hier nicht alleine.« Sie nahm ihn auf den Arm.

»Die anderen, die dies einst ihr Zuhause nannten, haben den Ort verlassen. Jemand hat die restlichen Heilsteine geraubt. Kein

164

Einziger liegt dort unten. Mister Miez, glaubst du, sie haben ihre Welten auch zerstört? Oder waren sie hinter dem Glitzern her?«

Mister Miez schnurrte.

»Du scheinst es nicht zu wissen. Ich dachte, der eine Kristall würde nichts ausmachen. Nicht wirklich. Zumindest wollte ich es glauben. Wie konnte ich so ignorant sein? War meine Welt es wert, dass diese hier verlassen wurde? War meine Welt es wert, dass ich einer anderen die Zeit gebracht habe? Dass ich einen Sternentropfen raubte und die Wurzel eines Weltenbaumes abhackte? War es das wert? War es richtig?«

Sie kraulte Mister Miez' Köpfchen. »Ich habe Mist gebaut, wirklich Mist gebaut.«

Im Schneidersitz setzte sie sich auf den Boden. Eine Träne lief über ihr Gesicht. Die Samtpfote sprang auf und leckte sie von der Wange. Dann hüpfte er auf ihren Oberschenkel und rollte sich zusammen.

»Aber ich konnte meine Freunde und Familie doch nicht einfach sterben lassen? All die Menschen, Tiere und Pflanzen. Einen ganzen Planeten. Das kann ich nicht!«

Sandiras Herzschlag war immer noch unregelmäßig, aber er wurde langsamer.

Ein lautes Surren durchdrang die Stille. Sandira warf ihren Blick über die Schultern und verengte die Augen. Das Portal hatte sich geöffnet und Großmutter Ingeborg näherte sie mit behäbigen Schritten.

»Was willst du?«

»Nach dir sehen.« Die alte Dame begutachtete sie aus der Distanz. »Bist du verletzt?«

Sandiras Herz flatterte. Sie horchte in sich hinein. War sie verletzt? Nicht körperlich und doch ... Irgendetwas tief in ihr fehlte.

»Du hast es mir weggenommen!«

»Die Melodie der Stille? Ja, das habe ich, wir brauchen sie. Das wusstest du.«

»Aber die Welt hat sie mir geschenkt.« Sandira zögerte. *Was hatte das zu bedeuten? Warum hat sich die Welt nicht dagegen gewehrt?*

»Ja, sie gab sie dir. Ich kenne sie, habe sie ebenfalls bereist. Sie strebt die Harmonie zwischen allem, was in ihr existiert, an.«

»Was ist daran verkehrt?«

»Rein gar nichts. Wenn Lebewesen im Einklang mit ihrer Welt leben, wird diese auch nicht durch deren Einwirken zugrunde gehen. Das Gleichgewicht ist gewahrt. Ein gleichwertiges Geben und Nehmen.«

»Wusste die Welt, dass unsere dem Untergang geweiht ist?«

»Sandira, diese Welt fühlt. Sie merkte, dass du ein Ungleichgewicht mit dir brachtest, als du in sie eindrangst. Sie gab dir dein Gleichgewicht zurück, dazu nutzte sie ihre Melodie. Meinen Untersuchungen nach ist das ihr übliches Vorgehen. Manch einer blieb bei ihr. Bei dir wusste sie, dass du auf der Erde gebraucht wirst, deshalb ließ sie dich ziehen. Als ich dir die Methode der Extraktion beschrieb, war es zu deinem Schutz. Das angewandte Prozedere war eine Option, aber nicht meine erste Wahl.«

Sandira zögerte. »Warum hast du nichts gesagt?«

»Wir stehen kurz vor unserem Ziel. Wir bringen der Erde dieselbe Harmonie, wie sie auf dem Planeten mit der stillen Melodie herrscht.«

»Das beantwortet nicht meine Frage.«

»Um dich nicht zu verunsichern. Zu viele Möglichkeiten führen nur zu Verunsicherungen, wenn man sich ihrer Bedeutung nicht im Klaren ist. Manchmal ist es besser, zu handeln, als alles dreimal umzudrehen.«

Sandira sah aufs Becken hinaus. Die Wellen wogten und die Säulen standen an ihren ursprünglichen Plätzen. Wieder hielt sie die Hand ins Wasser.

Die Magie war fort.

»Sieh dir an, was wir angerichtet haben. Wir haben das Gleichgewicht, von dem du sprichst, auf etlichen Welten gestört, und das alles, weil wir Menschen zu dumm sind, auf unsere Eigene zu achten. Die Bewohner des Planeten flohen, da sie dessen Schändung nicht ertrugen.«

»Nach der OP geben wir das, was wir uns geborgt haben, den Welten zurück.«

Sandira runzelte die Stirn und musterte das Gesicht ihrer Großmutter. Diese lächelte, während ihre Enkelin die Augen zu schmalen Schlitzen zusammenkniff. Der Blick durchbohrte ihre Oma. »Wie?«

»Sobald die Erde geheilt ist, wird sie erblühen, wie die Planeten, die du bereist hast. Und ich gebe den Welten, die ich geschädigt habe, wieder, was sie verloren haben. Ich züchte einen Ableger der Wurzel, den Sternentropfen bringe ich nach getaner Arbeit und der Hilfe für deine kranke Patentante zurück. Die Fragmente des Kristalls nutze ich, um neue herzustellen. Das ist der Vorteil dieser Edelsteine, sie lassen sich durch chemische Prozesse wiederherstellen.«

»Welchen Sinn hat es? Schau dich um. Der Raubbau an anderen Welten ist nicht mehr aufzuhalten.«

Großmutter Ingeborg beugte sich zu ihr und legte ihrer Enkelin eine Hand auf die Schulter. »Ich züchte sie im Labor, die genauen Parameter stehen in den nächsten Tagen fest, aber ich werde sie erneut in den Becken einsetzen und die Wasserwesen zurückbringen.«

Sandira schossen unzählige Bilder durch den Kopf. Sie stellte sich das Lichtermeer vor, wenn die Kristalle in allen Regenbogenfarben unter der Wasseroberfläche erstrahlten und wie die Bewohner zurückkehrten. Wie die anderen Planeten wieder Frieden fanden. Harmonie, Gleichgewicht. Genau das war es, was ihr die letzte Welt mitteilte. Es gab einen gewaltlosen Weg.

»Wenn du sie züchten willst, dann zeig es mir.«

Ingeborg lächelte verschmitzt. »Gut, komm! Gehen wir nach Hause.«

Ein unaufhaltsames Surren drang aus einem der Gänge, die sich an dem Laborkeller anschlossen. Sandira hatte diesen Kellerbereich bisher noch nicht betreten, zu sehr hatte bereits das Labor sie zum Staunen gebracht.

Ingeborg schlenderte den Durchgang entlang, dicht gefolgt von ihrer Enkelin und einem vorsichtig hinterhertapsenden Mister Miez. Nach einer Weile stellte der Kater die Ohren auf. Das mechanische Brummen wurde immer lauter. Maschinell erzeugt. Ein beständiges Geräusch wie ein Motor.

»Was hast du hier noch versteckt?«

»Manches, an dem ich forsche, gehört zur experimentellen Forschung, nicht mal die Kollegen meiner Zunft wissen von dieser.«

»Aha.«

Ein blauer Lichtkegel durchtränkte den nächsten Raum, in dem sie eintraten. Vor Sandiras Nasenspitze stand ein Aluminiumgestell, das ein riesiges Aquarium trug. Eine monströse Pumpe wälzte das Wasser um, kleine Wellen schwappten von der einen Seite zur anderen. Die Ursache für das Surren.

Der Lichtkegel durchbrach die Wassermassen. Sandira blinzelte. Ein Lichtschein brach durch die Glasscheibe und blendete sie, als der Halogenstrahler seinen Schein durchs Becken warf. Ein kurzes Glitzern im azurblauen Wasser.

Mister Miez' Blick wandte sich den Lichtspiegelungen auf der Scheibe zu und verfolgte irritiert ihren Tanz. Heilsteine. Sandiras Augen fuhren durchs Aquarium. Eins, zwei, drei. Rot, gelb, grün. Ein warmes Gefühl zog durch ihre Brust.

Ihr Kopf schweifte zu Großmutter Ingeborg, die zufrieden lächelte. »Kriegst du noch mehr hin?«

Sandira nahm Mister Miez auf den Arm. Seine Pfote tätschelte gegen die Aquariumscheibe, als weitere Spiegelungen an ihr vorbeizogen.

»In der Strömung kristallisieren sie, wenn man einzelne gelöste Kristalle im Miniaturformat ins Wasser gibt. Ich kann verschiedene Ansätze bereitstellen, diese könnten wir dann in die Becken der Wasserwelt einsetzen.«

»Und es würde funktionieren?«

»Dort ist die Strömung stärker als hier. Also ja.«

Unsicherheit lag in Sandiras Stimme: »Damit ist es aber noch nicht getan. Was ist mit dem Weltenbaum? Er ist ja mittlerweile riesig. Wie willst du diesen zurückbringen?«

»Den werden wir nicht wieder in die Halle zurücktransportieren können. Er verbraucht zu viele Nährstoffe. Zwei am selben Fleck würden nicht bestehen. Sie konkurrieren um ihren Lebensraum. Bald wird unser Weltenbaum jedoch

Früchte tragen, die sehr nährstoffreich sind. Die Lebensformen auf der Welt ernten diese in ihrer Symbiose. Sie ernähren sich von diesen und düngen das Erdreich mit ihren Ausscheidungen. Wir werden den Weltenbaum neuen, reichhaltigen Humus bringen. Mit unserer Hilfe kann er die nächsten Äonen überdauern. Und an anderen Stellen kann man wachstumsfördernde Erde für Sprösslinge schaffen.«

»Und was ist mit dem Sternentropfen? Wie willst du diesen zurückbringen und das den Bewohnern erklären? Vorausgesetzt, du überlebst das.«

»Bestimmte Risiken muss man eingehen. Ich werde eine heilige Stätte errichten und auf Milde bei den Einheimischen hoffen.«

Sandira grübelte über ihre Worte nach. Ingeborg hatte sich so vieles zuschulden kommen lassen. Sie hatte ihre Enkelin benutzt, als wäre sie nichts Weiteres als das Werkzeug einer kalt gewordenen, routinierten Chirurgin, die ein Experiment an einem todkranken Patienten durchführte. Gleichberechtigte Partner, so wusste es nun Sandira, waren sie von Anfang an nicht. Doch auf der anderen Seite kehrte in ihr ein Gefühl von Verständnis ein. Ihre Oma hatte ein aufrichtiges Motiv. Sie wollte die Erde retten. Dafür war sie bereit, Grenzen zu überschreiten, die sie nicht überschritten hätte, wenn ihre Großmutter ihr die ganze Wahrheit erzählt hätte. Sie fühlte in ihrem Innern, wie ihr Herz hin- und hergerissen war. Zwischen der Kälte, mit der Ingeborg ihre Ziele verfolgte, und ihren Idealen, die die Erde retten würden.

Vielleicht war dies notwendig. Manchmal gelangt man an einen Punkt, bei dem man Entscheidungen treffen muss, die unschön sind.

Und dennoch gab es für sie einen Lichtblick: Wenn die Erde geheilt sein würde, wäre es an der Zeit, jenen zu helfen, die sie liebte.

Ronjas Gesicht tauchte vor ihr auf. Sie würde nicht vorzeitig diese Welt verlassen.

Sandira atmete laut aus. *Ich bin an einem Punkt angekommen, bei dem man sich nicht mehr die Frage stellen kann, ob es einen Schritt zurück gibt. Diese Schwelle habe ich schon längst überschritten.*

Sie sah in ihren Gedanken, wie die Erde um die Sonne kreiste. Wie die Meere blau leuchteten und die Wälder des Regenwaldes hin und her raschelten. *Nein. Ich bringe es jetzt zu Ende.*

»Was müssen wir tun?«

»Wir haben alle Bestandteile für die Erden-OP. Uns fehlt lediglich die Energiequelle.«

»Dann hoffe ich, dass du die Stromrechnung bezahlt hast.«

»Die Energie, die wir Menschen mit unserem Wissen in Kraftwerken produzieren, reicht nicht aus. Ich brauche die Unterstützung von einem mächtigen Wesen.«

»Hilfe? Von was?«

»Von einem Sternenwanderer. Diese Spezies existiert seit Anbeginn des Universums. Einmal bin ich einem Solchen auf einer Sternenreise begegnet. Sie ernähren sich vom Sonnenlicht und speichern es in ihrem Herzen. Sie haben so viel Energie, mehr als ausreichend, um unsere OP in Gang zu bringen. Ich bitte dich ein letztes Mal um etwas, und zwar, ihn zu überreden, uns zu helfen.«

»Überlässt er uns seine Power freiwillig?«

»Es sind sanfte, gutmütige Kreaturen. Du hast auf der Welt der Melodie der Stille gesehen, dass eine Bitte genügt. Dieses Wesen wird sich auf einen Tauschhandel einlassen. Das leckerste Licht im ganzen Universum für seine Hilfe. Das Angebot ist unwiderstehlich. Deine Aufgabe ist es, dass er unser Geschenk bemerkt. Im Anschluss an die Operation wird er neue Gefilde erkunden.«

»Und wie rede ich mit ihm?«

»Ich werde dich mit Hilfe des Seelentransformators in seinen Geist transferieren.«

»Deshalb der Gehirn-Scan.«

Ingeborg grinste. »Du begreifst langsam. Zeige ihm, wo er das Lichtleckerli findet.«

Die kleine Samtpfote wandte sich in Sandiras Schoß. Mit seiner Tatze zupfte er an ihrer Hose. »Ruhig, Mister Miez, wir gehen ja gleich nach oben.«

»Wie genau funktioniert das?«

Der Kater zerrte erneut an ihrem Hosenbein. Dieses Mal streiften seine Krallen ihr Bein.

»Spinnst du, Mister Miez? Man kratzt doch nicht.«

Sie löste seine Klauen aus dem Stoff. Das Fellknäuel starrte Ingeborg an und legte die Ohren an.

»Also?«

»Es gibt auf unserer Erde Pilze, die in den Gehirnen ihrer Wirte leben. Sie gehen mit ihnen eine Symbiose ein und befreien sie von der Angst, Risiken einzugehen. Man nennt sie Ophiocordyceps. Ein solcher wirst du sein.«

Sternenstraße

Sandira war am Kopf mit Elektroden verkabelt. Gleichgültigkeit keimte in ihr auf. Die Kälte, die in ihre Glieder gekrochen war, lag hinter einem Schleier verborgen. Sie vergaß, was es bedeutete, zu frieren. Je länger und weiter ihre Großmutter sie durch unzählige Welten hindurchscheuchte, desto mehr kam es ihr wie ein lang anhaltender Traum vor. Ein Traum, in dem sie benommen ihre Werte verlor und sich selbst.

Der Schalter sprang um und sie schlug die Augen auf. Ihre Sicht war verschwommen. Trübe sah sie, wie ihre Oma ihren ruhenden Leib zudeckte.

Ihr Gesicht war ausdruckslos, ohne jegliche Emotion.

Langsam glitt Sandiras Geist über den menschlichen Körper hinweg und ihre Wirklichkeit verwandelte sich in eine andere.

Mit ihrem Übergang verschwammen die Konturen ihrer Welt.

Und sie kehrte ein in gleißendes Licht.

Die Trübung ihrer Augen verschwand und sie sah ein Sammelsurium aus Sternen vor sich in der Unendlichkeit. Unbekannte Sternenbilder breiteten sich vor ihr aus. Ihre Formen vielfältig, während sie die schwache Erinnerung an eine Welt, die sie hinter sich ließ, verlor.

Schemen, nebelhafte Erinnerungen, hüllten sie ein, ehe sie verblassten. Ein Glas. Ein Schiff. Eine Katze. Miez Miez ...

Dunkelheit, aber sie war nur von kurzer Dauer.

Ein Asteroid zog an ihr vorbei, sein Schweif zog sich kilometerweit durch das ewige Schwarz. Sternenstaub streifte sie und legte sich auf ihre Haut. Er kribbelte. Sie rollte sich in ihm ein und er hüllte sie in ein schillerndes Gewand, das den Körper kleidete, der nicht ihr eigener war.

Sei ein Ophiocordyceps. Welchen Nutzen es wohl hatte, seine Furcht vor dem Risiko zu verlieren? Gehörte diese nicht zu einem gesunden Überlebensinstinkt dazu? Das Lampenfieber vor den Wettkämpfen half nicht umsonst, sich auf einen einzigen Moment zu fokussieren. Der immer gleiche Ablauf, der durch die Nervosität nie an Spannung verlor. In die Hocke gehen, seine Hände auf den Boden stützen, die Sekunden, bis der Startschuss ertönte, während hunderte Augen einen anstarrten. Das Adrenalin, das einen zu Höchstleistungen antrieb. Furcht, in der korrekten Dosierung, war ein Antriebsmotor.

In der Ferne zogen Sternenkonstellationen vorbei. In das Schwarz des Universums mischte sich der bläuliche Schimmer der Milchstraße. In ihr leuchteten einzelne Sonnen greller als die seit Äonen von Jahren untergegangenen Sterne, deren Licht der Nachhall vergangener Zeiten war.

Auf diese hatte es der Sternenwanderer abgesehen. Gemeinsam mit ihr drang er in ein Sonnensystem ein und hielt auf einen lodernden roten Riesen zu.

Der Schein erreichte sie.

Wärme spülte in wohltuenden Wogen durch sie hindurch.

Sie fühlte, wie der Sternenwanderer sein Sonnenbad genoss, die Energie, die jede Faser seines Körpers durchdrang, den schweren Herzschlag, der seinen Leib zum Pulsieren brachte.

Sie war eins mit ihm. Es war ähnlich wie ihre Verbindung zur stillen Melodie, ohne die Ruhe, die diese ihr schenkte. Sie erblickte sein Herz, das in seinem transparenten Brustkorb schlug und sich vom Dunkel des Universums abhob.

Vom Sonnenlicht genährt flackerte es auf.

Sie horchte in sich hinein. Ihr Herzschlag war verstummt. Sie war ein fleischloser Gast. Ein Geist, der in einen fremden Körper eingedrungen war. Wie sollte sie ihn auf das Lichtgeschenk aufmerksam machen und seine Hilfe erbitten?

Ihr Gedanke wanderte und zum ersten Mal, seitdem sie die

Melodie der Stille verloren hatte, wusste sie, dass sie sicher und geborgen im Verstand eines anderen ruhte.

Sie schwebte mit dem Sternenwanderer um das Sonnensystem. Einzelne Planeten zogen in Ellipsen und Kreisen ihre Bahnen.

Welten, die grundverschieden waren. Lodernde und heiße Vulkan- und Lavawelten. Gigantische Gasplaneten mit Windhosen, die stetig wirbelten. Und eine Eiswelt, in der dicke Eisschollen über die Oberfläche wanderten und abwechslungsreiche Muster bildeten.

Und ein Planet war blau wie die Erde und hatte Kontinente, die von dichten Wäldern bedeckt waren. Zwei Monde sausten um ihn herum. Die Gedanken des Sternenwanderers verrieten ihr, dass diese Welt im Einklang mit ihren Bewohnern stand.

Der Sternenwanderer schlängelte sich zwischen den Monden hindurch, ehe er wieder zur Sonne abdriftete. Direkt auf sie zuhaltend, tauchte er in sie hinein, duschte in den Sonnenstürmen und verschmolz mit der Lichtquelle.

Als er emporstieg, leuchtete er kurzzeitig so grell wie der Stern. Seine zuvor trägen Bewegungen gewannen an Geschmeidigkeit.

Sie blickte zum Rand des Sonnensystems, dort glänzte ein Lichtpunkt in reinem Weiß. Ihre Großmutter hatte ein einzigartiges Geschenk für das Lichtwesen. Licht, das es nirgends sonst im Universum gab, geschaffen, um den Sternenwanderer zu überzeugen, ihnen zu helfen. Dieser schlängelte sich weiterhin um die Sonne und versank in ihrem glühenden Mantel, ohne der entstandenen Lichtquelle seine Aufmerksamkeit zu schenken.

Sie kratzte ihre Konzentration zusammen.

Freude umfing den Sternenwanderer. Das Sonnenlicht war alles, wonach er verlangte. Ein Schwall altertümlicher Erfahrungen, welche das Wesen hütete, schwappte in ihr Bewusstsein. Sie erhielt einen Blick in die Urzeiten des Universums.

Ein gedanklicher Schubs ihrerseits vergegenwärtigte ihm die Existenz einer strahlenden Lichtquelle. Misstrauen mischte sich in den dahinplätschernden Gedankenstrom.

Sandira fokussierte sich mental auf das Lichtgeschenk, damit diese Vorstellung in den Geist des Sternenwanderers Einzug erhielt.

Das ist ein unvergleichliches Licht, belebend wie eine sprudelnde Energiequelle. So etwas hast du nie zuvor gespürt. Wovor sorgst du dich? Ich brauche deine Unterstützung. Ich biete dir einen fairen Tausch. Das leckerste Licht, das du je kosten wirst, gegen die Kraft, die Erde zu retten.

Ein wenig Energie würde meine Welt genesen lassen.

Das Wesen glitt in einer langen Schleife um einen Planeten. Es lauschte in sich hinein, auf der Suche nach der wispernden Stimme, die sich in ihm eingenistet hatte. Es wusste, dass sie in seinem Kopf herumdokterte. *Sträube dich nicht. Es ist nur ein Ausflug in ein anderes Sonnensystem. Ich weiß, es ist ungewöhnlich, jemanden in seinem Geist zu haben, wenn man, seit Anbeginn der Zeit, keine Besucher empfängt. Es ist auch meine erste Reise dieser Art.*

Widerwillig schlängelte der Sternenwanderer sich in die Sonne hinein, tauchte länger in sie hinab. Die Hitze um sie herum intensivierte sich. Es war, als wollte er sich von der Last befreien, die in ihm hauste, die sich gegen seinen Willen stellte und versuchte, ihn zu lenken.

Sie verbannte all ihre Gedankenbruchstücke, Sorgen und Ängste. Ausschließlich das Leuchten blieb und strahlte vor ihren Augen.

Es ist das auserlesenste und wärmste Licht, das es in der Milchstraße gibt. Ich habe es erschaffen, mit einem einzigen Ziel, deine Unterstützung zu gewinnen. Um es zu erhalten, brauchst du bloß ein bisschen mehr Mut und Vertrauen. Ab und an ist es Zeit, unbekannte Wege einzuschlagen? Es ist reiner als das Glühen der Sonne! Kostest du davon, stellt es jedes Sonnenlicht in den Schatten.

Sie schmunzelte. *Es gehört einiges dazu, einen Stern zu überstrahlen. Komm, mein Freund, geh mit mir ins Licht. Ich begleite dich. Denn ich teile einen Körper mit dir. Kein Leid geschieht dir, denn dieses widerführe mir.*

Der Sternenwanderer krümmte sich im All. Er senkte seinen

Kopf kurz zum Rand des Sonnensystems, in jene Richtung, wo das Licht strahlte, welches sie ihm versprach. *Es erfüllt uns alle. Bade in ihm. Koste es.*

Auf der Stelle schwebend hielt er inne. Wieder und wieder rief Sandira sich die Einzigartigkeit des Leuchtens ins Gedächtnis.

Die Vorstellung wuchs heran und erstarkte, sodass er einer der Gedanken wurde, die das Wesen hegte. Alle anderen Gedanken verblassen lassend sorgte er dafür, dass jede der Sonnen und sämtliches andere Licht im Universum in Bedeutungslosigkeit versank.

Stockend setzte sich der Koloss in Bewegung und wanderte entlang unsichtbarer Routen.

Es erfüllt uns alle. Gehe ins Licht!

Der Sternenwanderer kam dem Köder immer näher.

Sein Verlangen wuchs mit jedem Lichtjahr, das er zurücklegte.

Hunger entwickelte sich zu Gier und suchte seine Gedanken heim. Sie drohte, ihn zu verschlingen.

Das Wesen tauchte tief hinab in das gleißende Licht. Sein Herz pumpte glühende Freude durch die Fasern seines Leibes und ließ ihn euphorisch taumeln. Ein gigantischer Leuchtschirm spannte sich auf und schloss sich um ihn.

Dunkelkammer

Ein steriler Raum in den Katakomben des Kellers, in den nie das Licht der Sonne eingekehrt war. Auf einer Metallplatte thronte die Lichtfalle. In ihr wandte sich der gefangene Sternenwanderer.

Die Großmutter hielt den Seelentransformator an ihn und aktivierte ihn.

Nebelhafte Schwaden sausten durch die Leuchtkugeln hindurch und schwirrten suchend durch den Raum. Auf einer Liege hatten sie gefunden, wonach sie suchten. Sie tauchten in Sandiras reglosen Körper ein.

Ein lähmendes Gefühl übermannte sie. Ihre Gedanken flatterten umher, als sie mit ihrem Gedächtnis verschmolzen. Sterne. Unzählige Sterne, Licht, zart in ihrem Mund, schmelzend. Sie stöhnte. Ihre Finger strichen übers Leder. Ihre Schläfen pochten. Es war, als würden Stepptänzer unter ihrer Schädeldecke das Tanzbein schwingen. Das Klackern der Computertastatur. Ihr Geist war erschöpft. Sie versuchte, sich aufzurichten, doch ihre Muskeln versagten ihr den Dienst. Schwer fiel ihr Kopf zur Seite. Ihre Augen weiteten sich. Kalter Schweiß rann ihren Rücken herab. Das durfte nicht sein.

Über den Sternenwanderer spannten sich grelle Bänder, die ihn an den Grund eines Containers pressten. Er bebte und klare Töne durchdrangen den Raum, die ihr Tränen in die Augen trieben. Vorwurfsvoll betrachtete er sie. Klick, klick, klick. Die Bänder verfärbten sich schwarz und schnitten in die Haut des

Sternenwanderers. Er stemmte sich gegen seine Fesseln, jedes Aufbäumen schwächer als das vorherige. Licht quoll unter den Schattenbändern hervor, wie Blut, das statt in Tropfen in Form von Kristallen herabtropfte. Sein klagender Gesang ließ Sandira erschaudern.

Was habe ich getan?

Was sich durch Licht entfaltete, brachte der Schatten zum Stillstand. Und die Lichtfalle entzog dem Sternenwanderer immer mehr Licht.

Das hektische Schlagen des Herzens war durch die Falle hindurch zu hören. Es wurde langsamer und verstummte zunehmend, bis es kaum noch wahrnehmbar war.

Ingeborg inspizierte die Lichtfalle und prüfte die vorgenommenen Einstellungen. Akribisch bereitete sie alles für die Operation vor, ohne dass das stumpf gewordene Herz ihres berührte. Sie drückte Knöpfe an einem Computer, woraufhin sich eine Klappe an der Decke öffnete. Der Bohrroboter senkte sich in die Tiefe und setzte neben der Lichtfalle auf.

»Ich habe mich vertan, Sandira. Ophiocordyceps leben nicht in Symbiose mit ihrem Wirt. Sie sind Parasiten. Sie befallen Ameisen und zwingen sie, entgegen ihrer Natur, die Bäume hinaufzuklettern, der Gefahr ausgesetzt, von Vögeln gefressen zu werden. Damit der Pilz im Wind besser seine Sporen verbreiten kann. Durch diesen werden die Nachkommen der Ophiocordyceps zu neuen Orten geflogen, um sich weiter auszubreiten. Die Ameisen beißen sich willenlos an den Blättern fest, bevor der Pilz aus ihnen herausbricht. Er nimmt ihnen die Angst vor der Höhe ...«

Sandira zitterte, die einzige Regung, zu der ihre Muskeln in der Lage waren. »Ingeborg ... wieso?«

Ihre Großmutter wandte sich dem betäubten Sternenwanderer zu. Die Lichtfalle platzte in zwei Teile auf, als nur noch das Herz des Wesens vom Licht erfüllt war. Greifarme hievten den um sich selbst gewundenen Körper in die Höhe und legten ihn auf einem Operationstisch ab.

Das glühende Organ schimmerte klar durch seine Körperhülle hindurch, sein Rhythmus ein mattes Pulsieren. Funken blitzten entlang der Arterien auf, ohne die Innereien der Kreatur zu erhellen.

Sandira drehte ihren Kopf steif zur Seite. Warum bewegten sich ihre Arme und Beine nicht? Sie musste den Irrsinn stoppen. Der Sternenwanderer hatte ihr vertraut. Nie wäre er in die Falle getappt, wenn sie ihn nicht von der Harmlosigkeit des Unterfangens überzeugt hätte.

Wie konnte ich nur so naiv sein und glauben, dass Großmutter dem Wesen nicht schadet? Ich habe doch am eigenen Leib erfahren, dass sie vor nichts zurückschreckt. Verdammt. Ich bin so dumm, so verdammt dumm.

»Ich dachte, er soll uns helfen«, nuschelte sie.

»Das tut er. Aber er ist nicht für die Energieversorgung gedacht. Dazu nutze ich den Kristall. Das stand alles in den Büchern. Für die Transplantation des Erdenherzens braucht man ein gleichwertiges, energiegeladenes Transplantat. Ein solches bringt dir ein Sternenwanderer.«

Ingeborg setzte das Laserskalpell an und schnitt sich durch den Körper. Stattliche Klammern spreizten die Einschnittstelle und öffneten den Brustbereich. Mit Hilfe einer Kurbel pressten deren flache Enden die Eingeweide zur Seite. Ein Knacken hallte von den Kellerwänden wider, als etwas im Inneren der Kreatur zerbarst.

Übelkeit stieg in Sandira auf. Sie schluckte schwer, um sie zurückzudrängen. Ihre Rippen schmerzten, es war, als drückten Gewichte sie nach außen. Sie atmete gegen die aufsteigende Panik an. Immer noch bestand eine flüchtige Verbindung mit dem Wesen, das vor ihr aufgeschnitten wurde. Ein gleißender Schnitt, und ein Brennen zog durch ihre Brust. Sie wimmerte.

Ingeborg sah kurz auf, vergewisserte sich, dass ihre Enkelin lebte, und operierte weiter. Eine leuchtende Körperflüssigkeit floss aus der Wunde und tränkte ihre alten Schlappen in Sternenstaub.

Präzise schnitt sich die Großmutter zum Herzen hindurch. Dann trennte sie die umliegenden Gefäße, die den Körper mit dem lebenswichtigen Organ verbanden. Das Leben des Wesens verlor sich in einem Zucken.

Sie steuerte einen Roboterarm, an dessen Ende eine Zange befestigt war, in den erschlafften Sternenwanderer. Behutsam bugsierte Ingeborg das schlagende Herz heraus und öffnete eine Kammer im OP-Roboter. Dort schloss sie es an Schläuche an, die es mit dem lebenserhaltenden Kreislauf verbanden, bestehend aus der Essenz des Weltenbaumes und der Energie des Sternentropfens. Gemeinsam hielten sie das Organ am Leben. Auf der Maschine war eine Spule befestigt, in der sich zischend Blitze hin und her bewegten. Angetrieben vom violetten Kristall aus der Wasserwelt.

Die Apparatur, die sich mit der Melodie der Stille speiste, war direkt hinter dem Bohrkopf angebracht. Die Melodie schallte ähnlich wie ein Ultraschallgerät in die Tiefen der Welt hinab, ermöglichte so die Navigation und verhinderte, dass sich der Roboter im Inneren des Planeten verlor. Die Großmutter zog an einem Hebel. Ein Greifarm kam von der Decke und hob den Kadaver des Sternenwanderers in die Höhe.

Mechanisch gesteuert transportierte dieser den Körper über einen Hochsicherheitscontainer. Mit einem quatschenden Geräusch schlugen die Überreste des Sternenwanderers auf.

Die Maschinerie des OP-Roboters setzte sich klappernd in Gang. Ein Greifarm packte ihn und platzierte ihn auf einer Rampe, die ihn schräg Richtung Erdreich ausrichtete.

Der Bohrer drehte sich behäbig.

Sandira kämpfte sich benommen von der Liege auf. Ihre Muskeln brannten, jede Bewegung schmerzte. Ihr Blick war auf Ingeborg gerichtet.

»Ich habe alles so weit eingerichtet. Die OP wird eingeleitet. Du bist genau zum richtigen Zeitpunkt auf den Beinen. Ich muss nur noch die letzten Einstellungen vornehmen.«

»Du hast ihn getötet und mich angelogen.«

»Die Welt zu retten, erfordert manchmal harte Entscheidungen. Hättest du ihn zu mir gebracht, wenn ich dir die Wahrheit gesagt hätte? Die Erde braucht sein Herz, um weiterzuschlagen«, sagte Ingeborg, während sie am Computer die letzten Berechnungen für den Kurs durchführte, den

Drehwinkel und die Bohrgeschwindigkeit einstellte, und die Systeme des Roboters überprüfte. Bald nickte sie zufrieden.

Sandira sackte in sich zusammen, ihr Schluchzen mischte sich mit dem Tosen der Maschinerie. Sie presste ihre Handballen gegen ihre Augen. Ihre Fingernägel bohrten sich in ihre Stirn.

Ingeborg beachtete sie nicht. Sie drückte auf einen roten Knopf und der Roboter setzte sich in Bewegung.

Langsam grub er sich ins Erdreich.

Erdenherz

Die Bildschirme flimmerten. Sandira sah, wie sich der Roboter durch die letzten Meter des Erdreichs bohrte, ehe er sein Ziel erreichte. Ihr Herz verfestigte sich zu einer pochenden Masse. Noch am Leben, doch steinhart, ohne Gefühl. Machtlos hatte sie sich auf den Boden hingelegt und sämtliche Ereignisse, die über sie hereinbrachen, hingenommen. Das Einzige, was durch ihren Verstand huschte, war ein flüchtiger Gedanke. Sie hoffte, dass der Tod des Sternenwanderers nicht umsonst gewesen war. Dass sein mächtiges Herz der Erde neues Leben schenkte.

Das Gefühl erdrückender Machtlosigkeit verdrängte sie aus ihrem Geist, bis Gleichgültigkeit in ihr erwuchs.

Wie eine Maschine, die wahrnahm, aber nicht weitergehend dachte, sah sie, wie der Roboter direkt vor dem Erdenherz war. Dieses ruhte in einer steinernen Kammer, die von flüssiger Lava umspült wurde. Sein träges Pochen ließ den Roboter vibrieren. War es immer so schwerfällig gewesen? Oder war das Herz in den Äonen, seitdem es seinen Dienst tat, schwächer geworden?

Sie wusste es nicht.

Ihre Großmutter stellte am Computer die letzten Anfahrtsvektoren ein und startete das Manöver.

Der Bohrkopf rotierte und näherte sich dem Erdenherz.

Präzise. Chirurgisch.

Rasch durchtrennten die Greifarme das Gewebe.

Das Herz schlug ein paar Mal, dann setzte der Schlag aus.

Sandiras Hände waren schweißnass. Hoffentlich war das alles nicht vergeblich! Hoffentlich mussten die Welten nicht umsonst Schaden nehmen und der Sternenwanderer grundlos sterben.

Der Roboter trennte mit dem Skalpellarm die umliegenden Gefäße von dem Organ. Ein Weiterer hob mit einer gebogenen Zange das Erdenherz aus seiner schützenden Hülle und entfernte es aus dem Kern der Erde.

Ihre Großmutter rückte ihre Brille zurecht. Das einzige Anzeichen von Anspannung.

Wie bei einem aufbrechenden Kokon öffnete sich der Mantel des Roboters. Langsam fuhren die Greifarme das Transplantat, bestehend aus dem Herzen des Sternenwanderers, heraus.

Durchdrungen vom einstigen Licht des Sternentropfens strahlte es weiß. Die Essenz des Weltenbaumes ließ das Herz pochen.

Ingeborg gab einen letzten Befehl an den Roboter, der die Sequenz zum Einsetzen des Herzens einleitete.

Langsam bewegten die Greifarme das Transplantat an jene Stelle, an der vorher das Erdenherz schlug.

Präzise. Mechanisch. Zentimeter für Zentimeter rückte es an den rechten Fleck.

Die Maschine verknüpfte die Gefäße mit dem Organ.

Ein Schwenker mit dem Greifarm über die aufgerissene Wunde und die Arterien waren durch Titandrähte mit dem neuen Implantat verbunden.

Zwei Klammern stießen das Herz ins Steingewebe und verankerten es.

Ein weiteres Mal pochte es. Die Adern pulsierten.

Das Kardiogramm im Hintergrund piepste.

Das Gewebe hob und senkte sich.

Wieder schlug es.

Hoffnung, die mit jedem Schlag wuchs, schlich sich in Sandiras Herz. *Es schlägt! Es schlägt! Die Erde wird nicht sterben. Es war nicht alles umsonst.*

Die Großmutter schaute zufrieden zu Sandira rüber. Sie strahlte über das ganze Gesicht. Sie glich nun der Entdeckerin auf den Fotos.

Noch einmal pochte es.

Wieder und wieder.

Ein schriller Ton ließ beide zusammenzucken.

Die Anzeigen spielten verrückt.

Eine Sirene heulte. Rotes Licht flutete den Raum.

Das Herz stockte.

Sein Schlag setzte aus.

Hastig tippte ihre Großmutter auf der Tastatur herum. Ein elektrischer Schlag surrte durch das Innere der Erde.

Keine Reaktion. Erneutes Tastengehämmer, gefolgt von einem zweiten Schock.

Nichts. Nichts.

Wieder folgte der Blitz, der durch den Bildschirm flimmerte.

Nichts. Nichts.

Tränen strömten über Sandiras Wangen.

Sie umfing ihre Knie mit den Armen. Kauerte sich zusammen und wippte vor und zurück. Rotz und Tränen tränkten den Stoff ihrer Hose. *Nein. Nein.*

Das eingesetzte Herz blieb stumm.

Ihre Großmutter stand auf. Ruhigen Schrittes stiefelte sie zum Tisch, auf dem ein Teil der Essenz der Zeit in einer Sanduhr verweilte. Routiniert rückte sie das Stundenglas zur Seite. Sie kramte ihre Aufzeichnungen aus einem der Ordner und legte sie daneben.

»Dieses Mal haben wir wieder verloren, aber ich hab noch ein bisschen vom Sand der Zeit. Wir werden uns bald wiedersehen, Sandira.«

Sie packte die Sanduhr und drehte sie auf den Kopf.

Der Sand der Zeit rann rückwärts.

184

Anfang

Sandira blinzelte. Das Auto ratterte über die unebene Straße. Die Stimmen ihrer Eltern drangen von vorne zu ihr. Aus dem Fenster sah sie, wie die Felder vorbeizogen. Die Ähren wiegten sich leicht im Wind. Über ihnen zog ein einsamer Bussard seine trägen Bahnen.

Ihr Blick folgte dem Flug des Raubvogels, der sich auf Beutezug in ein Feld stürzte und dort zwischen den goldenen Ähren verschwand.

Sie blinzelte erneut, versuchte sich, an den Traum zu erinnern, der noch vor wenigen Minuten so klar gewesen war.

Doch der Traum verlor sich wie der Vogel in den Weiten des Feldes.

Nur das vage Gefühl des Scheiterns blieb, ohne zu wissen, woher dieses kam.

Lieber Leser,

auch wenn die Reise von Sandira, die dich auf entfernte Welten mitnahm, zu Ende ist, hoffen wir, dass das Ende für dich nicht allzu hart war.

Wir haben überlegt, ob wir Sandira ein schönes Ende andichten möchten.

Doch während wir hier lesen und schreiben, liegt unsere Welt bereits im Sterben.

Der Kampf um ihr Überleben, eine ständige Gradwanderung zwischen Versuch und Scheitern.

Wie ein Kreislauf, den wir und auch Sandira nicht durbrechen können.

Auch bei uns erschienen:

DAS

SIEGEL

VON   BAND 1

TARSE

Zu guter Letzt: Ein kleines Dankeschön an dich!

Wir danken dir fürs Lesen

und hoffen, dass du Spaß und Freude hattest

mit unserem Buch **Sandira - Die Weltenwanderin**.

Möchtest du über unsere Projekte auf dem Laufenden

bleiben, dann abonniere doch unseren Newsletter unter:

www.myown-verlag.de/newsletter

Wir freuen uns jederzeit, wenn unsere Crew wächst.

Wenn dir **Sandira - Die Weltenwanderin** gefallen hat,

würden wir uns sehr über eine Rezension

freuen, damit auch möglichst viele andere Lesebegeisterte

mit Sandira durch ferne Welten reisen können.

Wir wünschen dir weitere schöne Lesestunden und

übersenden dir ganz herzliche Grüße!

Die Autoren

Lyn & Xavier Wilhelm (L.X. Wilhelm)